ESTHÉTIQUE DE LA TRAHISON

Stéphane Juvigny

Esthétique de la trahison

roman

Fayard

La collection *Choses vues*
est dirigée par Nicolas Diat

Couverture : Nuit de Chine
ISBN : 978-2-213-72534-5
Chansons citées : chapitre 17 : Orelsan,
« Seul avec du Monde Autour » © Strong Ninja Editions /
7th Magnitude, DR ; Thérapie taxi, « Été 90 » © Panenka
Music / La Variété, DR ; Régine, « Je survivrai » © Carrere,
DR ; chapitre 28 : Christophe, « Le Tourne-Cœur »
© EMI / BMG.

1re partie
En route vers la victoire

Chapitre 1

Les secrets de l'Intérieur

Dans le froid de ce lundi matin de février, plus rien ne bougeait sur le pont Alexandre-III. Par une expérimentation dont la Mairie de Paris détenait le secret, une voie était réservée aux cyclistes et celle censée servir aux bus avait été ouverte aux riverains, pour des raisons aussi légales qu'électorales. Assis à la place du mort, penché sur un dossier, son stylo dans une main, tapotant sur la calculette de son téléphone portable de l'autre, Georges Berthemon, directeur de cabinet du ministre de l'Intérieur et des Territoires, commençait à s'inquiéter. Non pour ses prévisions électorales — il ne voyait pas, sauf accident ou regain de participation, comment le président Stolon pouvait ne pas être réélu –, mais précisément parce qu'il avait rendez-vous à 10 heures avec ce même président de la République et que, revenant d'une réunion de préparation à l'hôtel Matignon, de l'autre côté de la Seine, il risquait d'être en retard. Alors qu'il jetait un regard rapide sur l'avenue des Champs-Élysées toujours en croix, il entraperçut un piéton qui dépassait sa voiture :

— Il ne pleut pas, j'irai plus vite à pied, dit-il à son chauffeur. J'en ai pour cinq minutes en entrant par la porte Marigny.

Berthemon mit rapidement de l'ordre dans son dossier, traversa à grandes enjambées la place Clemenceau, où s'affairaient des pompiers qui tentaient de ranimer une cycliste à terre. Il commençait à trouver que les planètes n'étaient manifestement pas alignées, à moins que l'abstention ne soit pas au niveau estimé par les sondeurs. Son association d'idées fut chassée par la sonnerie de son téléphone portable.

À l'autre bout du fil numérique, le préfet de police, Carl Sarrien, l'avertissait après les politesses d'usage qu'un Vélib' venait d'être percuté par un scooter aux abords de la place Clemenceau. Ça, Berthemon le savait déjà. Ce qu'il ne savait pas encore et qui l'arrêta net dans sa marche, c'est que le corps qu'il avait entrevu entre les mains des pompiers était celui de la première adjointe au maire de Paris, madame Antoinette Chantebois, et que son pronostic vital était engagé.

À 10 h 03, le président de la République ouvrit lui-même la porte de son bureau, où étaient déjà attablés le secrétaire général de la présidence, la directrice de cabinet, le chef de cabinet et la conseillère en communication. La parité était respectée, pensait Berthemon, mais non les usages, car il ne vit aucun huissier.

— Bonjour monsieur le président de la République, je viens avec de mauvaises nouvelles, la première adjointe au maire de Paris que votre épouse connaît vient de se faire renverser à vélo et son pronostic...

— Quel est son nom ? Je vois à peine ! Il est vrai que Charline la connaît bien mieux que moi puisqu'elles sont souvent placées l'une à côté de l'autre lors de cérémonies parisiennes. Quelles étaient ses fonctions ?

— Antoinette Chantebois était en charge de la circulation et de la propreté...

— Quel succès ! coupa le président, qui se rendit compte de l'énormité de sa plaisanterie.

— J'ai pris sur moi de demander au préfet de police de nous déranger dès qu'il disposera d'informations complètes pour que vous puissiez appeler le maire de Paris et lui présenter vos condoléances.

— Bien, répondit le président, pensif.

Malgré la fatigue liée aux conséquences d'une réforme constitutionnelle majeure, aux tensions militaires et diplomatiques, les esprits étaient alertes autour de la table, contrastant avec le calme du parc, où l'on percevait, étouffés, les vrombissements de la circulation qui reprenait un rythme naturel. Les sujets qu'ils commençaient à aborder étaient techniques et concernaient la réécriture de toutes les lois et de tous les décrets imposée par l'instauration du sextennat. La fabrique de la loi relève autant des hasards que des influences ; celle d'une loi constitutionnelle, même lorsque les circonstances historiques sont au rendez-vous, oblige à de nombreux compromis. Le président Stolon avait, pour obtenir un consensus parlementaire, complété l'allongement du mandat du président par un bouleversement total des équilibres institutionnels. La démocratie en sortirait ainsi renforcée, car le Sénat serait élu pour moitié au suffrage universel et les collectivités territoriales se verraient accorder de nouveaux pouvoirs. Le diable se nichant dans les détails, il fallait veiller à ce qu'aucun grain de sable ne vienne perturber un processus électoral si complexe. Depuis le maintien des élections municipales au commencement de la première vague de Covid, on avait vu naître un mouvement d'opinion estimant la démocratie accessoire par rapport à toute autre considération. Ils passaient ainsi toute mesure au peigne fin, comme si la France avait perdu l'habitude d'organiser des élections.

La tristesse de Berthemon était palpable. Il pensait déjà aux cérémonies de condoléances auxquelles il tenterait d'échapper. Il griffonnait machinalement les propos des conseillers, n'ayant en tête que les risques de démobilisation pour cette élection présidentielle si particulière, lorsque le téléphone interministériel du président sonna.

— Oui, bonjour monsieur le préfet de police. Merci pour votre appel. Je suis avec lui. Il aura compris.

Berthemon avait compris, mais aurait préféré recevoir lui-même l'appel. Un message arriva instantanément via sa messagerie Telegram : « pompiers confirment DC ». Le président de la République appuya sur une touche de son téléphone et murmura à la cheffe de son secrétariat :

— Trouvez-moi le maire de Paris et dites à Charline que madame Chantebois s'est fait renverser à vélo et est décédée.

À peine le président Stolon eut-il raccroché qu'ils furent à nouveau interrompus par la sonnerie d'un téléphone. Le président, encore debout derrière son bureau, décrocha le combiné :

— Bonjour monsieur le maire. J'aurai préféré vous parler dans d'autres circonstances, mais permettez-moi de vous présenter mes sincères condoléances. Charline et moi-même appréciions beaucoup madame Chantebois.

Charline bien sûr la connaissait mieux que moi, elle est très peinée. Pouvez-vous transmettre mon message à son époux ?

— Monsieur le président de la République, pardonnez-moi de vous interrompre, mais justement j'étais en ligne avec lui. J'ai dû écourter notre conversation pour répondre à votre appel. Antoinette n'est pas morte. Enfin, pas encore. Elle vient juste d'arriver aux urgences. Son mari attend devant la porte l'avis du chef de service de la neurologie accidentelle.

— Pardon, monsieur le maire, Sarrien venait de me dire que les pompiers lui avaient dit...

Le visage de Berthemon se décomposa aussi vite que les yeux verts du président Stolon l'avaient transpercé. Le préfet Sarrien tenait l'information du service de permanence, qui la tenait des pompiers. Ce qui allait se révéler vrai dans quelques minutes ne l'était pas encore. Toujours vérifier deux fois une telle information, ce Sarrien le savait mieux que personne. Berthemon fixait l'étrange Marianne derrière le président de la République pour ne pas avoir à soutenir son regard. Les membres du cabinet semblaient blâmer aussi Berthemon, comme s'il était responsable des impairs de la préfecture de Police. Tous autour de la table, même la conseillère en communication, passée par l'Intérieur deux ans sous la gauche, savaient que la préfecture de Police obéissait d'abord à l'Élysée avant de répondre au ministre. Un préfet de Police était avant tout l'homme du président. Mais ce président, qui n'avait de réseau ni dans la police, ni dans la préfectorale, avait nommé, à un poste si sensible, le plus ancien et le plus méchant du corps. Ce que le président Stolon avait gagné en servilité, il le perdait en efficacité. Énervé, il raccrocha et tonna en direction de ses équipes :

— Vous me ferez savoir quand elle sera morte ! Je ne vais pas me payer le ridicule de lui présenter une nouvelle fois mes condoléances. Préparez un projet de tweet pour Charline et…

Le chef de cabinet sursauta, sortit son téléphone portable de sa poche et appela la première dame :

— Madame, n'appelez pas monsieur Chantebois ! Son épouse n'est pas encore morte.

— Eh bien, Jean-Pierre, pas de chance, il est en ligne sur le fixe. J'allais lui parler à l'instant, je vais donc lui demander des nouvelles. Cette boutique est une véritable pétaudière. Vous comptez gagner les élections de la même façon que vous avez commandé des masques ?

Jean-Pierre Bola venait une nouvelle fois de se faire rabrouer par la première dame alors qu'il estimait, somme toute, avoir eu le bon réflexe. En réalité, le chef de cabinet aurait dû avoir ce réflexe en amont en suggérant au président d'attendre que l'information soit bien vérifiée, en demandant lui-même au secrétariat du président d'appeler le maire, puis en prévenant lui-même la première dame. Mais Jean-Pierre aspirait à devenir directeur de campagne du président, il ne pensait donc depuis des semaines qu'aux élections, au calendrier des événements ou à la date de sa sortie de l'Élysée. Pour lui, cette réunion était plus cruciale que la chute d'un Vélib', fût-il conduit par une élue. Le président mit fin à la réunion, déclarant qu'il était inutile d'évoquer les questions d'opinion publique ou d'organisation de sa campagne puisque, comme la première fois, il ferait tout lui-même ! Il retint néanmoins Berthemon et Bola deux minutes pour leur parler du Conseil des ministres de mercredi.

À 11 h 30, le compte Twitter de François Stolon, président de la République française, afficha : « Charline et moi-même adressons à la famille et aux proches d'Antoinette Chantebois nos plus sincères condoléances. Antoinette Chantebois était une élue de talent engagée au service des Parisiennes et des Parisiens. Elle nous manque déjà. »

Ce tweet tellement plat fut suivi de celui du parquet de Paris, indiquant qu'une enquête préliminaire était ouverte pour homicide involontaire.

Berthemon effectua à pied les quelques mètres qui séparent le 55 de la rue du Faubourg-Saint-Honoré de la place Beauvau, siège du ministère de l'Intérieur, lieu nimbé de mystères où il avait passé tant d'années au rythme de ses attributions, ponctuées par les crises ou les élections. Quand il avait intégré, très jeune, l'administration centrale, ce n'était déjà plus l'épicentre du système politique, comme durant deux siècles, mais c'était encore une grande maison, au croisement de toutes les informations, une artère menant au cœur du pouvoir. Il avait vu décliner la puissance de cette maison parfois mythifiée. Depuis la crise du Covid, ce ministère n'était plus que l'ombre de lui-même. Les préfets avaient été écartés de son pilotage, son centre interministériel de crise relégué au second plan. Alors que ce ministère avait été le pivot des informations sensibles, si police et gendarmerie répondaient encore aux ordres de la hiérarchie, les magistrats – bien que le droit l'eût toujours imposé – avaient pris la véritable direction des enquêtes. Aux yeux de Berthemon, il n'y avait d'autre solution qu'un retour aux vieilles méthodes, avec ce que ce mot avait de péjoratif. Les nouvelles méthodes ayant fait grimper la délinquance et désorganisé une rare chaîne de commandement qui fonctionnait encore dans le pays. Mais pour cela il eût fallu convaincre le président, le Premier ministre et leurs cabinets respectifs. Il ne parlait même pas de sa propre ministre, une gamine arriviste et sans scrupules qui récitait ses discours comme elle savait si bien le faire depuis sa performance au grand oral de l'ENA.

Berthemon contemplait les lieux avec une forme de soulagement, car, lors du Conseil des ministres de mercredi, il allait être nommé conseiller d'État et quitterait son ministère de l'Intérieur avec le sentiment du travail accompli. Au minimum deux ans, s'était-il dit, pour profiter des délices du télétravail, de la lecture sans être constamment dérangé par la sonnerie du téléphone portable. Son choix s'était porté sur la prestigieuse institution du Palais-Royal, car la préfecture de région d'Île-de-France lui était passée sous le nez. Pas assez vieux malgré son exceptionnelle carrière. Le président n'avait pas osé, durant cette campagne, braquer le corps préfectoral. En offrant au Conseil d'État le meilleur membre de la préfectorale, il donnait satisfaction à l'orgueil des deux corps. Dans sa défaite, Berthemon faisait pour sa part un tout autre calcul : dans trois ans, le président de la République, quel qu'il soit, ne pourrait faire appel qu'à lui et, si tel n'était pas le cas, il rejoindrait la direction d'un grand groupe d'armement en ayant éliminé tout risque de conflit d'intérêts. Mais, ce jour, Berthemon se réjouissait d'une seule chose : il allait déjeuner avec son vieux complice et ancien maître de stage, André Casanova, ancien préfet, conseiller d'État lui-même, qui allait cette semaine prendre officiellement la direction de la campagne de la candidate de droite à l'élection présidentielle, Nathalie Fabre-Espérance.

Berthemon écourta sans état d'âme la réunion mensuelle consacrée aux nominations dans le corps préfectoral, laissant à son successeur la longue liste de doléances de la secrétaire générale du ministère. Il s'assura simplement que, pour ce Conseil des ministres de mercredi, Jean-Pierre Bola soit bien nommé au milieu du dernier mouvement de préfets avant la campagne présidentielle. Il récupéra son ancien collègue dans l'antichambre du bureau de la ministre, l'embrassa chaleureusement et, du pas assuré des vieilles amitiés, ils quittèrent la place Beauvau. Les deux préfets qui remontaient la rue du Faubourg-Saint-Honoré jusqu'à l'hôtel Bristol avaient la démarche d'hommes satisfaits ; ils offraient une photo idéale pour un caméraman embusqué qui aurait voulu filmer, sur l'instant, la permanence du pouvoir. Malgré une dizaine d'années d'écart, le plus jeune paraissait plus fatigué que l'autre, même si les deux arboraient des cernes tout aussi creusés. « Les paupières tombantes », comme un ancien ministre de l'Intérieur surnommait leurs semblables : des yeux usés à déchiffrer des dossiers dans la pénombre des bureaux. L'un, pour dissimuler une maigreur maladive, s'était efforcé toute sa vie d'être élégant, l'autre avait un certain charme dans la rondeur et s'habillait en passe-partout arborant des cravates club démodées. Berthemon, c'est de lui qu'il s'agissait, était quelque peu fatigué par son métier. Casanova, l'élégant, revenait, lui, de quatre jours de vacances qui parfaisaient un air jésuite d'une mine insolemment bronzée. Si aucun des deux n'avait réellement les moyens de déjeuner au bar du Bristol, ils s'y rendaient quand même puisque c'était le lieu où se confessent les faux secrets. Ils savaient d'ailleurs ce qu'ils faisaient en s'y montrant tous les deux. Du reste, le directeur général de la police y prenait un apéritif avec son homologue émirati. Après les banalités d'usage sur la coopération antiterroriste, alors que les grands flics se dirigeaient vers le restaurant étoilé, les deux préfets restèrent, eux, au bar et commandèrent des hamburgers-salades accompagnés chacun d'un verre de Bordeaux.

— Alors, tu nous rejoins au Conseil d'État au moment où je m'en éloigne !

— Tu ne seras jamais loin. C'est donc vrai ce que dit la presse, tu vas enfin diriger officiellement la campagne de Fabre ?

— Oui, tu connais les circonstances. J'étais déjà au cœur du dispositif, mais elle avait choisi un mode d'organisation farfelu. Elle est parfois velléitaire. Je serai dorénavant le seul chef. Je crains qu'elle ne soit partie trop tard en campagne. Je vais de toute façon me consacrer à la préparation des sujets régaliens, car je pense que Nathalie voudra me nommer ministre de l'Intérieur. Je lui ai trouvé un jeune chef de cabinet, un sous-préfet ambitieux qui, lui, gardera la boutique.

Berthemon s'étonna du cynisme assumé de son acolyte, car il avait toujours apprécié chez son ancien collègue son détachement d'esthète de la politique. Ce côté vaguement mercenaire le crispa :

— Le préfet ressort toujours derrière le conseiller d'État, lui dit-il, ne sachant plus lui-même si c'était un compliment ou une moquerie.

— Oui, les jeunes m'appellent encore monsieur le préfet. Si tu allumes un peu la télévision dans ta Normandie, tu me diras ce que tu penses de mes prestations.

— Tu sais bien que je considère que notre rôle est avant tout de servir l'État, que la lumière est source d'ennuis.

— Tu ne vas pas t'ennuyer au Conseil ? Et votre président ? dit-il en plaisantant. Toujours aussi sûr de lui ?

— Nous nous sommes vus brièvement ce matin, tu connais cette machine intellectuelle. Je n'arrive pas à analyser la réalité des intentions de vote en faveur de la candidate de la Ligue ; elles sont quand même élevées dans tous les sondages. Après l'explosion de l'extrême droite il y a trois mois, je trouve que cette petite candidate est surestimée : 19,5 % en troisième place, c'est beaucoup, non ?

— Le score de l'ancien Front de droite était corrélé au niveau d'abstention. Dès que la participation remontait, il baissait. Pour cette élection, je pense que tu seras d'accord avec moi, l'abstention sera forte.

— Lundi, quatre quotidiens régionaux vont publier chacun un sondage. J'ai demandé au bureau des élections d'en commander un autre pour l'Île-de-France avec le même institut. En travaillant avec des métadonnées, nous aurons une projection nationale plus fiable, ce sera un échantillon de six mille électeurs.

— Tu as demandé que l'expérience soit renouvelée dans un mois ?

— Oui, bien sûr, et dans deux.

— J'imagine que tu as fait nommer au bureau des élections quelqu'un qui t'est fidèle ?

— Et redevable ! Mon ancien directeur de cabinet quand j'étais préfet des Alpes-Maritimes. Il m'a promis de venir déjeuner en Normandie dans une petite quinzaine de jours le dimanche. Il disposera alors des détails complets des sondages, avec l'analyse des reports de vote dans les régions où l'extrême droite faisait un bon score.

— Je t'appellerai si tu le veux bien ce jour-là vers 17 heures pour te laisser le temps de te reposer après votre déjeuner !

Chapitre 2

À quoi bon des oppositions

Le mardi midi, à l'issue de la réunion du principal groupe d'opposition et des réunions de commissions, Nathalie Fabre-Espérance conviait dans son bureau du Palais-Bourbon cinq fidèles députés pour parler de stratégie. Quatre sénateurs venaient compléter cet aréopage. Il ne fallait pas être grand clerc de la vie politique pour comprendre que ce conciliabule visait plutôt à faire entériner ses décisions par des parlementaires plutôt que de les faire participer à une quelconque réflexion. Nathalie disposait pour cela de son premier cercle et avant tout de son cerveau.

Après avoir été une ministre dont l'objectif principal s'était révélé de le rester, ambitieuse et égoïste, Nathalie Fabre-Espérance était devenue au fil des responsabilités une femme politique des plus mystérieuses. Son intelligence hors norme l'aidait à surnager dans la médiocrité de toute opposition. Ses anciens collaborateurs peignaient avec une forme d'amertume les ambiguïtés de son caractère : manipulatrice tout en étant influençable, péremptoire autant qu'elle était opportuniste, attachante et ingrate. Pour ceux qui s'étaient davantage éloignés d'elle, elle avait si peu de convictions qu'elle ponctuait régulièrement ses interventions de formules creuses sur le risque de la désunion, la nécessité de l'ordre et la volonté sans faille qui l'animait. Ils feignaient d'ignorer que l'ingratitude était un réflexe pavlovien pour un politique qui ne voulait jamais s'entendre dire « Qui t'a fait roi ? » – en l'occurrence reine ! Tous s'accordaient sur un seul point : sa radinerie. Elle ne réglait jamais un déjeuner, avait toujours oublié sa carte bancaire, donnait le moins possible pour le cadeau de départ d'un collaborateur, allant même jusqu'à s'en attribuer l'idée. Telle était Nathalie Fabre-Espérance, candidate investie par les militants de l'Union républicaine pour porter leurs couleurs à l'élection présidentielle. Aussi, aux antipodes de la tradition gaulliste, Nathalie Fabre-Espérance n'était-elle que la candidate de la droite. Elle n'en était d'ailleurs pas la cheffe, ce que quelques féodaux s'ingéniaient à lui montrer en lui rappelant qu'elle était à la fois une femme et une héritière.

L'opposition aimait se dire « l'opposition », bien qu'elle ne fût que l'une d'elles à l'Assemblée nationale. Pour l'opinion et les médias, l'ancien Front de droite et la Ligue constituaient dorénavant la véritable opposition, alors qu'ils ne l'étaient pas en nombre de sièges. La gauche écologique et progressiste, rassemblée depuis peu dans un intergroupe, partageait de son côté les miettes des temps de parole avec l'extrême gauche de la Convention populaire.

L'ordre du jour de l'Assemblée pour ces dernières journées de session avant l'élection présidentielle était encore encombré par l'ultime lecture d'un projet de loi de finances rectificative rendu indispensable par l'état des caisses. Nathalie Fabre-Espérance choisit pourtant d'intervenir lors des discussions sur les opérations militaires extérieures de la France. Elle considérait, à tort, que ce débat accentuerait sa stature présidentiable. Joseph Rossel, président la Convention populaire, était dans le même état d'esprit. Ce type de débat n'attirant pas les foules, ils avaient rameuté leurs proches pour donner aux bancs de l'hémicycle un air davantage fourni. Le néoconventionnel était féru de citations historiques. Ses discours imposaient une forme de silence dans les travées, car il fallait chercher le rapport entre ses digressions et la discussion en cours. Dès qu'un député comprenait qu'il n'y en avait aucun, chacun retournait à ses lectures ou aux bavardages avec son voisin.

« Une fois n'est pas coutume », déclama Rossel, en haussant le ton tout en fixant du regard la ministre de la Défense, impassible, « je citerai à cette tribune un boxeur, non pas Mohamed Ali, mais son grand rival, Joe Frazier : "Ce n'est pas la même chose quand un combattant se déplace parce qu'il le veut et quand il le fait parce qu'il est obligé de le faire." » On avait pu lire dans le compte rendu intégral des débats publié au *Journal officiel* : « applaudissements nourris sur les bancs du groupe Convention populaire ».

Nathalie Fabre-Espérance et Joseph Rossel s'observaient, discourant l'un après l'autre à la tribune de l'Assemblée, depuis leur banc respectif. Ils auraient à s'affronter lors de plusieurs débats télévisés. Fabre-Espérance s'exprimait clairement, mais regardait droit devant elle, comme si elle fixait une seule caméra. Rossel, lui, s'adressait à la foule de militants qui l'acclamait bien au-delà du Palais-Bourbon. Il pivotait sur lui-même d'un quart de tour toutes les minutes. « S'il est emporté par son verbe, il perdra les téléspectateurs », se disait-elle. « Elle est trop figée, pensait-il, elle va les crisper. »

Devant eux, la ministre de la Défense et son cabinet prenaient soigneusement des notes. À moins qu'ils n'échangeassent des blagues, car ce n'étaient pas les quelques minutes de suspension de séance qui leur permettaient de rédiger une réponse argumentée. La trame du texte était déjà écrite à l'avance grâce aux interventions des orateurs de la majorité, qui étaient transmises à l'avance. Ils y ajoutaient, à toute vitesse, les noms des autres orateurs, ponctués d'allusions pour donner l'impression de leur répondre.

À la surprise générale, le leader du parti des conventionnels, après avoir avalé une gorgée d'eau à la tribune, ne rejoignit pas sa place à l'extrême gauche de l'hémicycle, mais alla se poser quelques instants sur un banc relevé et voisin de Nathalie Fabre-Espérance.

— Je crois que nous sommes condamnés à nous suivre ces jours-ci. J'ai un meeting aussi demain soir à Bordeaux.

— Nous verrons si nos scores se suivent aussi, répliqua-t-elle amusée.

— Je prends le TGV quarante-cinq minutes après les questions au gouvernement, et vous ?

— Oui, ça ne m'enchante guère, cette séance…

— Bien obligé d'écouter ce tocard de Premier ministre ! Sinon, on nous reprocherait de ne pas exercer notre mandat

— Si nous nous croisons demain au wagon-bar, les journalistes s'en donneront à cœur joie, comme maintenant.

Ils sourirent mécaniquement en regardant vers les tribunes des photographes, qui les mitraillaient sans discontinuer.

— C'est mieux de commencer à se connaître après tant d'années sur ces bancs !

— Vous auriez pu connaître mon père, dit-elle, perfide.

— Mais je l'ai connu, répondit-il amusé. À demain madame !

— À demain monsieur Rossel.

Quelle que soit l'opinion de chacun sur la fin de l'intervention au Mali, l'envoi de matériels et de conseillers militaires en Ukraine ou le caractère brouillon de la politique étrangère du président Stolon, tous les grands groupes politiques votèrent pour l'engagement de nos troupes au nom du respect dû à ceux, trop nombreux, qui étaient tombés au combat. Le mot « honneur » avait vraiment un sens. C'était un des rares moments où cette législature se tenait convenablement.

La commission des lois se réunissait presque au même moment et Nathalie voulait en profiter pour échanger avec le député de Toulon, Auguste Cotta, qui allait trop loin dans ses positions sur l'immigration, lesquelles ne pourraient jamais être mises en œuvre. Heureusement, la réunion de la commission parlementaire portait sur l'audition du futur président de la Commission nationale de l'informatique et des libertés. L'intéressé, ancien ministre du Logement du président Stolon, était à la peine alors qu'il se réfugiait derrière son statut d'ancien membre de la Cour des comptes pour jurer de son indépendance. Il se braqua complétement lorsqu'un député de la Convention populaire l'interrogea sur le concept d'État profond. Nathalie n'écoutait que distraitement le futur recalé et attendit que son collègue député ait terminé son intervention sur la nécessité de permettre l'identification par vidéoprotection pour demander à ce dernier :

— Tu dînes à la buvette ce soir ?

— Oui, mais avec notre ami Dominique Villeret de Saint-Jacques. J'ai obtenu une dérogation, car il est auditionné par la mission sur la régionalisation et il a été quelques années député puis ministre.

— Ils sont stricts sur les invitations, surtout le mardi soir, mais, en cette dernière semaine, il y a moins de monde. Je vais lui laisser un message.

— J'ai deux ou trois choses à voir avec lui. Tu nous rejoins au cours du dîner si ça te va…

— C'est parfait, je serai là à 20 h 45, comme ça, je ne dînerai que d'un plat. Il faut que je garde la ligne pour cette campagne.

À l'heure précise, Nathalie Fabre-Espérance, après avoir salué la conseillère parlementaire du ministre des Finances qui attendait son patron en triant les doléances reçues dans l'hémicycle, poussa la double porte capitonnée qui séparait la salle des conférences de la buvette. La télévision était allumée sur CNews et les commentateurs glosaient sur son échange avec Joseph Rossel. La photo de leurs sourires en direction de la tribune des journalistes était incrustée dans un médaillon en bas d'écran. Elle riait intérieurement de cette image. Immanquablement, lorsqu'elle franchissait la porte de la buvette, lui revenaient à l'esprit des souvenirs de petite fille, quand, certains vendredis de vacances scolaires, elle venait déjeuner avec son père, alors vice-président de l'Assemblée nationale et figure gaulliste issue de la Résistance. Rien n'avait changé, ni la décoration, ni les copieux buffets, si ce n'est la place désormais allouée aux produits allégés ou même végétariens. Pour son premier déjeuner en tant que députée, il y a maintenant vingt ans, un serveur lui avait offert un diabolo-fraise en lui annonçant qu'il prenait sa retraite dans l'année. Elle aimait tellement son père qu'une grande nostalgie la submergeait quand elle marchait dans ses pas.

Au fond à gauche de la buvette était attablée Valérie Mézenc, la présidente de la Ligue, avec « ses » députés de Marseille et de Béziers, une bouteille de Côtes-du-Rhône vidée, les cafés déjà servis. Celle-ci rodait au cours de cette mini-discussion budgétaire son discours de candidate, qui sur certains aspects se voulait plus libéral que celui de ses adversaires gaullistes. Elles se saluèrent d'un léger mouvement de la tête, sans même se regarder.

Augustin Cotta et Dominique Villeret de Saint-Jacques s'étaient assis dans un angle opposé, néanmoins à la vue de tous. Peu de choses les rassemblaient, mais Dominique Villeret de Saint-Jacques, qui prenait le mois suivant sa retraite d'avocat, voulait s'entretenir de la future extension de l'aéroport de Toulon. Le député n'avait aucune influence sur ce dossier, mais il se sentait flatté que ce célèbre avocat, ancien parlementaire, ancien ministre, lui manifestât de l'intérêt. En quête de respectabilité, il s'entêtait à essayer de devenir ministre dans un prochain gouvernement de droite, quelle que soit la droite, d'ailleurs. Dominique, lui, était satisfait d'être aperçu en un tel lieu avec la candidate issue des rangs de l'Union gaulliste et républicaine. Un tel rendez-vous ne pouvait qu'augmenter ses émoluments d'avocat – un contact avec une candidate à l'élection présidentielle se facture plus cher qu'avec un député –, même s'il avait été un intime du père de la candidate.

— Nathalie, quelle joie de te revoir !

— Joie partagée, cher Dominique !

— Bon, j'évacue ce sujet d'aéroport. Vous n'êtes pas écologistes, vous y êtes favorables tous les deux.

— Oui, déclarèrent-ils avec un rire non feint.

— Vous voyez, Augustin, vous allez devenir ministre des Transports de Nathalie.

Augustin rosissait.

— Vous voyez, Dominique, le problème est qu'Augustin fait de la surenchère sur l'immigration face à la Ligue. Ses propos galvanisent nos adversaires sur Twitter. Or, j'ai besoin d'un projet réaliste, d'une partie de l'électorat centriste.

— Je suis totalement extérieur à votre jeu, mais il existe des invariants que vous connaissez. Augustin, vous voulez devenir ministre, alors concentrez-vous sur la sécurité ! Nathalie, adoubez-le lors d'une grande réunion sur ses terres.

— Augustin, faites-moi une proposition de meeting en ce sens et ça m'ira. Je pense utile de faire une réunion publique la semaine prochaine sur la sécurité. Ce sera le vrai commencement de cette campagne. Organise une dizaine de réunions dans ta région et sur la Côte d'Azur. Tu auras un budget pour cela. Mes équipes cibleront les zones périurbaines, où nous devons récupérer des voix.

Les regards se tournèrent vers le téléviseur, qui retraçait les causes de l'accident de la première adjointe. Sans même respecter quelques jours de deuil, la polémique montait sur la cohabitation des cyclistes et des autres usagers.

— Connaissiez-vous la première adjointe qui s'est fait renverser ? interrogea Dominique Villeret de Saint-Jacques.

— Non, répondirent-ils en chœur.

— J'ai entendu dire dans les couloirs du Palais de Justice que le vélo était défectueux. Si cela se révèle exact, cet accident pourrait coûter quelques points au maire de Paris. L'enquête qui s'embourbait sur le marché des Vélib' a de surcroît été confiée à une magistrate instructrice plutôt teigneuse. Un jeune collègue avocat s'est porté partie civile au début de l'été parce qu'il s'était fait agresser à vélo. Mon petit doigt me dit qu'il va y avoir des rebondissements.

— Et comment s'appelle votre petit doigt ? s'amusa Nathalie.

— « Une armée sans espions ressemble à un corps sans yeux ni oreilles », si je ne me trompe pas dans mes citations[1]. Allez, je m'éclipse. Nathalie, Augustin, enfin je décolle...

Il se leva et salua tous les parlementaires présents de son beau sourire.

---

1. Sun Tzu, *L'Art de la guerre*, chapitre 13.

— Merci, Dominique, encore une fois, vous m'avez été précieux. Alors, Augustin, je peux compter sur vous. Je veux que l'on affiche une équipe soudée. Je dois y aller, je veux garder des forces pour les dernières semaines.

Nathalie Fabre-Espérance allongea ses longues jambes à l'arrière de la DS. Ce soir de février, elle ne voulait plus entendre les informations. Elle sortit son iPad de son sac pour se connecter à une application musicale. Suspendue à la musique, elle cherchait à chasser ses appréhensions. Curieusement, ce fut le premier mouvement de la Symphonie n° 1 de Brahms conduite par son chef d'orchestre préféré qu'elle lança. Tout le tragique de l'existence s'y exprimait. Plus elle s'éloignait du Palais-Bourbon, plus s'estompait le lourd poids de l'héritage. Ce soir, la présence de Villeret de Saint-Jacques avait ravivé les souvenirs de son père. Elle avait hâte que la session se termine pour ne plus se perdre dans ses remémorations, ni penser à cette petite fille qu'elle avait été, jouant dans les couloirs de l'Assemblée, au milieu de tous ces hommes de pouvoir.

Dans la nuit parisienne, un embouteillage s'était formé aux abords de la place du Trocadéro, obligeant le cortège à ralentir sa course. Nathalie n'allait pas se payer le ridicule de descendre marcher, escortée d'une protection imposante, voitures roulant au pas derrière. Elle qui avait retenu parmi les leçons de sa mère que le permis de conduire était une liberté essentielle pour une femme moderne, avait toujours adoré prendre le volant. Dès lors qu'elle avait gagné en responsabilités politiques, elle ne pouvait plus monter à l'avant, la place étant celle du garde du corps. Ça, elle s'y était habituée. Mais, depuis sa désignation comme candidate de la droite, sa sécurité avait été renforcée d'un motard, d'une voiture suiveuse et de tous ces gyrophares bleus qui tournaient en permanence au-dessus de leurs têtes. Elle avait le sentiment d'être ballottée d'un lieu à un autre sans être libre du moindre mouvement. Avec l'impression de négocier ses moments de solitude avec sa sécurité, elle demanda qu'on la laissât sur l'esplanade.

Chapeau en feutre, masque et grande écharpe, vêtue d'un long manteau, elle était méconnaissable. La douceur du deuxième mouvement de Brahms ne la rassurait pas davantage que le premier. Cette campagne allait être tragique, se disait-elle. Pour autant, elle avait toujours pensé que son heure était arrivée, que c'était à elle que le pouvoir revenait. Mais, elle en était certaine aussi, les choses allaient se passer différemment, comme une intuition inexplicable. Le retour de la violence en politique, l'agressivité des journalistes, elle s'y était facilement acclimatée. Son père l'avait élevée au milieu des gloires de la Résistance et dans la crainte d'éventuels ennemis de l'intérieur. Non, ce n'était pas cela qui l'angoissait, mais la permanence des attaques, les trêves qui n'existaient plus.

À qui se confier ? Sûrement pas à son mari, davantage un *sparing partner* qui la soutenait dans sa carrière et ignorait, par hygiène mentale, le fonctionnement du monde politique. Sa fille, adolescente, était beaucoup trop jeune, il fallait lui épargner ce genre de préoccupations. Elle remonta alors dans sa voiture, augmenta le volume de ses écouteurs et ferma les yeux.

Chapitre 3

Des entretiens très politiques

Gérard Beauvallon goûtait aux charmes du retrait progressif de la vie politique. Il limitait son engagement à la ville d'Orléans, dont il était le maire consensuel depuis vingt-deux ans, bien que son engagement derrière le président Stolon lui ait coûté la majorité à la communauté d'agglomération. Encouragé par ses petits-enfants, qui avaient pour lui d'autres projets que de le voir ruminer ses récents échecs, il ne manifestait aucune envie de s'investir dans la campagne présidentielle. Il était néanmoins touché de revoir le président de la République, qui l'avait convié à un apéritif à midi précis. Il fut étonné d'être accueilli directement par François Stolon :

— Que souhaitez-vous prendre, Gérard ?

— Je ne vous répondrai pas l'Intérieur, la plaisanterie sentirait le réchauffé !

— Vous n'êtes pas non plus Clemenceau, rétorqua le président Stolon.

N'oubliant pas pourquoi il avait fait venir son ancien ministre de la Défense, le président regretta son trait humour. Cela faisait deux ans qu'ils ne s'étaient pas retrouvés en tête-à-tête, précisément depuis un tumultueux entretien au sujet de la réorganisation des services de renseignement extérieur qui scella leur désaccord politique et un départ du gouvernement pour Beauvallon. L'entourage du président avait laissé filtrer dans la presse qu'un changement générationnel était nécessaire pour moderniser nos armées, ce qui avait accentué encore la distance entre les deux anciens alliés. Deux dîners familiaux et des remises de décorations n'avaient pas permis de retisser des liens solides. Beauvallon n'était dupe de rien, mais, faisant mine de ne pas se vexer, enchaîna :

— Alors, de quoi souhaitez-vous que nous parlions ?

— De ma candidature. Je voudrais me déclarer en fin de semaine ou lundi au plus tard.

— Vous êtes en campagne permanente depuis plus d'un an. Ne pensez-vous pas que vos déambulations présidentielles ont été interprétées ainsi ?

— C'est l'objet ! rétorqua le président. J'ai rencontré des milliers de Français, je les convaincs, je garderai la même méthode, ponctuée de grands rendez-vous médiatiques.

Beauvallon n'était pas si vieux jeu que cela, mais il n'aimait pas le mélange des genres. Accoutumé à l'utilisation des moyens publics pour la politique partisane – il était conscient que la vertu conduisait au totalitarisme –, ce qu'il tolérait pour une mairie ou un ministère le contrariait quand il s'agissait du sommet de l'État. L'Élysée, la présidence de la République, représentait à ses yeux la scène du sacre républicain qu'il fallait préserver au maximum de la basse politique.

Plus pragmatiquement d'ailleurs, il estimait que, à force d'être en campagne permanente, le président peinerait à vraiment entrer dans la compétition.

— C'est de ça que je souhaite m'entretenir avec vous, Gérard, je suis excédé par le conformisme de ceux qui m'entourent. Je dois préparer mon intervention de ce soir à un dîner sur la culture et je ne dispose que de notes de technocrates sur les scènes nationales, l'inclusion et la décentralisation culturelle. À part sur ces points qui n'intéressent que trois spécialistes, je n'aurai pas de propositions claires et efficaces. Je voudrais votre avis sur ma future équipe de campagne. Heureusement, pour l'instant, la droite et l'extrême droite se font la courte échelle. Elles deviendront assez vite un repoussoir ; sinon, je l'avoue, je serai en difficulté.

— Toutes les stratégies se valent, mais, si j'ai bien compris, vous voulez également faire une campagne à droite.

— C'est le seul positionnement central aujourd'hui, le curseur s'est déplacé.

— Mais si la candidate de droite arrive en tête, vous êtes éliminé !

— Fabre n'a pas acquis la crédibilité pour devenir présidente. Elle ferait une bonne Première ministre, point !

— Y songez-vous ?

La façon d'être du président portait sur les nerfs de l'ancien ministre. Le charme était rompu depuis bien longtemps et ce qui, comme en tout amour, amusait dans les moments de découverte, exaspérait en fin de course. Pour tenter de se contenir, Beauvallon sortit un petit carnet de sa poche et nota consciencieusement « crédibilité », sans pouvoir s'empêcher de prodiguer à Stolon des conseils qui sonnaient comme des reproches.

— J'ai entendu dire que les journalistes du groupe Alban attendent ce soir votre prestation devant la fondation de leurs actionnaires pour décider du positionnement de leur journal dans la campagne.

— C'est étonnant, j'interviens sur des questions culturelles. Ce n'est pas ce soir que je vais faire mon grand discours de campagne. D'ici une dizaine de jours probablement, je fixerai le cadre, mais je vais devoir me déplacer sur l'échiquier politique. Les grandes crises des dernières années, du Covid aux tensions militaires, ont bouleversé la donne.

— La culture aurait pu être une bonne accroche !

— J'y ai songé. Mais vu que je veux mettre un terme à ce système qui s'imagine que les subventions poussent sur les arbres, je ne vais pas aborder le sujet avant une élection.

« Vous découvrez le pays. C'est là tout le problème, vous étiez complètement inexpérimenté avant », pensa Gérard, qui réussit par miracle à contenir sa rancœur et orienter la discussion sur le positionnement politique du candidat :

— Vous êtes parfaitement conscient que ça ne sera pas comme en 2017. Personne ne va vous laisser vous exprimer sans creuser vos propos. Si vous développez trop les thématiques de droite, vous légitimez le discours de l'adversaire

— Mais, Gérard, ce que je dis est exactement ce que vous pensez et exprimez depuis des années, non ?

— On m'a toujours accusé d'être de droite…

— Alors, vous pouvez à nouveau me soutenir !

— Mais, François, je ne vais pas soutenir quelqu'un d'autre !

— Vous me critiquez à longueur d'interview !

— C'est pour me dire cela que vous m'avez fait venir ?

— Non, Gérard, vous le savez, c'est pour vous dire que j'ai besoin de vous, de votre sens politique. Que pensez-vous de Bola, votre ancien collaborateur, mon chef de cabinet, comme directeur de campagne ou porte-parole ?

Il nota à nouveau dans son petit carnet « équipe de campagne » et, voyant que le président semblait vouloir achever l'entretien, se leva tout à ses ruminations :

— Je vais lui parler, je crois qu'il doit m'attendre dans l'antichambre.

— Oui, je le vois dans la foulée. Mettez-moi un SMS. Merci Gérard, votre sincérité m'est précieuse, revoyons-nous plus souvent.

Le président raccompagna Gérard Beauvallon jusqu'à l'antichambre, où l'attendait, tapotant fébrilement sur son smartphone, Jean-Pierre Bola, son ancien collaborateur, qui avait depuis trois ans rejoint le cabinet du président en qualité de chef de cabinet. Jean-Pierre lui manifestait une affection non feinte, mais leurs trajectoires avaient divergé. L'aventure pour Bola était aux côtés de Stolon. De là à ne lui faire aucune confidence sur ses probables attributions et engager la conversation sur Orléans, où Beauvallon, si bien implanté, avait été réélu de justesse, c'était davantage qu'une maladresse ! Son ancien collaborateur lui expliqua simplement qu'ils allaient y retourner rapidement avec le président pour un petit salut amical à Jeanne d'Arc. Ils convinrent de s'appeler pour préparer les modalités de ce déplacement.

En descendant l'escalier Murat aux dégradés colorés qui lui rappelaient les friandises de son enfance, Beauvallon avait faim. Rien ne lui avait été offert durant cet apéritif qui avait duré exactement trente et une minutes. Il emprunta la sortie de la rue de l'Élysée, marcha par les allées arborées du bas des Champs, traversa la Seine par le pont de la Concorde et décida de s'asseoir à la terrasse chauffée de la brasserie Le Bourbon pour savourer une cigarette avant de déjeuner. En quelques instants, il se persuada qu'il était temps de quitter la vie politique, de passer le flambeau à une autre génération. Un nouveau maire accueillerait Stolon. S'il vendait sa maison d'Orléans, trop grande pour un homme seul depuis le décès de son épouse, il pourrait acheter le petit studio qui jouxtait son appartement parisien et créer une chambre indépendante pour ses petits-enfants. Il irait à Orléans tous les vendredis pour encombrer le nouveau maire ou répondre à son courrier. Un deux-pièces en location lui suffirait puisque, quoi qu'il en soit, il dînerait à la brasserie du centre-ville. Il s'occuperait mieux de ses petits-enfants que de ses enfants, qu'il avait complètement négligés. Ces pensées le réjouissaient. Il en oublia le SMS promis au président.

— Bonjour monsieur le ministre, quelle belle journée ensoleillée pour vous croiser ! J'ai en tête de faire un déplacement prochainement dans votre région.

Il leva les yeux, sourit à Nathalie Fabre-Espérance qui entrait dans le bistrot.

— D'autant que je vais démissionner de la mairie pour me consacrer à mes petits-enfants, lui répondit Gérard en se levant. Voulez-vous vous asseoir avec moi ?

— Ce ne serait pas prudent, j'en ai trop fait hier avec la gauche. Vous avez bien raison, j'ai adoré faire mes révisions pour Polytechnique chez mon grand-père. J'ai appris tellement de choses dans son vieil appartement de la rue Soufflot.

— Il était ingénieur, c'est cela ?

— Oui, et il n'est pas pour rien dans l'engagement politique de mon père et le mien.

Beauvallon imaginait Fabre, jeune, réviser intensément. Il partit instantanément dans ses pensées, où se mêlaient le visage de sa petite-fille et celui de la candidate.

— Quel lieu me conseillez-vous de visiter, par courtoisie républicaine ? J'irai bien sûr faire un tour chez votre président d'agglomération, qui est un de mes amis comme vous le savez.

— Organisez ce samedi une réunion de quelques élus dans sa commune. Faites avec lui une tournée de commerçants et je vous réserverai un accueil républicain digne de ce nom. Au fond, nous ne nous entendons pas si mal.

— Quand annoncez-vous votre démission ?

— La veille de votre venue !

— Nous sommes jeudi, je pourrai venir samedi matin alors. Ça nourrira la presse du dimanche.

— Nous serons en photo ensemble, sourit-il en se frottant les mains.

Fabre-Espérance lui expliqua que son mari possédait une petite maison en Sologne et que ce serait l'endroit idéal pour un dernier week-end au calme. Ils se séparèrent en se donnant rendez-vous le samedi.

La démarche de Gérard Beauvallon intriguait quand même Nathalie. Elle le sentait sincère, le savait blessé par son dernier revers électoral, mais ne le connaissait pas assez pour lui faire pleinement confiance. Elle pensait malgré tout qu'il soutiendrait Stolon. D'instinct, elle estima que le jeu en valait la chandelle ; ce week-end pourrait s'avérer un beau coup politique pour dynamiser sa campagne. En prenant l'autoroute lundi matin, elle poursuivrait par un déjeuner avec des élus à Mâcon, sillonnerait le vignoble l'après-midi, puis rentrerait en TGV en fin de journée. À moins d'y dormir dès dimanche soir. L'idéal alors serait de partir dimanche à 13 heures ou même avant, si elle voulait visiter Cluny, prendre un verre avec le préfet qui avait été son ancien directeur adjoint de cabinet. Oui, voilà ce qu'elle allait exposer à ses collaborateurs. Il fallait convaincre sa fille et son mari de se coltiner un dimanche sur la route pour voir une abbaye. Ils déjeuneraient rapidement en partant juste assez tôt. Elle leur mit un message sur le groupe WhatsApp de la famille avant d'en parler à ses collaborateurs. « On se retrouve tous en Sologne vendredi soir. J'ai réunion à Orléans en fin de matinée ; on pourrait aller au théâtre samedi soir à Bourges ou Orléans, je vous laisse choisir… Qu'en pensez-vous ? » Son week-end en famille allait devenir très politique. Elle se dirigea vers une table dressée pour quatre au fond du bistrot où l'attendait seul, sirotant un Coca-Cola, Rémi Pérou, son conseiller politique :

— Rémi, trouvez-moi le discours d'inauguration de la maison de la culture de Bourges par André Malraux pour des citations. Demandez à nos référents culture des idées. On va à Orléans samedi matin. Dimanche à Cluny et lundi à Mâcon. Jean-Jacques Le Brun vous passera des idées sur l'agriculture biologique, appelez-le de ma part ou un de ses directeurs chez Alban. Les équipes de son groupe pharmaceutique ont une branche spécialisée dans les produits bio.

Rémi eut un haussement d'épaules et de sourcils qui agaça Nathalie. Il y avait quelque chose dans son attitude qu'elle ne saisissait pas. Elle avait du mal avec ses humeurs cryptiques. Malgré une proximité qui datait de leurs jeunes années, Nathalie n'en demeurait pas moins sa patronne durant cette campagne. Les effusions n'étaient pas de rigueur non plus, mais même si en privé il se permettait d'être direct, parfois même désagréable, s'ingéniant à appuyer sur ses faiblesses au motif de la stimuler, elle estimait n'avoir pas à gérer ses humeurs.

Personne ne peut s'immiscer dans plus de vingt ans d'une solide complicité qui avait débuté lorsque Rémi effectuait un stage d'ingénieur en électronique dans la prestigieuse unité Radar du groupe Thomson-CSF où Nathalie, de cinq ans son aînée, venait, elle, d'être embauchée à sa sortie de l'École des mines. Six mois intenses scelleraient une relation parfois faite de tendresse, parfois émaillée de soumission, car Nathalie avait au sens littéral du terme fait l'éducation de Rémi : elle l'avait jeté sans bouée dans le grand bain de la politique en l'invitant à une soirée électorale donnée par son père le soir du référendum sur le traité de Maastricht. C'était la première fois que Rémi, fraîchement débarqué de Brest, mettait les pieds dans un appartement de trois cents mètres carrés, de surcroît rencontrait des parlementaires et des ministres. Sa bonne éducation provinciale, sa culture historique, littéraire et politique, évidemment un charme dont il savait user avec l'innocence de la jeunesse, l'avaient fait remarquer d'un ancien ministre de l'Intérieur, mais c'était une autre histoire. L'ancien stagiaire de Nathalie, comme il se présentait parfois – ce qui était parfaitement inexact –, n'avait pour l'occasion aucune envie de lui être agréable. Parmi les incongruités de leur tandem, ils se seraient vouvoyés toute leur vie :

— Et vous voulez tout ça pour samedi matin ?

— Non ! Vendredi soir ! Vous avez tout l'après-midi et vendredi.

— Je vous donnerai des éléments sur la problématique du bio dimanche. Je vais rester à Paris. Peut-être que votre nouveau chef de cabinet pourrait vous accompagner.

— Non, Casanova veut qu'il tienne la machinerie du QG.

Dans ces moments-là, il ne fallait pas contrarier Nathalie, dont le cerveau avait déjà étudié et tranché toutes les hypothèses. André Casanova arriva à temps, avec Audrey, son attachée de presse, pour absorber les sautes d'humeur de la candidate au grand soulagement de Rémi qui estimait que c'était la seule utilité du directeur de campagne.

— Ah, André, vous êtes en retard. Je vais samedi matin à Orléans. Rejoignez-moi à Mâcon lundi pour le déjeuner.

— Je peux venir samedi aussi.

— Écoutez, dans trente minutes au QG, j'ai rendez-vous avec Michèle Chanay. Elle m'a confié préparer un portrait au vitriol du maire de Paris pour *Valeurs actuelles*. Elle me veut dans une de ses émissions sur LCI ou Europe 1. Je dois lui réserver une annonce, c'est une des plus belles plumes des médias. Je ne peux pas lui faire à l'envers, elle ne va pas se laisser prendre comme un jeune journaliste de chaîne info.

— Vous les négligez trop, nous y avons des relais très utiles, sauta sur l'occasion Audrey qui peinait à caler dans l'agenda un déjeuner avec un club de journalistes officiant dans ces chaînes.

— Ce n'est pas le sujet du jour, rétorqua Nathalie, visiblement à cran. Je ne vous demande pas de choisir les journalistes en fonction des affinités que vous avez. Casanova, envoyez-moi quelques éléments dans trente minutes, je n'ai toujours pas de programme définitif !

— Vous pourriez faire une sortie sur le lien entre immigration et insécurité ! J'ai des tonnes de chiffres sur les quartiers difficiles, proposa Casanova.

— Et dites à Machin... Comment s'appelle-t-il, le chef de cabinet que vous m'avez dégoté ?

— Valentin !

— Dites à Valentin qu'il me faut un très grand canapé dans mon bureau, c'est la troisième fois que je lui dis ! Je veux pouvoir faire des micro-siestes. Je vais recevoir Michèle dans un bureau qui ressemble à celui d'un directeur d'une filiale du Crédit lyonnais à Nogent-le-Rotrou ! Avez-vous enfin appelé mon ancien conseiller parlementaire au ministère de la Santé ?

— Nous n'avons pas réussi à nous joindre ! Je voudrais, de mon côté, vous présenter quelqu'un qui a travaillé avec moi...

— Allô, Sébastien ! Alors, qu'est-ce que vous fichez ? Je vous attends dans mon équipe. Comment ça ? Vous ne savez pas ! Quand pouvez-vous commencer ? Dans quinze jours ? Non, c'est trop tard, dans une semaine. Je veux juste que votre équipe soit dans les mêmes bureaux que l'équipe presse et que vous ayez des collaborateurs en commun. Les élus, il faut les envoyer dans les médias. Génial, merci Sébastien, on va bien s'amuser. Je vous embrasse, ça me fait plaisir !

— Vous voyez, André, c'était simple… Sébastien attendait votre appel.

— Mais il est cher. Il faut tenir les dépenses de campagne. Il va devoir accepter d'être moins payé pour ces trois mois !

— Ah bon ? Vous, avez-vous diminué votre salaire ? En parlant d'argent, Rémi, je vous laisse régler ! Mettez l'addition sur les frais de campagne. Je dois aller préparer mon entretien.

Libération – Indiscrets de campagne

La candidate de l'Union gaulliste et républicaine, Nathalie Fabre-Espérance, semble se décider à remanier son équipe de campagne. Le préfet André Casanova, aujourd'hui Conseiller d'État en assurera la direction. Il sera assisté de Rémi Pérou, comme conseiller politique et Audrey Sand pour les relations avec la presse, a-t-on appris de sources concordantes.

Du côté de l'extrême droite, la candidate Valérie Mézenc, qui refuse cette étiquette, devrait dévoiler cette semaine son organigramme. Henri Benjamin, Président de la région PACA dirigera une équipe au sein de laquelle le préfet Luc d'Hauteville prendra la direction de son cabinet et Anton Sodenberg (ancien député européen et neveu de la candidate) les affaires politiques.

Le président Stolon qui n'a toujours pas annoncé sa candidature, hésite entre son chef de cabinet, Jean-Pierre Bola, nommé préfet au tour extérieur lors du dernier Conseil des ministres et sa ministre des Relations avec le parlement, porte-parole du gouvernement, Esther Diallo. Le nom de Georges Berthemon, ancien directeur de cabinet du ministre de l'Intérieur et des territoires, qui a circulé un certain temps, a été écarté, profil jugé trop « techno » par le premier cercle du Président.

À gauche, même improvisation. Louis Cerrier, pour les écologistes, se refuse à toute hiérarchie de campagne. Fidèle à ses habitudes, Joseph Rossel de la Convention populaire ne communiquera pas la moindre information avant le début de la campagne officielle. Seul le maire de Paris, Roland Garnier, a publié un document complet d'organisation où figure nombre de ses anciens collaborateurs à l'Hôtel de ville. Les Indiscrets de campagne y reviendront dans une prochaine édition.

Cet article vous est offert par Libération.fr

Pour continuer à lire les Indiscrets de campagne, abonnez-vous à Libération.

Jusqu'à dimanche, 2 mois pour un 1 € (au lieu de 9,90 €/mois).

Résiliable en ligne à tout moment

Chapitre 4

Une chaire bien triste

Le professeur Laurent Beaumann n'avait trouvé aucune solution acceptable pour se rendre à Nantes depuis Bordeaux sans utiliser sa voiture. Le train l'obligeait à repasser par Paris et perdre quatre heures de son temps avec des coûts beaucoup plus élevés. La conduite le fatiguant, il s'offrait régulièrement le petit luxe de dormir à Nantes, en dehors de la zone universitaire, pour éviter de croiser ses étudiants. Son esprit s'épargnait ainsi le stress du retard, il pouvait profiter d'une soirée en célibataire à l'hôtel, flâner en ville, dîner dans un petit bistrot en lisant *L'Obs*, non que sa compagne et sa fille lui pesassent, mais il avait parfois besoin de se retrouver seul. Lisiane, sa compagne, étant chargée d'écrire un pan du projet du candidat écologiste, le domicile conjugal se transformait peu à peu en annexe locale de la permanence du parti. Cette soirée de tranquillité hebdomadaire était quasiment la seule envisageable jusqu'au premier tour de l'élection présidentielle.

Beaumann enseignait le droit constitutionnel à la prestigieuse faculté de Bordeaux. À l'inverse de nombreux constitutionnalistes français, il avait bien soutenu une thèse sur un sujet juridique et non de sciences politiques. Quoi qu'il en soit, la politique le passionnait davantage que le droit, ce qui lui avait fait naturellement accepter la proposition d'une journée supplémentaire de cours à l'université de Nantes sur des thématiques proches de ses appétences. Ce cours, le professeur Beaumann en prononçait d'ailleurs un condensé dans une école de commerce réputée de Bordeaux, qui s'approchait d'une leçon de culture politique générale de deux heures par semaine à un tarif horaire huit fois supérieur à celui de l'université publique.

Hélas pour sa satisfaction intellectuelle, depuis plusieurs années, la dépolitisation des étudiants, mêlée à une baisse de leur culture historique, rendait son cours sur la nature du pouvoir assez abstrait : les interrogations indispensables sur l'utilité des contre-pouvoirs leur passaient bien au-dessus de la tête, comme si la fragilité de notre système ne les concernait pas. Pire, ses étudiants en master 2 de finances manifestaient une parfaite indifférence à l'utilité de la sphère publique, simple obstacle à la réussite dans le monde des affaires.

Dans l'impossible remise en cause de l'univers dans lequel il évoluait, le professeur se refusait à faire un lien entre le mainstream contestataire inculqué par les enseignants depuis le collège et l'absence totale de culture civique qui en résultait. Pourtant, les actes de ses chers étudiants étaient toujours « citoyens » : ils veillaient scrupuleusement au tri sélectif des déchets dans l'amphithéâtre.

Cette baisse de culture politique et historique pouvait également résulter de la massification du système, mais Beaumann manquait de recul, les enseignants du secondaire qu'il fréquentait étaient tous militants, soit des passionnés de leur matière qu'ils connaissaient sur le bout des doigts, soit des apparatchiks syndicaux qui n'avaient plus enseigné depuis au moins quinze ans et, vu leur caractère et leur sectarisme, il se disait que c'était une bénédiction qu'on ne leur confie plus aucun élève. Cette question du niveau estudiantin était un rare fait sociologique sur lequel il limitait son champ d'investigation. Il préférait se remémorer les enseignements – pas si lointains que cela – de ses professeurs de lycée, lesquels lui avaient inculqué le goût de la transmission. Une nostalgie qui occultait la question du pourrissement par la tête : si le niveau universitaire baissait, la formation des enseignants s'affaissait, la qualité des diplômes du plus grand nombre s'en ressentait immanquablement.

Beaumann se disait qu'il plantait quand même sa petite graine, rattrapait certaines lacunes de culture générale et se félicitait lorsqu'à la fin du cours des étudiants venaient lui poser des questions. Son seul regret, c'est que ce ne fût pas davantage des étudiantes !

Cet éminent spécialiste des logiques de pouvoir avait néanmoins des difficultés à s'extraire de sa condition d'universitaire impartial lorsqu'il devenait lui-même le centre des enjeux. Ses tentatives d'incursion au sein du Parti socialiste s'étaient soldées par un véritable échec, atténué par la rencontre avec sa nouvelle compagne, elle-même candidate écologiste. Beaumann avait conseillé Ségolène Royal en 2007 sur les questions institutionnelles. Même si les réseaux de Sciences Po et du Conseil d'État snobaient cet universitaire bordelais, il était un des grands partisans – à l'époque – de la démocratie participative. Il s'était éloigné de l'idée pour deux raisons. Quelques années plus tard, en effet, lors d'un déplacement pour les élections municipales à Bordeaux, Ségolène avait fait mine de ne pas le reconnaître. Il s'était senti légitimement humilié et éprouvait une certaine amertume pour ce projet inséparable de cette icône politique française. Par-dessus tout, lorsqu'il avait vu fonctionner sur le terrain les prétendus mécanismes de vote des assemblées de quartiers ou de grandes consultations dites citoyennes, il avait fini par ranger ses études et classer ses notes, les experts confisquant totalement le processus délibératif, bien davantage que des lobbys dans de véritables assemblées démocratiques.

Son premier cours du semestre, juste après les examens de janvier, faisait toujours sensation. Il interrogeait systématiquement les étudiants sur leur perception des mécanismes de pouvoir. Leur connaissance se limitait naturellement au droit constitutionnel et à une idée diablement encyclopédique des séparations. Ensuite, il insistait sur l'essence même du pouvoir et revenait aux principes du consentement, à l'acceptation de la domination. Il le rappelait sans détour, citant les grands théoriciens : « Un tyran ne gouverne jamais seul, il s'appuie sur un appareil répressif ; généralement l'armée et la police, des clans ou des factions qui constituent un groupe minoritaire lui permettant d'exercer son pouvoir et de le conserver. » Immédiatement, les réflexes de contestation prenaient le dessus chez les étudiants :

— Monsieur ?

— Oui ?

— Le président Stolon, il gouverne bien avec la police ?

— Non ! Même si je comprends par la formulation de votre question que vous pensez le contraire. La police est dans nos régimes démocratiques un instrument d'un pouvoir exécutif légalement désigné. Qui dans d'autres situations est un instrument de l'autorité judiciaire quand cette dernière enquête, mais nous y reviendrons. Vous connaissez tous la notion de violence légitime de Max Weber ; plus précisément, l'État dispose du monopole de la violence légitime.

— Oui !

— Eh bien, cela tombe bien, nous allons probablement approfondir cette théorie aujourd'hui si vous ne m'interrompez pas toutes les trente secondes et si vous acceptez l'autorité de l'enseignant que je suis et si vous vous soumettez… Je reprends avant de voir un déferlement de # sur Twitter : « Le pouvoir par essence désigne celui qui exerce ce pouvoir. C'est ainsi que vous parlez familièrement du pouvoir au lieu de dire le président et le gouvernement. »

Ce jeudi, ce qui réjouissait avant tout le professeur Beaumann était la soirée parisienne à venir. Trois ans auparavant, il avait été coopté au conseil d'administration de la Fondation Alban pour la culture ouverte au titre des personnalités qualifiées. Son rôle consistait à sélectionner dix thésards qui recevraient une bourse d'études et auraient le privilège d'être hébergé trois semaines dans la propriété médocaine du groupe pharmaceutique pour finaliser leurs travaux universitaires. Il côtoyait ainsi une famille de milliardaires, un scientifique renommé et un préfet en activité. Grâce aux publications de la fondation, qu'il supervisait également, il élargissait sa vision sur les évolutions de la société française, puisque quatre disciplines étaient récompensées, l'histoire du droit, l'histoire de l'art, la recherche médicale et l'œnologie. Le conseil d'administration était prévu pour 17 heures, suivi de la conférence annuelle, qui accueillait le soir à l'hôtel George-V le président de la République. Beaumann y était logé aux frais exclusifs de la famille. Il s'était hâté de quitter Nantes pour se garer dans un parking souterrain à Boulogne-Billancourt et avait sauté dans le premier taxi, espérant éviter les embouteillages en utilisant les voies de bus. À son plus grand étonnement, une Rolls beige immatriculée en Suisse empruntait la même voie ; il était bloqué derrière elle et apercevait à sa fenêtre le mouvement régulier du bras de sa propriétaire, qui tentait d'éloigner les vapeurs de sa cigarette électronique. La passagère avait dû décider que l'amende ne représentait rien au regard de l'avantage à circuler dans les voies de bus.

Il arriva néanmoins suffisamment tôt pour se précipiter au spa du palace et plonger dans la piscine. Il voulait être en sa meilleure forme ce soir, car il était placé à table à côté de la ministre des Relations avec le Parlement et porte-parole du gouvernement, Esther Diallo, non loin de Jean-Jacques Le Brun, PDG du groupe pharmaceutique Alban.

À 19 h 30, Jean-Jacques Le Brun pestait, il avait dû renoncer à participer physiquement au conseil d'administration de leur fondation, car son TGV avait été annulé. Il avait assisté aux travaux en vidéo depuis le train suivant, mais dans la foulée se tenait le dernier dîner que son oncle Alexandre donnait en tant que président de la fondation familiale. Sa cousine Victoire en prendrait la présidence le mois prochain. Le Brun n'était pas le PDG le plus protégé, mais disposait quand même d'un garde du corps et d'un véhicule équipé « police ». Toutefois, rien n'y faisait, la voie de bus était aussi saturée que les autres voies, la pluie n'arrangeant rien à l'affaire.

Dans la vie, tout roulait pour Jean-Jacques, sauf ce soir-là. Il ne voulait pas arriver en retard, or, il n'arrivait pas à joindre son oncle, même s'ils s'étaient vu en visioconférence ; celui-ci, fatigué, avait convoqué le dîner pour 20 heures, heure peu parisienne. Le président Stolon devait intervenir précisément à 20 h 30 pour parler de culture. Ils inviteraient tous les candidats qui se prêteraient au jeu, peut-être dans un cadre moins prestigieux. Jean-Jacques se disait que, lorsque ce serait le tour du maire du Paris, il arriverait ce coup-ci volontairement en retard. Son oncle allait terminer son discours introductif lorsqu'il s'assit discrètement à la table voisine de celle du président, mais pile en face de lui. Ils se saluèrent d'un signe de tête, Jean-Jacques faisant une grimace de désarroi auquel répondit le président par un aimable sourire.

— Tu vas voir, Jean-Jacques, le discours est brillant, lui chuchota à l'oreille, en même temps qu'elle effleura sa joue d'un baiser, la ministre Esther Diallo, les références sont étonnantes.

« Monsieur le président Alban,
« Monsieur le président Le Brun,
« Messieurs les préfets,
« Madame la ministre,
« Mesdames, messieurs,

« Lorsque nous lisons L'*Iliade*, nous sommes dans un dialogue avec quelque chose dont il ne reste rien. Et, lorsque nous pensons à ce que fut la Grèce antique, lorsque nous pensons qu'il ne reste absolument rien de ce qui fut pourtant la première liberté des hommes, nous savons que nous entendrons quelque chose que vous allez entendre tout de suite, car je n'ai qu'à citer, c'est la voix d'Antigone lorsqu'elle dit : "Je ne suis pas sur la terre pour partager la haine, mais pour partager l'amour[1]." Vous aurez reconnu le discours d'André Malraux inaugurant la maison de la culture de Bourges en 1962. Ce soir, puisque nous parlons de culture [...]. »

1. André Malraux, « Discours prononcé lors de l'inauguration de la maison de la culture de Bourges », 18 avril 1964.

Valeurs actuelles, 16 février

La campagne de Roland Garnier, maire de Paris, patine

Le candidat socialiste présente lundi ses nouvelles propositions pour améliorer la vie quotidienne des Français

Une seule feuille de papier posée sur l'immense table de réunion de son bureau de l'Hôtel de Ville de Paris, dans la pénombre et le froid de l'hiver, Roland Garnier reçoit notre rédaction à l'heure prévue. L'huissier nous a annoncés, avec le ton compassé qui convient pour introduire une presse dite de droite dans le sanctuaire de la gauche socialiste depuis plus de vingt ans. Il nous a proposé un rafraîchissement. Compte tenu de la chaleur de l'accueil, un remontant aurait été plus adapté à la situation.

La candidature à l'élection présidentielle de l'édile n'a pas surpris grand monde. Depuis sa réélection à la mairie de Paris, Roland Garnier ne cachait plus ses intentions : faire de Paris une vitrine sociale et écologique qui forgerait sa réputation pour se présenter auréolé d'un bilan flatteur aux suffrages des Français. « *Paris a devancé Londres pour l'attractivité. Nous allons rattraper les capitales scandinaves pour le nombre de kilomètres de pistes cyclables.* » Tout un programme ! Le pari est osé tant le modèle parisien est unique en son genre et peu transposable aux autres communes françaises. Excepté dans quelques quartiers des métropoles lyonnaise ou bordelaise, les modes de vie, les revenus des habitants, même dans de grandes villes, n'ont rien à voir avec ceux des Parisiens. Ne parlons même pas des villes moyennes ou de la ruralité, où il faut parcourir parfois plus de cinquante kilomètres par jour pour se rendre au travail !

Sa victoire électorale en trompe-l'œil l'a probablement aveuglé sur l'intérêt que lui portaient à la fois les Parisiens et les Français. Avec un taux de participation d'à peine 38 % au second tour, son « triomphe » ne rassembla que 25 % des inscrits des arrondissements encore votants, deux ayant été gagnés par l'opposition au premier tour. Le pire, pour ceux qui soutenaient sincèrement les socialistes, fut la place considérable qu'il donna aux écologistes dans les fusions des listes pour le second tour, qui, avec à peine 5 000 voix dans certains arrondissements, se virent offrir des mairies peuplées d'au moins 150 000 habitants. Personne dans l'entourage du maire n'admettait que cette faible légitimité l'obligeait à mener des politiques consensuelles. Roland Garnier, homme de chiffres s'il en est, ne saisissait pas pourquoi ses intentions de vote plafonnaient à 4 %, tout en affichant un pénible 6 % à Paris. Portrait du premier des socialistes français.

Lorsqu'on le titille sur son caractère difficile, Roland Garnier, en vieux briscard, élude, parle de son exigence professionnelle, « *de ce sérieux qui manque à beaucoup des politiques de notre époque* ». Pourtant, travailler avec Roland Garnier à la mairie de Paris s'apparente à une sinécure. Toujours au bureau dès 7 h 45, habillé strictement, rarement parti avant 20 heures, les moqueurs disent de lui qu'il se lève tôt et ne fait plus rien le reste de la journée. C'est facile quand vous dormez sur place, qu'on vous sert votre petit-déjeuner dans votre bureau, que vous n'avez pas à subir les embouteillages erratiques ou les pannes de la ligne 13 du métro, persifle encore un directeur de la Ville que le maire a humilié d'une de ses colères mémorables. Roland Garnier a gardé de son passé d'inspecteur des impôts une rigidité qui le quitte rarement.

Entré par la petite porte des catégories B de la fonction publique d'État, Roland Garnier est devenu en dix ans le puissant secrétaire départemental de la fédération CFDT de la Direction générale des finances publiques de Paris, puis, quelques années plus tard, secrétaire général adjoint de l'encore plus puissante Fédération nationale des impôts. Après avoir participé à de nombreux groupes de travail du Parti socialiste, dont celui intitulé sans aucun trait d'humour « nouveau dialogue social et fiscalité attractive », il intègre le cabinet de Laurent Fabius à l'Assemblée nationale après la dissolution ratée de 1997, se fait élire adjoint au maire du 18e arrondissement dans le fief de Bertrand Delanoë et se voit confier les relations avec la mairie centrale. Un de ses détracteurs au Parti socialiste dit de lui qu'il n'a pas plus rencontré d'électeurs que de contribuables.

Dans une mémorable bataille d'apparatchiks, il remporta l'investiture pour la succession de Bertrand Delanoë en écrasant la jeune adjointe, Anne Hidalgo. Le sort de la ville en aurait été probablement différent si Anne Hidalgo avait gagné cette bataille d'appareil ; elle qui refusait de faire de trop grandes concessions aux écologistes.

Paris serait équipé de milliers de bornes électriques, ce qui aurait évité ces embouteillages monstres, l'esthétique aurait été au rendez-vous et on n'aurait pas vu des ZAD d'herbes folles fleurir entre plots jaunes et palettes des terrasses éphémères. Comme seule réponse à la crise énergétique, Roland Garnier a augmenté la taxe sur les terrasses des bistrots, dans la grande indifférence des bobos, son socle électoral. Communicant habile, il donne à une presse complaisante de longues interviews assez ternes, ponctuées de phrases toutes faites sur l'avenir des Parisiens, le bonheur et les mobilités. Nous y avons eu le droit : « *Paris est le symbole du changement d'époque ; les Parisiennes et les Parisiens témoignent chaque jour de leur envie de mieux vivre, de se déplacer sans polluer, de consommer local. Ils font preuve d'un enthousiasme pour l'innovation, les nouveaux rapports sociaux. Je crois aux inventeurs de bonheur.* »

À l'Hôtel de Ville, l'étage du maire sent la naphtaline bio et l'ennui. Sa directrice de cabinet passe son temps à recevoir les élus, que le maire ne supporte pas de voir en tête-à-tête, et lui, a contrario, relit et valide tous les communiqués qui sortent de la Ville ou les délibérations du Conseil de Paris. Il s'enferme pratiquement une journée entière pour préparer chaque Conseil, dont il ne préside que la moitié de la séance. Il ne risque jamais d'être pris en défaut sur un dossier technique, que parfois il vous récite comme s'il s'agissait de poèsie. « *Je n'aime pas l'improvisation. Paris ne se gère pas comme les autres villes, les dossiers sont plus complexes que ceux des grands ministères, qui, eux, n'ont plus de capacité d'investissement.* » Certains le décrivent comme complètement bunkérisé dans l'Hôtel de Ville. Les mauvaises langues affirment qu'il suffit de nettoyer les rues ou repeindre la signalétique sur son itinéraire la veille des conseils d'arrondissement du 18ᵉ pour qu'il trouve que la ville embellit. Au sein de son palais, entouré d'huissiers et d'une trentaine de collaborateurs, certains l'ont surnommé Jo, comme le taxi du même nom, car il connaît toutes les rues de Paris par cœur.

Depuis l'annonce de sa candidature à la présidence de la République en octobre, Roland Garnier a dû changer de rythme de vie et même de style vestimentaire. Ses costumes vert foncé lui donnaient un air un peu maladif, alors il s'est résolu à les troquer pour un bleu roi. Il a même sacrifié ses éternels cols roulés pour la chemise blanche et la cravate. On le voit également, en bon sportif, courir sur les bords de Seine ou déjeuner, dans le 6e arrondissement, avec un maire de droite d'une grande métropole ou en compagnie du président du Sénat. Le premier magistrat de la ville cultive ainsi habilement son image de véritable opposant au président Stolon. On l'aperçoit peu dans son QG des Grands Boulevards, il n'y passe que pour les réunions officielles ou des rendez-vous avec des journalistes. Tout semble s'organiser à l'Hôtel de Ville au mépris des règles de financement de la vie politique. Il nous y reçoit d'ailleurs, mais il est vrai qu'il préside le jour même un Conseil de Paris. Il a souhaité nous parler de ses réalisations pour favoriser l'accession à la propriété, décision censée intéresser un lectorat de droite, comme nous l'a vendu avec subtilité sa conseillère en communication.

Si son cabinet pléthorique continue à relativiser sa dégringolade dans les intentions de vote, Roland Garnier peine à rassembler la gauche autour de lui, l'édile se dit déterminé et serein, mais les sondages le donnent toujours trois points derrière le candidat écologiste, les électeurs ayant du mal à saisir les nuances picrocholines des projets. « *Je suis le seul à pouvoir rassembler d'abord toute la gauche, et ensuite les Français. Stolon est enfermé dans sa vision ultralibérale du monde et de la société. Il appréhende mal le logiciel politique de nos concitoyens.* » Le candidat socialiste se dit ainsi résolu à mener la gauche à la victoire. Roland Garnier présentera lundi cinquante propositions pour améliorer le quotidien des Françaises et des Français. Ses opposants ironisent et cherchent toujours la mesure qui a amélioré la vie des Parisiennes et des Parisiens.

Michèle Chanay

N.D.L.R. : L'entretien avec le maire de Paris et le portait effectué par notre journaliste ont été réalisés trois jours avant le décès accidentel d'Antoinette Chantebois, première adjointe au maire de Paris. Roland Garnier nous a demandé de le préciser et de relayer dans nos colonnes son hommage à la mémoire de l'élue.

Chapitre 5

Esther, porte-parole et ministre au banc

Ce vendredi matin, pour la dernière lecture d'un projet de loi de finances rectificative où elle remplaçait son collègue ministre au Palais-Bourbon, Esther Diallo sentait monter un sentiment qui ressemblait à du dégoût ou à de la lassitude. Ses semaines étaient interminables. Elle n'en pouvait plus de se lever et de s'asseoir au banc toutes les cinq minutes, de devoir réfléchir, faire appel à une mémoire exceptionnelle, qu'elle entretenait comme si elle était encore étudiante, de se concentrer, de se concentrer, de se concentrer.

D'habitude, les autres vendredis, elle levait le pied, précisément le posait sur le vélo d'appartement du ministère, prenait du temps pour approfondir les dossiers et octroyait au maximum vingt minutes à son coiffeur.

Si ministre des Relations avec le Parlement consistait en une présence habile dans chacune des assemblées pour éviter les couacs, à organiser des dîners avec des parlementaires pour prendre le pouls de la majorité ; porte-parole l'obligeait à intervenir dans de nombreuses émissions, matinales ou dominicales, ce qui ne lui laissait aucun répit. Il y avait d'ailleurs tant d'émissions le dimanche que ses équipes avaient du mal à en assurer l'analyse et à lui préparer des réponses appropriées. Car, porte-parole, elle se devait de pouvoir répondre à toute question politique ou technique, ce qui n'est donné à aucun être normalement constitué. Par-dessus tout, ces deux fonctions ministérielles l'amenaient à remplacer à la dernière minute n'importe quel ministre qui se trouvait bloqué dans une autre Chambre à cause d'une discussion qui s'enlisait. Chaque fois, elle répétait rageusement à son cabinet : « Je ne suis pas une bouche-trou ministérielle » et s'exécutait finalement sans trop sourciller.

Sept jours ne suffisent pas pour un tel emploi du temps, où flâner, méditer sont des verbes exclus du vocabulaire. Il faut satisfaire l'appétit glouton d'une presse qui s'est arrogé tous les droits, répondre aux injonctions, souvent aux oukases. La représentation démocratique passe après le droit de savoir. Esther, pour avoir la paix, utilisait la vieille ruse de l'os à ronger. Elle lançait une idée, parfois même de fausses rumeurs, pour gagner de précieuses heures. La presse courait après le scoop. Plus le temps de démentir, une nouvelle chassait l'autre. Pour garder un semblant d'hygiène mentale, elle ne se connectait jamais à Twitter. Sinon, elle arrêterait tout. Un conseiller absorbait, à sa place, toute la haine qui s'y déversait au point d'en être mithridatisé. Les messages diffusés en son nom, elle n'en prenait connaissance que si quelqu'un lui en parlait.

Dans ce climat orwellien, Esther Diallo savait reprendre ses esprits pour ce qui, au regard peut-être de son éducation, lui semblait encore sacré, le Conseil des ministres du mercredi. Le mardi soir, en tant que porte-parole du gouvernement, elle disposait du dossier complet du Conseil, un exemplaire similaire à celui destiné au président ou au Premier ministre. Elle le lisait attentivement, annotait des points précis, relisait les notes juridiques plusieurs fois et apprenait quasiment par cœur la déclaration convenue qu'elle récitait le lendemain devant la presse accréditée et les chaînes d'info en continu. Aucune improvisation possible. Le matin du Conseil, dès 6 h 30, elle avalait éditorialistes et revues de presse pour confronter ses opinions. Dans la voiture, elle écoutait la radio, au bureau, elle écrivait, annotait, écrivait, annotait. Jamais on ne put la prendre en défaut sur un sujet. Le point presse était méticuleusement préparé avec le secrétaire général de la présidence durant vingt minutes à l'issue du Conseil des ministres. Puis elle distillait — regard malicieux en direction des caméras – les bons points ou les rappels à l'ordre présidentiels soigneusement notés, puisque seule ministre autorisée à prendre des notes au cours du Conseil. À 16 heures, elle sortait des questions d'actualité au gouvernement au Sénat lessivée, vidée, l'ombre d'elle-même. Pour tenir debout, elle remontait dans l'appartement du ministère, prenait connaissance du dossier du soir, pédalant sur son vélo d'appartement, essayant de faire retomber la pression accumulée. Son cabinet devait lui préparer les dossiers importants en plusieurs exemplaires, tant le premier qu'elle avait trifouillé dans tous les sens n'avait plus de logique que dans sa tête. Parfois, elle retournait au palais du Luxembourg, où, immanquablement, elle s'assoupissait en réunion de conférence des présidents. La journée s'achevait, chaque semaine de session, par un dîner de parlementaires, qu'elle donnait dans son ministère avec pour objectif de tâter le pouls de la majorité.

Passée par les cabinets ministériels de Bernard Cazeneuve à l'Intérieur et à Matignon, Esther Diallo avait été élue maire radical de gauche de Villacoublay à 31 ans, lors des municipales de 2015, puis députée stoloniste en 2017. Son parcours était plus singulier qu'il n'y paraissait. Son père, fils d'immigré sénégalais, avait réussi avec brio l'agrégation de lettres classiques et avait œuvré toute sa vie au sein de l'Organisation internationale de la francophonie. Il lui avait transmis le goût des lettres et surtout de la poésie. Elle avait été élevée dans le calme et le charme désuets de la vie diplomatique, grâce à une mère, institutrice à l'ancienne, qui avait choisi de se consacrer à l'éducation de ses deux enfants. Esther, qui avait obtenu une mention « très bien » au baccalauréat à une époque où c'était assez remarquable, avait choisi la facilité en intégrant Sciences Po plutôt qu'une prépa. Elle n'avait pas eu trop de mal à dépasser ses camarades de l'UNEF par sa vraie culture littéraire et internationale, mais préféra poursuivre ses études par une spécialisation à l'Essec, et débuter sa carrière dans une banque d'affaires, avant d'être happée par la vie publique. Après trois ans comme députée à l'Assemblée nationale, le président de la République lui avait confié la garde de la majorité et de la presse ; elle était devenue son œil et sa voix.

Le couple qu'elle formait avec Bastien Alignac — ultra-intégré socialement, aux idées progressistes teintées d'un libéralisme assumé – participait à la restauration des vestiges de la méritocratie républicaine, qui n'était désormais qu'une forme camouflée d'arrivisme. Le vocabulaire sans les principes. Cette nouvelle génération de politique, sous le masque des habits neufs, avait réussi à combiner l'efficacité ancestrale des technocrates et un usage parfaitement maîtrisé des codes médiatiques. Elle ne vibrait pas pour les idéaux démocratiques ; la démocratie n'était qu'un moyen pour accéder au pouvoir, au même titre que les études et les concours. Elle le répétait à loisir : dans un état de droit moderne, la démocratie, ce n'est pas que le suffrage universel, mais toute une combinaison de mécanismes.

Les deux stolonistes s'étaient rencontrés peu de temps avant l'élection présidentielle de 2017, Bastien s'était fait élire député du Vaucluse dans la foulée de la victoire. On trouvait relativement peu de photos de ce couple ambitieux. Non qu'ils eussent un jardin secret à préserver ; ils n'avaient ni le temps ni de l'imagination pour cela. Juste une forme de prudence. Parmi les rares clichés, celui qui était immanquablement repris par la presse date de ce jour de décembre dernier où, alors qu'Esther Diallo remplaçait à l'Assemblée nationale sa collègue de l'Intérieur retenue au Sénat pour une discussion pénible, elle se tourna en direction de son compagnon les yeux souriants, une main masquant ses paroles. Alignac était venu aux nouvelles de son entrevue avec le président le matin même. De ce qu'elle lui avait dit, le président lui avait confié la coordination des groupes de travail du projet en plus de la détection des nouveaux talents pour le deuxième mandat. Elle en avait déniché une dizaine, cela suffisait pour constituer une écurie. Le président se lassait de tous et de tout. Elle lui assura que le président Stolon lui avait dit qu'un haut fonctionnaire dirigerait la campagne, qu'elle coprésiderait un des comités de soutien avec un centriste et ainsi pourrait garder son ministère jusqu'au bout. Esther étant aussi anxieuse et perfectionniste que son compagnon, c'est à ce moment-là qu'ils estimèrent qu'il fallait se rendre dans la petite maison que Bastien louait à l'Isle-sur-la-Sorgue pour rencontrer des élus et fédérer des groupes de travail. Le Vaucluse pouvait devenir une terre de repli en cas de défaite. Esther aimait bien y fréquenter un lointain cousin de Bastien, l'industriel Jean-Jacques Le Brun. Ils s'arrangeaient pour prendre le même TGV certains dimanches soir.

Ils actèrent que leur dernier week-end en commun dans la circonscription de Bastien s'effectuerait huit jours plus tard. En fonction des résultats de l'élection présidentielle, ils décideraient s'ils se représentaient tous les deux, et dans quelle région vivre. Si d'ailleurs leur couple survivait à ce rythme effréné… Le risque familial était le prix à payer pour une telle ambition. Esther voulait se préparer à être un jour Premier ministre, elle estimait pouvoir être l'incarnation de ce deuxième sextennat. Même si son ministère n'était pas technique, même si elle n'avait jamais dirigé d'administration, elle connaissait la vie politique sur le bout des ongles. Si on lui proposait *in fine* l'Intérieur, accepterait-elle ? Oui, pour le pouvoir, mais dans ce cas elle se battrait plutôt pour Bercy.

Esther désirait un enfant, mais en avait provisoirement repoussé l'idée, car sa carrière l'emportait sur l'existence. Qu'aimerait faire Bastien, en qui naissait aussi une fibre paternelle ? Le ministère de l'Intérieur était mieux conçu pour accueillir un enfant, car il disposait d'un beau jardin et d'une crèche. Matignon n'était pas adapté à la vie avec un nourrisson, même si elle imaginait bien la photo d'eux trois dans le parc.

Esther songeait à son futur gouvernement. Elle fonctionnait en telle osmose avec le président que de toute façon ceux qui seraient ses ministres seraient autant choisis par elle que par lui. Pour que sa « candidature » à Matignon devienne une évidence, il ne fallait commettre aucune erreur. Concernant le projet, elle avait fonctionné par étapes avec le président en lui faisant s'approprier toutes ses idées, comme si elles émanaient de lui. Elle était la seule proche du président. Elle laisserait s'épancher le jeune haut fonctionnaire directeur de campagne, pour savoir s'il voulait une préfecture de première catégorie, diriger une autorité administrative indépendante ou s'il espérait une autre fonction. Son acolyte chez les centristes n'ayant jamais été ministre, il prendrait bien les Relations avec le Parlement. De toute façon, elle allait le traiter comme un prince. Son seul rival était, là, devant elle, au perchoir, le président de l'Assemblée nationale. Il était davantage une solution de fin de sextennat ; c'était trop tard pour celui-ci, mais pour le suivant ? Du fait de son poids chez les parlementaires, il pouvait se montrer exigeant, il voudrait un gros ministère. Cette présidence lui servait à potasser différents dossiers et sa diplomatie. Ferniaud au Quai d'Orsay, quelle belle idée à souffler au président ! Il n'aurait qu'un mini-portail à franchir. Elle était consciente que la vie politique était autant jonchée d'imprévus que de chances à saisir. Mais sa feuille de route devait être précise : avec des options, des chemins pour bifurquer, des concurrents à laisser sur le bas-côté.

Toute à ses calculs politiques, alors que la session se terminait pour laisser place à la vraie campagne présidentielle, en répétant à chaque amendement « même avis que la commission », la ministre ne fit pas grand cas, dans la pile de documents, de la dépêche d'agence annonçant un déplacement de Nathalie Fabre-Espérance pour le lendemain à Orléans.

Esther Diallo ressentit un petit goût d'amertume dans la bouche, comme une envie de vomir. Une pensée la traversait à ce moment : si « on » perd. Eh bien, si « on » perd, ce on, ce sera « lui ». Elle se leva à toute vitesse et alla vomir dans les toilettes de l'Assemblée nationale.

AFP, Dépêche
Présidentielle — Opposition – Culture
Orléans, France
Samedi 18 février, 15:30 UTC+1 224 mots

Nathalie Fabre-Espérance, au cours d'un déplacement de campagne à Orléans (45), s'est vue remettre la médaille d'honneur de la ville par le maire Gérard Beauvallon (sans étiquette, gauche, majorité). Il s'agissait de la dernière cérémonie publique présidée par le maire, qui a annoncé tard la veille par communiqué sa démission pour prendre sa retraite. L'édile, soutien historique du président Stolon, lors de cet accueil qu'il a qualifié de républicain, n'a pas hésité à comparer la candidate issue du mouvement gaulliste et républicain à Jeanne d'Arc.

En légère hausse dans les sondages, la candidate de droite n'en finit pas de dérouter ses adversaires ; on l'a vue, mercredi, discuter tout sourire sur les bancs de l'Assemblée nationale avec le candidat de la Convention populaire, Joseph Rossel, candidat qu'elle a recroisé dans le wagon-bar du TGV qui les amenait tous les deux à Bordeaux, où chacun tenait meeting. À la grande joie des photographes, les deux candidats ont accepté de poser pour eux.

Nathalie Fabre-Espérance poursuit son week-end de campagne autour de la question du patrimoine, qui la verra se rendre à Bourges et à Vézelay. Sa proposition visant à déplafonner et à étendre certains dons relatifs au mécénat a été relativement bien accueillie par le milieu culturel après le discours du président-candidat Stolon devant la Fondation pour la culture ouverte de la famille Alban.

Chapitre 6

Un long week-end de février

Jean-Jacques Le Brun avait pris le TGV de vendredi à 7 heures pour pouvoir être joignable par ses équipes dès son arrivée dans le domaine viticole de L'Isle-sur-la-Sorgue. Il avait 57 ans et était maintenant seul maître à bord de l'empire familial, mais à chaque fois qu'il se rendait dans ce vaste domaine, il ne pouvait s'empêcher de penser à sa grand-mère, décédée il y a déjà cinq ans.

Jean-Jacques Le Brun était né dans le beau monde et n'avait rien fait pour laisser derrière lui ses origines de grand bourgeois. En cela, il respectait les desseins de sa grand-mère maternelle, Ernestine Le Brun, née Alban, qui avait fait de lui son unique successeur. Elle lui avait transmis son assurance dans la vie tout autant que ses droits de vote, installant dans l'esprit de tous qu'il devait, à terme, diriger l'empire familial. Cette femme d'une main rongée par des rhumatismes prématurés lui enseigna dès son plus jeune âge les chiffres, les usages, les gens. Elle lui déroulait inlassablement les remous de l'histoire de l'entreprise pharmaceutique créée en 1886. Déjà, dans l'immédiate après-guerre, l'officine spécialisée en herboristerie avait des distributeurs à Paris, Monaco et Bordeaux. Plus d'un demi-siècle plus tard, les actifs du groupe, dont la branche pharmaceutique cotait à l'Euronext, étaient évalués à 9 milliards d'euros. C'était sans avoir procédé à une estimation exhaustive des collections d'œuvres d'art.

Le grand patron recevait en toute discrétion Nathalie Fabre-Espérance, qui voulait préparer la publication de son programme électoral quelques jours avant le premier débat télévisé. Nathalie estimait que la campagne, l'air de la Provence, un peu du soleil de février aussi, lui procureraient l'énergie nécessaire au long marathon politique à venir. À en juger par la température, qui approchait les 18° en journée, elle avait eu du flair. Pour éviter que la nouvelle de la venue de la candidate ne s'ébruitât, elle avait fait un déplacement de campagne à Montélimar, où son directeur de campagne l'avait rejointe après avoir récupéré une voiture de location. Ils avaient filé sur l'A7 pour arriver au domaine aux alentours de 18 heures.

Rémi, conseiller politique de la candidate, connaissait mieux que quiconque la si discrète famille Le Brun puisqu'il avait été, il y a plus de quinze ans, le petit ami de Victoire, actionnaire et directrice générale de la branche viticole du groupe. Il lui avait fallu néanmoins s'imposer, non sans mal, à ce week-end d'études, tant André Casanova – ignorant d'ailleurs cet épisode – s'ingéniait à écarter Rémi, pourtant le meilleur des hommes – c'était probablement là l'unique raison de leur brouille –, d'événements où il pouvait lui faire de l'ombre.

Jean-Jacques Le Brun avait demandé à sa cousine Victoire de veiller à ce que, excepté l'intendante, il n'y ait aucun membre du personnel présent durant ce week-end. Il ne voulait pas de témoin de la présence de Nathalie et de son équipe, dont la venue était placée sous le signe de l'amitié.

Victoire Alban régnait en maîtresse de maison sur le domaine, même si les règles des dévolutions successorales en avaient laissé la propriété à Jean-Jacques. Le soir venu, toujours perfectionniste, elle vérifia le contenu des frigos, où étaient rangés un magnifique bar au fenouil, des victuailles pour le week-end, et se rendit dans la cave familiale, composée de plus d'un millier de bouteilles. Elle en sélectionna une douzaine pour les repas et se concentra sur le choix pour la dégustation à venir. Puisqu'il fallait un peu de blanc pour accompagner le poisson, elle choisit une bouteille d'Aile d'argent de Mouton Rothschild, ce qui devrait ravir Nathalie, qui avait une tête à ne boire que du blanc. Pour la partie découverte des crus familiaux, elle sélectionna minutieusement les années 1986 et 2005, deux des meilleurs millésimes de leurs rouges médocains, et 2010 et 2013 pour les vins du Vaucluse, puisqu'ils n'en étaient les propriétaires que depuis peu d'années. Ce week-end avec des politiques l'amusait, elle comptait bien leur parler des difficultés de la filière viticole.

— J'ai oublié de te dire, ton ami Rémi est de la partie, déclara Jean-Jacques d'un ton dégagé.

— Merci de me prévenir seulement une heure avant son arrivée ! Tu as eu de ses nouvelles ou on t'a juste informé ?

— Oui, je le vois régulièrement. On s'était recroisés à la Fête de l'Huma du patronat à Jouy-en-Josas il y a cinq ou six ans. Depuis, je le convie une fois par an à une soirée à l'opéra, où il dîne toujours à ma table. Il est le seul à être efficace dans ce bazar qu'est devenue l'Union républicaine. Je l'appelle quand j'ai besoin de comprendre l'issue d'un projet de loi.

— Tu aurais pu m'en parler !

— La dernière fois que je l'ai invité, c'était en novembre, en plein milieu de la primaire. Tu sais qu'il a divorcé l'année dernière. Il s'est un peu épanché auprès de Marianne, qui m'a tout raconté dans la voiture du retour.

— Non, je l'ignorais. Il a bien une fille ?

— Oui, de 10 ans, en garde alternée, maintenant. Son ex-femme lui pourrit modérément la vie. Il a aussi fait un petit *burn out*, dont il n'est sorti qu'au mois de juillet. Son petit monde s'était écroulé quand il a su que sa femme avait comme amant son propre associé dans son agence de communication. Il a été obligé de lui céder ses parts pour payer le divorce. Je l'ai trouvé étonnamment serein lors de ce dîner.

Cette remarque déconcerta Victoire, qui, si elle avait réellement aimé Rémi, gardait le souvenir d'un jeune politique surexcité, drôle, mais dragueur impénitent, presque trop sûr de lui, souvent inattentif quand elle lui parlait. Il n'était concentré que les premières dix minutes où il lui faisait l'amour. Dès la onzième, là aussi, on avait l'impression qu'il s'échappait dans ses réflexions. Alors ils s'empressaient de jouir. Cette pensée l'amusa, elle se demanda si, l'âge aidant, il dépassait le palier des vingt minutes. Elle se souvint de l'intensité d'un épisode sexuel, au cœur de l'été, ivres tous les deux. Après avoir descendu une bonne bouteille de rosé au bord de la piscine de la villa du cap d'Antibes, Rémi avait demandé sans hésiter une deuxième bouteille, ils étaient montés tous les deux dans sa chambre et avaient fait l'amour toute l'après-midi, alors qu'ils ne se connaissaient que depuis deux jours. Carlos, autre cousin Alban, avait en effet invité Rémi à passer quatre jours dans la villa d'Ernestine, alors qu'il entamait de longues vacances. C'était juste après le 14 juillet 2007, Rémi quittait ses fonctions de chef de cabinet du ministre de l'Intérieur pour monter son agence de relations publiques. Il avait fait rire tout le monde en venant avec une valise débordante de vêtements, ne sachant comment s'habiller pour ces quatre jours chez des milliardaires. Ernestine, qui allait mourir l'année suivante, avait apprécié sa droiture et sa franchise quand il lui avait dit qu'il n'aurait pas accepté l'invitation s'il avait été encore en fonction. Il était parvenu à séduire une grande partie de la famille ; Victoire et Rémi avaient eu un coup de foudre qui ne s'oublie pas.

Rêveuse, toute à ses souvenirs de jeunesse, Victoire alla se promener dans les vignes. Elle se demandait comment elle avait pu laisser passer tant d'années, préoccupée uniquement par les entreprises familiales sans se chercher vraiment un conjoint. Elle était pourtant belle femme, un peu occupée, soit ! Un peu bourrue aussi, mais un tel caractère ne faisait pas peur à certains hommes. Le retour de Rémi ne la rendait pas indifférente. C'était autant de l'enthousiasme que de la curiosité, qui l'animait. Elle tenta d'envoyer un premier SMS sur le numéro qui figurait encore par chance dans son répertoire. Lorsqu'elle reçut confirmation qu'il s'agissait bien de lui, elle se lança :

« Réserve-toi pour la dernière bouteille lors de la dégustation, c'est celle que tu préfères, je l'ai choisie pour toi. »

Les yeux de Rémi s'illuminèrent lorsqu'il reçut le SMS dans le TGV qui approchait Aix-en-Provence. Il se félicitait vraiment d'être du voyage, alors qu'il s'interrogeait régulièrement sur l'utilité de s'imposer dans cette campagne. Autant par dédain pour son principal rival interne que pour ne pas nuire à l'organisation, il se refusait à faire part de ses états d'âme à Nathalie.

Tous ses sens se mirent en éveil. Il hésita à écrire « du rosé », car il ne savait pas encore sur quel pied danser. Il n'osait même pas lui demander si elle était sur place ou si elle avait simplement choisi les vins. Il se contenta fort professionnellement d'un :

« Je suivrai tes conseils à la lettre, je suis heureux d'avoir de tes nouvelles. » Ayant parfaitement compris l'ouverture que tentait Rémi, Victoire s'ingénia à faire diversion : « C'est mon cousin qui organise ce week-end, pas moi. »

Rémi, ne sachant donc pas si Victoire serait des leurs, ignorant également si elle était célibataire, hésitait sur la conduite à tenir. Qui dit campagne réussie dit sexe pendant la campagne ! Curieusement, il n'y avait ni histoires ni ragots dans son équipe. Était-ce générationnel, changement de monde ou mauvais présage ? Même lui, dont la libido avait remonté en flèche avec les sondages, devait puiser dans son carnet d'adresses pour meubler les samedis soir où il n'avait pas la garde de sa fille. Les deux nuits à venir, il n'envisageait donc pas de les passer seul. Alors, il se hasarda à placer ses pions.

Victoire répondit : « Très occupée par les domaines, pas le temps de m'occuper de moi, mais j'aime vivre entre Moulis et le Vaucluse. » Ce qu'il traduisait par : « Il y a longtemps que je n'ai pas baisé », même si Victoire était directe, travaillait dans un univers aux codes masculins, elle savait garder la distance due à son rang. Un naturel désarmant teinté de mépris ! Rémi s'aventura sans détour sur le terrain glissant :

« Il paraît que ton rosé est un grand succès. »

« Oui, mais notre médoc est encore mieux », répondit-elle, feignant de ne pas avoir compris l'allusion.

Il s'assoupit quelques instants dans le TGV avec une quasi-érection, abandonnant la relecture d'un programme électoral qui ne le passionnait guère.

Deux voitures arrivèrent au domaine à cinq minutes d'intervalle. Rémi, qui se présenta avec l'officier de sécurité de Nathalie, fit pâlir Thérèse Garrido, l'intendante, à qui on avait omis d'annoncer cet invité supplémentaire. Heureusement, les chambres étaient toujours préparées à l'avance, l'intendante lui attribua un petit bungalow proche de la piscine, non loin de celui de Nathalie. Thérèse réfléchissait déjà au temps qu'elle mettrait à dresser à nouveau la table pendant que les invités effectueraient la dégustation à la cave.

— Vous êtes attendus à 19 heures au sous-sol de la maison principale pour une dégustation. Le dîner est prévu tôt, à 20 heures.

À son grand soulagement, l'officier de sécurité répondit :

— Je suis en service, je dînerai dans ma chambre si cela est possible.

— Je vais vous préparer une excellente assiette jambon-fromage. J'espère que vous n'êtes pas au régime quand même, sinon vous irez courir demain. Le domaine est grand. Je vous ai mis une bouteille de rosé dans votre frigo.

Il y en avait systématiquement une dans les chambres pour invités. L'honneur de la maison était sauf.

— Vous m'aiderez simplement en venant chercher votre repas pendant que je cuisinerai pour ce soir, car je suis seule et mon mari passe me chercher à 19 h 45 pile.

— Bien sûr ! Je suis habitué à tout porter !

Nathalie arriva quelques minutes après, conduite par son directeur de cabinet, et fut accueillie par Jean-Jacques sur le perron. Thérèse tressaillit à nouveau lorsqu'elle comprit que le mari de la candidate serait également là. Elle se rassura en pensant que le bungalow était toujours aménagé pour deux. Elle estima que le bar au sel était assez copieux pour six. Elle courut mettre un couvert de plus pour le dîner, rajouter des amuse-bouches pour la dégustation et vérifier par acquit de conscience le nombre de serviettes dans la salle de bain de la candidate.

« Ces gens pensent gouverner le pays et ils ne sont même pas capables de s'organiser pour un week-end. » Généralement, c'étaient les maîtresses qui n'étaient pas annoncées. Pour la première fois, ce fut un mari officiel. Elle ne leur accordait pas le bénéfice du doute. Ce week-end commençait bien étrangement.

À 19 heures, chaque convive était attablé devant les quatre verres prévus pour les dégustations. Victoire présidait la cérémonie assise magistralement sur un tabouret haut en bout de table, laissant paraître ses genoux croisés, qui remontaient quasiment jusqu'au sternum, au-dessus duquel une poitrine volumineuse n'était masquée que par le nœud d'un grand châle en soie et cachemire. Rémi semblait comblé par le spectacle, il piochait alternativement dans l'assiette de charcuterie et le bol d'amandes tout en le regrettant à chaque bouchée. Nathalie, tout en faisant tourner légèrement son premier verre de vin, s'émerveillait du charme du lieu, du goût exquis de son bungalow, engagea directement la discussion sur les aides apportées à la viticulture après l'embargo américain, le Covid et les sanctions envers la Russie. Elle notait les remarques de ses hôtes, mais semblait déjà partie dans ses pensées, comme si la présence de proches ne lui servait qu'à aiguiser ses arguments. Jean-Jacques Le Brun la sortit de sa réflexion lorsqu'il aborda la question du *made in France* :

— Dans un de mes secteurs, la physiothérapie, nous sommes parmi les leaders mondiaux, mais, je peux te le dire, le pays a à peine avancé sur les relocalisations d'industries pharmaceutiques. Nous n'avons jamais fermé d'usines ici, tout en réduisant la voilure, mais il nous est impossible d'en ouvrir de nouvelles.

— Qu'est-ce qui te ferait changer de stratégie ? interrogea Nathalie.

— Nous songeons à investir dans le cannabis, s'exclama Victoire. Depuis que sa consommation a remplacé celle de l'alcool chez les jeunes, on estime à 1,5 million les consommateurs quotidiens en France. Voilà le résultat de vos politiques hygiénistes !

Nathalie connaissait l'argumentation. Elle ne releva pas le défi lancé par Victoire. Elle savait les ravages que faisaient ces drogues sur l'esprit ramolli d'une jeunesse déjà abrutie par les séries américaines, les sites porno et les jeux vidéo. Ils vivent à contretemps, les yeux rivés sur leurs écrans toute la nuit, ne pouvant plus se lever le matin. Elle avait une fille de 17 ans, pas besoin de lui écrire des fiches sur le nombre croissant de décrocheurs.

— Écoute, j'estime avoir saturé le marché intérieur, donc je n'ai pas de besoins locaux, je suis un cas à part. Je ne vais pas planter du thé vert ici ou du ginseng, malgré le réchauffement climatique. Avec le sujet des bilans carbone, il me faut des usines dans chaque grande zone géographique, alors que je vends presque partout les mêmes produits. La problématique est inversée : si j'exportais trop de *made in France* aux États-Unis, on me le reprocherait. Je produis donc local sous une marque française. Ma vraie difficulté, c'est la pénurie de cadres en France, je dois donc faire appel à des diplômés étrangers, mais l'administration française est un tel foutoir…

— Nous arrivons au tour du premier médoc, indiqua Nathalie. Je vous laisse vous servir.

Thérèse passa une tête pour annoncer que le dîner était prêt et leur conseilla de ne pas s'attarder trop longtemps s'ils voulaient que la cuisson du poisson soit, comme il se doit, réussie.

— Merci, Thérèse, bon retour.

— Merci beaucoup, Madame.

— Bien, nous avons quinze minutes pour déguster deux verres, décréta Victoire. Nous devrions y arriver.

L'annonce du Château Lieudit Moulis 2005 provoqua l'illumination du regard de Rémi.

— Juste un fond pour moi, dit Nathalie, je ne voudrais pas gâcher.

Contrairement à tous les usages, Victoire remonta avec la bouteille entamée, sortit du four le poisson, et du réchauffoir le riz, ainsi que les mousselines de carottes et choux-fleurs. Avec l'aide de Jean-Jacques, comme certains jours fériés où le personnel est en congé, elle dressa le poisson sur un plat de service encore chaud. Elle fit tinter le micro-ondes pour réchauffer la sauce vierge, qu'étrangement elle préférait tiède.

Après le dessert caramélisé, ce petit monde se délecta d'un digestif de leur production accompagné de macarons maison autour d'un feu dans le salon chinois. Nathalie disait que les sondages frémissaient et qu'avec le débat, malgré son peu de temps de parole, elle pourrait rattraper son retard. Discrètement, dissimulant son écran avec sa main comme une adolescente, Victoire adressa un SMS à Rémi.

Celui-ci avait laissé sonner le réveil de son téléphone portable plusieurs fois et sursauta à 9 heures, se passa de l'eau sur le visage, enfila un sweet à capuche et descendit dans la cuisine sans avoir pris la peine de se doucher. Tous le dévisagèrent. Victoire, réveillée depuis longtemps, avait pris son petit-déjeuner et était partie travailler dans les bureaux du domaine. Il se servit un grand bol de café, engloutit un croissant et se leva sans rien dire pour profiter de l'air sur la terrasse.

— On commence dans cinq minutes, lui dit Nathalie avec un brin de perversité, sachant que Rémi détestait les réunions du matin.

— Je dois appeler mon équipe pour régler deux-trois problèmes. Je vous rejoins ensuite.

— Oui, on va tous s'aligner sur votre emploi du temps, Rémi. Comme d'habitude ! Je ne voudrais pas trop vous déranger.

— Je n'en attendais pas moins !

Rémi calcula qu'il pouvait profiter de l'air frais encore dix minutes, remonter se doucher et s'octroyer cinq minutes de retard sur l'horaire prévu. Il devait réellement appeler le QG de campagne pour faire le point sur les propositions de maquette du programme.

Il ne redescendit qu'à 10 heures avec au moins quelques idées sur la stratégie de présentation du programme. Il serait bien resté allongé sur le lit à réfléchir, les idées lui venaient souvent dans ces moments de tranquillité. Il prétextera un nouveau coup de fil pour s'éclipser vers 11 h 30. En revenant dans la salle de réunion, Nathalie exposait sa stratégie de combat au corps-à-corps avec le président Stolon.

— Dans cette séquence présidentielle, il faudrait avoir une approche holistique de la politique, comme un corps complet, et non se focaliser sur un seul organe.

— Tu le traduis comment, cela, en discours ? répliqua Rémi, visiblement habitué aux idées stratosphériques de sa patronne, qui exceptionnellement mélangeait vouvoiement et tutoiement.

— Si tu étais à l'heure, tu saurais que l'on s'occupe justement de la forme du projet. J'insiste, Rémi, pour que le style de l'introduction que je signe soit impeccable. Je refuse qu'on massacre la langue française pour les besoins de la com'.

— Il faut quand même que ce soit efficace, osa le préfet.

— Encore un truc d'énarque, ça. Croire qu'il faut mal parler aux gens pour être compris d'eux. L'affaissement des élites, ça vous dit quelque chose, Casanova !

Rémi aimait voir le préfet se faire remettre à sa place par la candidate, même si dans ces cas-là personne ne trouvait grâce à ses yeux. Ils étaient tous tiraillés entre deux stratégies, un projet détaillé qui plaît aux journalistes spécialisés et que personne ne lit, ou de grandes orientations, davantage conformes à l'esprit des institutions, mais qui donnent lieu à des campagnes de presse défavorables. Comme souvent, on s'orientait vers un compromis boiteux, à mi-chemin entre les deux. Heureusement pour l'ambiance, Audrey, leur conseillère presse, venait travailler avec eux l'après-midi pour tester les formules sur les grands axes de la campagne.

— Je voudrais prendre une heure pour moi cette après-midi pour un peu cogiter. Depuis que les Français sont aux trente-cinq heures, les politiques n'ont plus le droit de prendre des vacances. Or, j'ai besoin de m'oxygéner pour nourrir mon projet et le mettre en perspective. Par exemple, ce n'est pas que l'insécurité, le problème. La télévision et le cinéma font trop de place à la violence ! Ce n'est pas la culture de l'excuse, qui a toujours existé, mais la culture du ressentiment, de victimisation, qui pousse à la contestation de nos institutions, développa Nathalie.

Tous l'écoutaient avec circonspection. Il y avait probablement un décalage politique entre eux, et si chacun tentait d'imposer ses convictions, ils respectaient tous le fait qu'elle seule était candidate.

— Tu choisiras. C'est ta campagne ! Mais l'emploi, ce n'est pas accessoire ! On a vécu une pandémie qui a profondément transformé le rapport au travail, il y a des tensions permanentes sur les matières premières du fait de la guerre en Ukraine, bref la matière économique est fluctuante.

— On a un projet économique cohérent, coupa Casanova.

— Qui ne se distingue en rien de celui de Stolon.

— Bon, vous avez fini, tous les deux, je n'arrive pas à me concentrer ! Rémi, je ne sortirai pas de mon projet sur la sécurité.

— Mais que défends-tu d'autre ? Tu dois le rattacher à un projet de vie, dit-il avec la mauvaise foi qui le caractérisait parfois, puisque c'est exactement de cela que Nathalie venait de parler. Je ne crois pas que l'on puisse changer la société à chaque élection présidentielle ; c'est une forme d'hubris collective.

— Nous avons vingt-cinq mesures phares.

— Dont dix sont en direction de l'électorat de Stolon, dix pour La ligue... Et cinq catégorielles.

— Les cinq principales ont déjà été arbitrées ; les équipes numériques sont contentes des titres qui tiennent sur Twitter.

— Nos équipes numériques sont à chier. Elles tweetent et retweetent toute la journée pour être en tête dans les tendances. Mais ce n'est pas ça, influencer. Je t'ai dit qu'il manquait d'ingénieurs dans cette équipe, on n'utilise pas les algorithmes pertinemment.

— Je croyais que tu l'étais, Rémi ! C'est ton boulot, non ? tacla le préfet.

Jean-Jacques Le Brun les regardait s'étriper avec surprise mais intérêt. Personne dans son groupe n'osait le challenger ainsi. Lui-même ne répondait jamais aussi violemment à l'un de ses collaborateurs. Il était en revanche sidéré de les entendre se chamailler sur le projet de la candidate à une petite semaine de sa publication. Il s'efforçait de ne pas jouer l'arbitre des élégances, mais imposa une nouvelle fois le tempo :

— Comment sens-tu cette campagne ?

— Ce sera le tour d'une femme ! Et je suis d'accord sur un point : mon propos censé refléter ma vision de la France n'est pas assez construit. Je dois clarifier ma philosophie générale.

— On a du mal à te distinguer du président ou de Mézenc, dit Rémi.

— Pour me distinguer des autres candidats, je dois travailler ma posture sans rester dans les codes du pouvoir masculin et m'éloigner des logiques de domination propres aux hommes. J'ai trop évolué dans un univers politique masculin, où, pour s'imposer, il fallait montrer qu'on est plus fort qu'eux. Or, les femmes ont leur propre rapport au pouvoir, je dois afficher une sérénité qui désarme mes adversaires.

— Sais-tu l'image que tu projettes auprès des Français ? s'enquit Jean-Jacques.

— On devait depuis longtemps commander un sondage qualitatif sur des groupes cibles électoraux : des centristes qui ont voté à droite et des électeurs récents de la Ligue. Il faudra en revanche que tu regardes tous les échanges, pas le rendu, mais nous devons nous dépêcher. Sinon, les micro-changements que tu vas effectuer passeront inaperçus.

— J'ai horreur de ça, mais, oui ! Commande-le au plus vite. Je ferai un « 20 heures » le jour de la sortie de mon projet.

— Ce n'est pas un peu tard, tout cela ? s'étonna Jean-Jacques.

— Je n'ai été désignée officiellement que fin novembre ; et une vraie campagne, c'est trois semaines.

Rémi sortit de la pièce et revint aussitôt :

— Benoît Lefevre est d'accord pour lancer un sondage qualitatif ce vendredi, résultat samedi. Je vous épargne les détails de la discussion sur le coût d'une telle opération.

— Ah, Jean-Jacques, d'ailleurs, dit Nathalie. J'en profite pour te remercier sincèrement. Ton banquier chez Oddo m'a déjà organisé trois dîners de grands donateurs. Maintenant que la campagne s'accélère, je passerai à chaque fois à l'apéritif ou au dessert. Notre ancien ministre des Finances fera le job. J'ai trouvé un certain intérêt des milieux patronaux pour mon projet.

— Je sais que tu ne te berces pas d'illusions ! À part quelques patrons fidèles à leurs convictions, qui soutiennent pour chaque élection le candidat de leur cœur, qu'il soit de droite, de gauche ou du centre, pour la grande majorité vous êtes interchangeables. C'est d'ailleurs ça qui les rassure.

— Il se dit que certains soutiennent ouvertement Mézenc, déclara le préfet.

— N'oubliez pas que Valérie est presque issue de notre camp, souligna la candidate. Elle a juste réussi un peu par hasard une OPA sur une partie de l'ancienne extrême droite.

— Nous avons un programme beaucoup plus responsable. Je ne crois pas qu'elle continuera la course en tête à l'issue des deux débats, renchérit le préfet.

— Elle peut être perçue comme davantage sincère. Elle n'a jamais eu à se renier, n'ayant jamais exercé le pouvoir ! ajouta Rémi.

Victoire repassa une tête dans la salle de réunion pour leur signifier que les braises du barbecue crépitaient :

— Le soleil est à son zénith. Venez en profiter, les côtes de bœuf sont magnifiques. Ne vous inquiétez pas, il fait 19°, mais le sol est chauffé, une merveille technologique que l'on n'utilise d'habitude qu'au printemps. Votre attachée de presse vient d'arriver en avance, elle a l'air de vous attendre.

Victoire jeta un sourire narquois en direction de Rémi, comme s'il couchait avec sa collègue, et lança tout en tournant les talons :

— Rémi, ça ne te gêne pas d'ouvrir le rosé, je crois que tu l'apprécies !

Chapitre 7

Hélène Vence, magistrate du siège et du vélo

Hélène Vence, juge d'instruction, n'avançait pas vite dans ses dossiers. Non que son caractère fût apathique, elle faisait très souvent preuve de vives reparties, mais elle estimait qu'elle devait prendre son temps pour bien instruire une affaire. Elle était l'incarnation de cette moyenne bourgeoisie de gauche, travailleuse, forcément cultivée, tolérante sans être trop ouverte dans ses fréquentations. Les réunions de famille ressemblaient depuis vingt ans à des cérémonies de remise des prix célébrant la France des diplômes. Mariée à un professeur agrégé de philosophie, une belle-sœur énarque était administratrice de la Sécurité sociale, son propre frère était chercheur au CNRS. Entre sa fille et ses trois neveux, avec l'Essec, Sciences Po et les écoles d'ingénieurs, tout le panel de la réussite française acceptable se retrouvait autour de la table. Si l'on ajoutait ses propres diplômes et ceux de son mari, il y avait depuis vingt ans toujours une admission ou une promotion à fêter au champagne.

Les réveillons de Noël, les déjeuners de Pâques et les événements familiaux, dans une France en perpétuelle évolution, ne changeaient pas d'allure. Toujours qualitatifs, jamais trop arrosés, on n'y parlait jamais d'argent, mais beaucoup de politique, avec au centre des discussions les éternelles déceptions qu'apportait depuis 1981 la gauche au pouvoir. Si l'on voulait énerver Hélène, il suffisait d'évoquer le dernier livre de Catherine M., qu'elle trouvait moins passionnant qu'un San Antonio : « Du simple porno, même pas écrit comme un bon polar bien documenté qui fait rire ».

Le dîner qu'elle avait promis d'organiser ce week-end la réjouissait tout autant qu'il l'inquiétait. Elle avait invité sa charmante belle-sœur récemment divorcée et un collègue magistrat dans la même situation matrimoniale. Une petite conjuration ne nuisait jamais. La vraie difficulté du plan de table résidait dans les tendances irréconciliables de la gauche française, qui se retrouveraient autour d'un bœuf bourguignon. Entre le conseiller du Syndicat de la magistrature, juge au parquet antiterroriste, son mari passé par les jeunes lambertistes, une belle-sœur pilier des cabinets ministériels socialistes et une fille flirtant avec les écologistes, les discussions sur la précampagne présidentielle risquaient d'être agitées. D'autant qu'Hélène Vence avait une connaissance de la vie politique biaisée, qui se résumait à la lecture du *Monde* et à son bureau de juge d'instruction, où elle s'était pendant quelques années spécialisée dans les conflits du travail mêlant abus de biens sociaux et corruption. Les politiques y côtoyaient de riches chefs d'entreprise. Elle estimait que cet environnement était propice à la concussion. L'avidité expliquait davantage ces comportements, mais elle traitait les acteurs de tels délits en véritables criminels. Elle s'étonnait même de leur capacité à commettre des délits, qui, en faisant acheter des costumes par son entreprise, qui en organisant un voyage avec sa maîtresse en compagnie de celle d'un député et du député lui-même. À ses yeux, dans la France de l'an 2000, un accident de travail impliquait souvent une fausse facture, qui impliquait finalement beaucoup de monde. Quand vint la commission d'enquête sur l'affaire d'Outreau — et certaines dérives de la magistrature –, elle refusa d'accepter, du fait de son expérience, la relaxe des anciens accusés. Dans ce scandale, la jeunesse de son collègue la crispait et c'était peut-être, à ses yeux, ce qui l'avait conduit à s'égarer dans ses dossiers. Comme beaucoup, elle considérait que l'Assemblée nationale et les avocats avaient sali la réputation de la justice française.

Depuis plus d'un an, Hélène Vence était juge d'instruction auprès du tribunal de grande instance de Paris en charge du dossier dit de l'assurance des vélos parisiens. Ce dossier, qui ne présentait guère d'intérêt, avait été classé sans suite par le parquet de Paris. La presse s'était, en effet, émue que la fille de la première adjointe au maire de Paris fût embauchée comme juriste au sein du service contentieux de la compagnie d'assurances qui venait de remporter le marché des Vélib'. Appel d'offres auquel la première adjointe n'avait participé ni de près ni de loin puisqu'une commission spécifique s'en chargeait. Il suffisait de lire attentivement les péripéties du marché de ces vélos pour comprendre que tout avait été conduit à la va-comme-je-te-pousse et que, une fois la concession attribuée, la Ville s'était aperçue qu'elle avait omis d'inscrire l'assurance des usagers dans le périmètre d'appel à concurrence. Il avait fallu ouvrir, dans l'urgence, un marché public d'assurance. Ce fut le numéro trois français, Axoma, qui embauche environ 10 000 personnes en France, qui remporta la compétition. Pour le parquet, c'était davantage un problème de mauvaise gestion, qui relevait de la chambre régionale des comptes. Il n'y avait pas vu ou n'avait pas voulu y voir autre chose.

L'enquête démontra que ni la première adjointe ni sa famille n'avaient quelque chose à se reprocher dans ce dossier mal ficelé. Hélas pour la tranquillité de ce petit monde, le classement sans suite par le parquet coïncida avec un vol de Vélib' par agression de l'utilisateur. Ce fut une victime, réelle au demeurant, le sympathique Charlie d'Issigny, avocat radiophonique, qui se constitua partie civile, obligeant à la désignation d'un juge d'instruction. L'avocat, d'ailleurs blessé dans sa chute, avait été facturé par la société d'exploitation pour le trajet effectué par le voleur. Cette entreprise se refusait de lui rembourser la caution avant que l'assurance de la Ville de Paris n'ait statué sur son dossier. Le toujours jeune d'Issigny, bien que remis de son entorse au bout d'un mois, ne pouvait plus utiliser les services de Vélib', son abonnement étant associé à un défaut de paiement ! En bon spécialiste de l'assurance et de toute forme de contentieux pénal, il se porta – las – partie civile auprès du doyen des juges d'instruction, la Ville de Paris ayant refusé sa demande d'indemnisation dans une tentative de négociation à l'amiable. Hélène Vence fut désignée comme magistrate instructrice à la fin du printemps et, alors qu'elle allait rendre ses conclusions tout début février, le décès accidentel de la première adjointe l'obligea à revoir ses conclusions au moins sur la forme. Elle y avait formulé quelques commentaires acides. Une lecture attentive de ses nouvelles corrections s'imposait, car elle ne pouvait plus faire preuve du moindre sarcasme sur la gestion des vélos de la Ville de Paris.

Ce vendredi de février, Hélène Vence relisait tranquillement son épais dossier dans la rame du RER C – appelée non sans humour « Bali » – qui la ramenait à Sainte-Geneviève-des-Bois comme tous ces soirs où elle ne pratiquait pas le télétravail. Son trajet était quasi identique depuis 1999, année où elle s'était installée avec son mari dans un joli pavillon en meulière tout proche de l'asile qui ne portait plus ce nom. Elle montait systématiquement dans le train de 20 h 09 à la station RER Saint-Michel-Notre-Dame, beaucoup moins bondé que les précédents, ce qui lui permettait d'être assise et de rejoindre en cours de repas son mari et sa fille à 21 heures pile, s'il n'y avait pas d'incident sur la ligne. L'installation du nouveau Palais de Justice, porte de Clichy, avait rallongé son itinéraire de vingt-huit minutes à cause des correspondances ; c'était compter sans les éternels travaux de prétendue modernisation du réseau.

Mais que ce soit à son bureau, en télétravail ou dans le RER, dans ce dossier des vélos, Hélène Vence n'avait pas trouvé de trace de corruption, sinon quelques fraudes mineures, sans gravité. La Ville avait surtout fort mal géré ce dossier. Pour une fois en osmose avec le parquet, elle estimait que cela relevait de la chambre régionale des comptes. Avec une logique incompréhensible pour le commun des mortels, la magistrate était assez indulgente sur la mauvaise gestion publique, car elle avait vu les difficultés dans lesquelles s'était engluée sa propre cour d'appel pour harmoniser les réseaux informatiques et combien le code des marchés publics était inapplicable quand il y avait un problème à régler. Avec une forme de myopie, elle n'avait jamais considéré que le droit fiscal ou le droit du travail étaient tout aussi inapplicables pour une PME en difficulté.

Après des investigations minutieuses, alors que la magistrate s'apprêtait à convoquer une dernière fois, pour la forme, certains protagonistes du dossier, Antoinette Chantebois fut renversée. Hélène Vence fut à juste titre indignée du coup de téléphone maladroit du parquet qui s'enquérait de ses conclusions. Elle envoya fermement balader le procureur de Paris en lui expliquant qu'étrangement d'ailleurs les élus de la Ville n'étaient pas couverts par le contrat d'assurance. Cette malice juridique, excluant les élus en cas d'accident, venait probablement du fait qu'il fallait éviter tout soupçon, l'assurance étant élevée en cas de décès. Comme si un élu allait se faire tuer pour que sa famille empoche l'assurance ! La magistrate allait néanmoins donner tort à la Ville sur un point : elle estimait que l'avocat d'Issigny – qui l'agaçait pourtant – méritait d'être indemnisé. Peut-être que la pression exercée sur ce dossier améliorerait le service rendu aux usagers, ce serait au moins faire acte utile.

Telles étaient les conclusions que peaufinait Hélène Vence, magistrate instructrice, au moment où les portes du RER C se fermaient sur la station Juvisy-sur-Orge, quand un SMS de sa belle-sœur s'afficha sur l'écran de son téléphone portable :

« Qu'as-tu pensé de ma note sur la réforme des retraites sur le site de la Fondation pour le progrès social ? » lui demandait sa belle-sœur adorée.

Elle avait complètement oublié de lire son papier. Sa belle-sœur venant dîner samedi soir, elle se demandait quand elle aurait assez de temps pour l'analyser et lui faire part de ses remarques.

« Je te dis tout cela samedi soir, mais c'est passionnant. »

À la hâte, elle ouvrit le navigateur Internet de son téléphone portable pour se connecter au site de la fondation en question afin de télécharger la note de prospective. Le réseau n'était pas de qualité, mais, alors qu'elle cherchait le fameux article sur le site, elle vit parmi les logos des donateurs celui de la mutuelle Axoma.

« Quelle amusante coïncidence », se dit-elle, oubliant la publication de sa belle-sœur. En cliquant sur « Qui sommes-nous ? », la magistrate constata que le directeur des mobilités de la Ville de Paris était membre du conseil exécutif de cette fondation. « Quel manque de déontologie », se dit-elle encore, n'y voyant pas malhonnêteté, mais un de ces accommodements nécessaires qui font les carrières réussies dans la fonction publique. Cela l'agaçait, elle abhorrait ce mélange des genres. En continuant de parcourir le site de la fondation, elle tomba sur un onglet *Paris (archives)* et cliqua. Elle put y découvrir le programme électoral de la majorité pour les précédentes élections municipales. Parmi les contributeurs, une fonctionnaire de la municipalité, un architecte travaillant pour la Ville, des élus, un ancien directeur de Vélib', ainsi que l'actionnaire majoritaire d'une société spécialisée dans le secteur touristique.

Ainsi, pour la première fois en plus de vingt ans, Hélène Vence oublia de descendre à la station RER de Sainte-Geneviève-des-Bois.

Le Monde.fr

Exclusif — Politique — Le Monde

Le maire de Paris, candidat à l'élection présidentielle, Roland Garnier, a été mis en examen ce vendredi pour homicide involontaire par la juge d'instruction Hélène Vence dans le cadre du dossier dit de l'assurance des Vélib'.

Dans les extraits du dossier d'instruction que s'est procurés le journal *Le Monde*, la magistrate met en lumière des fraudes dans le marché d'assurance, mais aussi dans le marché de fabrication des vélos. Malfaçons qui pourraient être parmi les causes de l'accident (…)

Article réservé aux abonnées (payant… 1,50 euro, cliquez ici 👆)

Chapitre 8

Le week-end se prolonge à l'Isle-sur-la-Sorgue

La matinée du dimanche avait été féconde, le déjeuner agréable, Jean-Jacques Le Brun, Victoire et leurs invités terminaient le café sur la terrasse en profitant de la douceur des rayons de soleil. Une même alerte émanant du journal *Le Monde* s'afficha sur tous les téléphones portables, vibrant ou bipant à quelques secondes près. Le maire de Paris venait d'être mis en examen par la magistrate Hélène Vence pour corruption, trafic d'influence et complicité d'homicide involontaire. Le journal publiait l'intégralité de l'audition du maire de Paris, qui s'était déroulée vendredi dans la plus grande discrétion.

— Qui a les codes d'abonnement ? demanda Nathalie, stupéfaite.

— Mon compte est bloqué, car trop de gens l'utilisent dans l'équipe, répondit Audrey. Je dois tout réinitialiser.

— Quelle bande de guignols vous faites !

Une deuxième alerte deux minutes plus tard annonçait que le maire de Paris tiendrait une conférence de presse à 18 heures. Ils se regardèrent interloqués. Les téléphones vibraient des alertes des journaux comme des SMS des collègues.

Jean-Jacques Le Brun et Victoire proposèrent à leurs hôtes de rester jusqu'au lendemain matin pour regarder la conférence de presse et profiter du calme et de l'isolement de la propriété. Lui devait absolument rentrer par le dernier TGV, mais Victoire avait de quoi nourrir et désaltérer tout le monde. Rémi, qui de son côté gambergeait, coupa net la discussion sur l'intendance :

— Il va démissionner et renoncer à être candidat. L'incrimination est trop infamante

— Encore une fois, la justice va faire l'élection, déclara Nathalie.

— Nous ne savons pas de quoi il en retourne, rétorqua Casanova, mais s'il démissionne, le Conseil constitutionnel pourrait repousser l'élection. Je vais donc rentrer ce soir. Il est prudent d'être opérationnel à Paris demain matin très tôt.

— Audrey ? As-tu enfin récupéré des codes ? s'impatienta la candidate.

— Oui, je suis en train d'ouvrir le journal sur mon smartphone.

Agacée, elle se retourna vers le directeur de campagne :

— Ça vaudrait le coup maintenant d'acheter plusieurs abonnements.

Faisant comme si la remarque ne lui était pas adressée, il continua sa réflexion :

— Je vais faire analyser les incriminations par nos juristes. Nous pourrons ainsi anticiper sa réaction.

— Vous allez les faire travailler pour rien ! Homicide involontaire, ajouta une nouvelle fois, incrédule, Rémi. Nous devons juste réfléchir aux différents scénarios. C'est le moment de basculement de la campagne.

— Dans trois minutes, on va te demander une réaction, dit Audrey à Nathalie, tandis que son téléphone bipait. Même pas trois minutes ! soupira-t-elle.

— Je suggère que nous allions marcher dans les vignes en attendant, je pense que ça fera du bien à tout le monde, suggéra Jean-Jacques.

— Il faut quand même dire à nos soutiens de ne pas s'exprimer, suggéra le préfet.

— Eh bien, chargez-vous-en pendant que nous irons marcher. C'est votre rôle, lui lança Nathalie.

Vexé par cette remarque, le préfet envoya un message sibyllin aux membres de leur groupe Telegram, qui servait à diffuser les éléments de langage : « Silence absolu, merci de couper vos portables jusqu'à notre réaction après 18 heures. »

Rémi, qui figurait dans la boucle de messages, réamorça gratuitement les hostilités :

— Et si jamais nous ne réagissons pas ?

Audrey commença la lecture à haute voix d'extraits de l'article du *Monde* : « La juge d'instruction Hélène Vence en charge du dossier d'assurance des vélos de la Ville de Paris a décidé, contre toute attente, de mettre en examen le maire de Paris pour corruption, trafic d'influence et complicité d'homicide involontaire. Ce dossier qui semblait s'enliser prend une tournure inédite deux mois avant le premier tour de l'élection présidentielle où Roland Garnier est le candidat désigné par le Parti socialiste. Des irrégularités dans le contrat d'assurance des vélos de la Ville ont permis à la juge d'instruction d'en découvrir d'autres dans l'attribution du marché des vélos de la Ville. La société qui a sous-traité la fabrique de ses vélos en Chine aurait, toujours selon la juge, versé des pots-de-vin à un intermédiaire libanais pour que le système soit opérationnel avant les élections municipales. Environ deux cents vélos livrés étaient défaillants, selon des notes internes exhumées par la juge d'instruction. Ces vélos défectueux ont été rapidement retirés de la circulation, sauf probablement, par négligence, une dizaine d'exemplaires, dont celui utilisé par Antoinette Chantebois, première adjointe, le jour de son accident fatal. Le maire de Paris a reconnu lors de son audition avoir été au courant de ces défaillances techniques, mais a nié tout système de corruption. L'audition réalisée ce vendredi dans la plus grande discrétion a duré cinq heures, alors que la juge d'instruction – instruisant également à décharge – a reconnu que le maire n'avait pas signé les marchés, mais a rappelé que ses délégations de signature ne le déresponsabilisaient pas et lui a notifié ses mises en examen. »

— Vous voyez, c'est bien une juge de gauche ! C'est la première magistrate qui instruit à décharge, commenta Nathalie.

— Il ne peut pas tenir, l'accusation est infamante, répéta Rémi ! Ni à la tête de la mairie, ni comme candidat.

Nathalie songeait à la qualification des faits, à la brutalité que représentait l'incrimination d'homicide involontaire, alors même que le maire de Paris entretenait des relations quasi amicales avec sa première adjointe. Quand bien même le raisonnement juridique serait tiré par les cheveux, la famille de la victime associerait dorénavant le maire à cette tragédie, alors que quelques jours plus tôt il était à leur côté, parmi les proches, associé à leur souffrance. Par réflexe, elle ne pouvait s'empêcher d'être du côté du maire accusé :

— J'ai presque envie de le défendre. Ce système est effrayant, il ne garantit rien à personne.

— Ça va passer pour une réaction de corporatisme politique si vous exprimez la moindre compassion, coupa le préfet.

— Mais qu'avez-vous à dire ? rétorqua Jean-Jacques. Vous ne pouvez pas surfer sur un tel malheur.

— De toute façon, ses voix iront à l'extrême gauche, un petit peu à Stolon, même si son électorat n'est pas homogène sur le territoire, continua le préfet. Il est principalement urbain et aisé, selon les critères français, bien sûr.

Ils furent tous interloqués par l'analyse à froid du préfet, alors que Nathalie pensait davantage à l'indécence et à l'inutilité qu'il y aurait à exploiter un tel malheur.

— Allons marcher, dit Jean-Jacques qui tenait à sa promenade du dimanche pour garder la forme.

Le téléphone de Nathalie sonna, celui de Rémi, celui de Casanova…

— Et mettez vos portables sur silence ! s'agaça le grand patron.

À cette saison, les vignes étaient très peu garnies, ce qui donnait aux paysages provençaux un air rugueux qui convenait parfaitement aux événements. Quand ils eurent fait suffisamment de pas dans les terres, Jean-Jacques prit un air faussement intéressé :

— Nathalie, connaissez-vous bien le maire de Paris ?

— Je le connais peu, mais je ne le sens pas corrompu. C'est un pur produit des vieux réseaux syndicaux du Parti socialiste. Il sait parfaitement manœuvrer, duper et sortir des difficultés par la grande porte. Il l'a d'ailleurs montré. Il devait gérer des adversaires, parfois, comme nous tous, de véritables ennemis, mais il n'a jamais eu à affronter l'opinion avec comme enjeu sa propre histoire.

— Avez-vous une idée de ce qu'il va ou peut faire ?

— Il ne peut pas tenir. S'il reste, l'opinion publique n'entendra pas les quelques médias et supporters qui minimiseront son implication personnelle. L'image d'un meurtrier lui restera collée, même s'il est blanchi. Il sera la nouvelle victime expiatoire sur laquelle une grande partie du peuple se déchaînera. C'est comme ça tous les vingt ans. Je dis vingt ans, mais ça pourrait être dix ou trente. Il va démissionner ce soir et tout arrêter.

Nul n'avait grand-chose à ajouter aux propos de Nathalie. Jean-Jacques avait réussi à amener les comparses à la seule conclusion envisageable. Les quelques minutes de calme, peut-être trois maximum, parurent interminables. Personne ne voulait rompre ce silence de mort. Victoire, accroupie, inspectait de près une rangée du vignoble. Rémi, tentant de dissimuler ses sentiments, la regardait expliquer amoureusement le cycle de la vigne et l'élevage du vin. « Tout recommence avec régularité chaque année et ce n'est jamais le même vin. » L'impression dominait qu'elle parlait à ses vignes ; elle lançait comme une incantation au raisin d'être chaque fois encore plus beau :

— Nous allons tailler la vigne cette semaine. Regardez ! Nous apercevons les bourgeons fertiles qui apparaissent. Nous aurons du beau raisin. La taille permet une forme de discipline autour de chaque cep.

La métaphore était transparente, mais personne n'osa exprimer le moindre parallèle.

— Et où en êtes-vous de la récolte précédente, s'enquit Nathalie, déjà mise en bouteille ?

— Non, pas encore, nous avons procédé à l'ouillage pour que les cuves restent au niveau, qu'il n'y ait pas d'oxydation.

— Pouvez-vous nous montrer les installations du cuvier ?

— Oui, j'ai la clef sur moi. Allons-y !

Rémi se posa à l'extérieur du cuvier, lu en vitesse les commentaires déchaînés des groupes de discussion, comme s'il s'agissait d'un groupe de parole de politiques anonymes. Trois journalistes l'avaient appelé ainsi qu'un de ses anciens patrons, lointain ministre du Commerce extérieur. À leur retour, à l'intérieur de la maison, Nathalie donna ses directives à son équipe :

— Je ne veux personne sur les plateaux. Faites bien passer le message. De toute façon, les télés n'ont besoin de personne, elles ont une actualité pour au moins dix jours. Soyons sobres ! La Convention populaire va crier au loup, pensant récupérer quelques militants socialistes qui y verront un complot. Le reste ira mécaniquement vers leur nouveau candidat. Voilà ce que vous devez écrire, Rémi : « choc… concentré sur notre projet… ne rien ajouter qui puisse nuire à la qualité du débat présidentiel » – trouvez les mots.

Audrey l'interrompit :

— BFM annonce, de source proche, qu'il va démissionner…

— Le maire de Paris est un type bien, il ne veut pas faire durer le suspense. Ça va être crépusculaire, dit Nathalie. Je ne sais pas s'il faut regarder… Avec cette annonce, ce sera la ruée sur les chaînes d'info pour contempler un homme à terre. Rémi, avez-vous écrit quelque chose de bien ?

— Madame, j'ai juste noté vos trois mots exprimés il y a une quinzaine de secondes. Je pensais ajouter : « confiance dans la justice de notre pays ».

Il avait deux heures pour écrire une réaction de trois lignes, cela devrait suffire. Il se dirigea vers la cuisine, enfila ses écouteurs, ouvrit son bloc-notes, écrivit un paragraphe, changea d'avis et se dirigea vers le bureau de Victoire, du côté des chais. Elle travaillait sur son ordinateur, il posa doucement sa main sur son épaule et l'embrassa dans le cou :

— Ça ne te gêne pas que je reste ce soir ? Sinon je repars avec l'autre con.

— Vous avez l'air de vous apprécier. C'est comme ça, la politique, tout le monde se déteste et se le dit ?

— On n'a pas encore embauché de *chief hapiness officer* dans les cabinets ministériels. Je vais y songer. Si on gagne, j'ai un job tout trouvé.

— Tu sais, chez nous, ça n'existe pas, nous sommes le patronat lyonnais, la vieille industrie qui fait tirer sur ses ouvriers ; c'est bien connu.

— Je ne t'apprends rien, il y a toujours eu des conflits entre les fonctionnaires et les non-fonctionnaires. Les fonctionnaires s'estiment copropriétaires de l'État et ils te font croire qu'ils œuvrent pour l'intérêt général. La France a même créé une école à cet effet.

— Tu ne caricatures pas un peu ?

— Ils se prennent pour l'élite de la France, alors qu'ils n'en sont que les cadres.

— C'est ce que je viens de dire, tu caricatures ! Sur ce point, tu n'as pas trop changé.

— Je romance évidemment, mais, en parlant de romance, tu ne m'as pas répondu pour ce soir.

— Va bosser... On se verra après le dîner, quand ils seront couchés, ajouta-t-elle laconiquement.

Rémi avait jusque-là agi avec infiniment de tact, mais Victoire commençait à l'agacer à tourner autour du pot. Décidément, il n'est jamais simple de remettre le couvert, surtout après tant d'années. Lui qui aimait prévoir les étapes suivantes aurait bien voulu être d'ores et déjà fixé. Peut-être qu'elle s'amusait à tester ses nerfs. En y réfléchissant, recoucher deux soirs de suite avec une ex, ce n'était déjà peut-être pas si mal, alors il reprit, mi-grognon, mi-bienheureux, le chemin de la cuisine, se servit un café et écrivit les quelques lignes sur son ordinateur.

Quelques minutes avant l'heure prévue pour la conférence de presse, tous s'agglutinaient dans le salon bleu, les yeux rivés sur le poste de télévision allumé sur BFM TV. Jean-Jacques, un manteau posé sur l'épaule, tenant d'une main son sac de voyage, leur présenta Michel Garrido, le taxi qui lui servait de chauffeur dans la région, lequel, dans un geste d'évidence, le débarrassa des objets qui l'encombraient. Ils le saluèrent distraitement, les yeux rivés sur l'écran de télévision, comme hypnotisés par les commentaires des journalistes. Le préfet Casanova rappela – comme si sa personne était un sujet de préoccupation – qu'il partait immédiatement après la déclaration, car il devait rendre la voiture de location, ce qui prenait un peu de temps. Sur un même ton, il ajouta qu'un de ses anciens collègues préfets, avec qui il venait de s'entretenir, l'avait informé que le secrétaire général du Conseil constitutionnel avait déjà contacté le ministère de l'Intérieur pour travailler aux conséquences de cette démission. Nathalie se retourna vers lui, le regard interrogatif. Rémi écarta les paumes, mains en l'air, en signe de désarroi, il aurait pu les prévenir immédiatement. L'élection allait donc être décalée.

Il était 18 heures ; le maire de Paris était en retard, pensaient-ils tous, alors qu'un journaliste exprimait en direct sous une forme ironique un début d'impatience.

2e partie
Explosions

Chapitre 9

Ce week-end où tout a basculé à l'Hôtel de Ville

Il y a quasiment cinq ans, Roland Garnier avait inauguré en compagnie du garde des Sceaux, du gratin de l'autorité judiciaire et d'une palanquée d'élus l'immeuble du nouveau Palais de Justice. Il était peut-être passé rapidement dans un même couloir, avait visité un même bureau, alors inoccupé, fonctionnel comme une maison témoin, avant d'être convoqué dans le cabinet de la juge d'instruction Hélène Vence, où quelques plantes vertes tentaient de survivre à l'air climatisé aux côtés d'un amoncellement de dossiers cotés.

L'audition de ce vendredi avait été longue. Il avait eu le temps de dévisager cette juge, d'analyser ses inflexions de voix tout en essayant de comprendre où elle voulait en venir. La préparation de son audition avec son avocate n'avait pas été inutile, même s'il connaissait parfaitement bien les dossiers de sa ville. Personne n'est préparé à ce genre d'interrogatoire, si ce n'est lors de certaines émissions télévisées dont il n'avait jamais été la cible. Il lui fallut un certain temps pour comprendre que la magistrate allait l'accuser lui aussi. Il s'était inquiété, lorsqu'il avait reçu sa convocation, d'une éventuelle mise en examen de la Ville de Paris comme personne morale. Il avait même réfléchi avec ses équipes à une riposte, laissant s'exprimer la nouvelle première adjointe et certains élus. Le pire scénario aurait été une mise en examen pour négligence. Les conséquences médiatiques auraient été dévastatrices pour sa campagne électorale. Pendant une heure, il expliqua à la juge le fonctionnement des commissions municipales, le pouvoir dont disposaient ses adjoints. Il se demandait comment la culture administrative de la magistrate pouvait être aussi faible ou si elle n'essayait pas de le faire tomber dans un piège en lui faisant citer un article du code des marchés publics que ses services auraient omis d'appliquer. Hélène Vence s'était cabrée quand le maire avait affirmé, las, que la nature humaine s'accordait difficilement avec toutes ces règles et qu'il fallait parfois fermer les yeux ou regarder ailleurs.

La fin de l'audition ressembla à un orage de grêle. Le cheminement intellectuel de la magistrate laissa le maire coi. Face aux accusations, qu'il réfutait toutes, il ne trouvait aucun argument rationnel à opposer.

Roland Garnier était resté quasi muet lorsqu'à 20 h 30 la magistrate lui avait notifié sa mise en examen, notamment pour homicide involontaire. Stupéfait, hagard, son regard s'était fixé sur les trois malheureuses plantes, parmi lesquelles était un minuscule cactus dans un petit pot de faïence décoré de marguerites orange.

Il n'osa pousser l'affrontement avec la magistrate, mais n'imaginait pas que l'incrimination d'homicide involontaire ait un motif autre qu'un règlement de compte politique visant à l'éliminer de la course présidentielle. Il craignit même que, dans un accès délirant d'abus de pouvoir, la juge le plaçât en détention provisoire. Il savait que certains magistrats faisaient cela, pour, disaient-ils dans leur langage, attendrir la chair, et ensuite les forcer aux aveux.

Il s'était contenté de répondre qu'il contestait fermement sa mise en examen, son caractère infamant, et avait demandé si l'entretien était terminé.

Son avocate était tout aussi stupéfaite, elle qui pourtant avait eu à traiter de délits d'initiés bien plus sophistiqués. Elle lui proposa un rendez-vous pour le lendemain à l'Hôtel de Ville, car elle voulait étudier à tête reposée certaines pièces du dossier.

Garnier fit oui de la tête et s'engouffra encore étourdi, les épaules voûtées, dans son véhicule. Alors qu'il avait initialement prévu de dormir dans son appartement du 18e arrondissement, il avait insisté pour que son chauffeur le dépose aux abords de l'Hôtel de Ville. Il voulait, depuis la grille principale, monter une dernière fois l'escalier d'honneur de la Ville de Paris salué par ses agents avec le respect dû à la dignité de sa fonction, avant que toute la France ne lui crachât au visage.

Au reste, c'était exact, même ses plus fervents supporters ne pourraient s'empêcher de penser qu'il avait été au minimum négligent et trouveraient moult anecdotes à raconter sur ses prétendues légèretés. Pour le commun des mortels, qui se contentait d'une écoute distraite des infos, il ne serait plus qu'un horrible corrompu doublé d'un criminel.

Il ne se voyait ni comme un profiteur, ni comme un jouisseur. Ses quelques vices étaient connus de tous. D'un coup, il s'effondra dans son fauteuil à l'idée que sa vie politique, toute sa vie, s'achevait aujourd'hui. Il s'était habitué aux honneurs, c'était aujourd'hui terminé. Dans son bureau, il y avait bien une arme de service, mais saurait-il s'en servir ? Il pouvait se jeter par la fenêtre, s'écraser sur la place de l'Hôtel-de-Ville, mais s'il survivait ? Il ne voulait pas se rater.

Absorber des médicaments ici, il ne savait pas trop comment faire, mais son angoisse était telle qu'il avala un comprimé de Lexomil. Il voulait d'abord écrire quelques mots pour raconter sa vérité, la seule qui resterait puisque, une fois mort, cette affaire serait enterrée avec lui.

« La presse a fait état de graves accusations portées à mon encontre par la justice de mon pays.

« Je n'aurai jamais l'occasion de me défendre. Que je sois innocent n'intéressera jamais qui que ce soit ; ni même la vérité.

« Je pense simplement à ma famille, que j'aime, et à toutes celles et tous ceux qui ont cru en l'espoir que je portais. »

Il jugeait son style pompeux. Il n'était pas satisfait des tournures, mais il ne pouvait pas demander des idées au rédacteur de ses discours. Des magistrats, des policiers, il en avait côtoyé des centaines sur ses dossiers parisiens : la vidéosurveillance, le trafic de stupéfiants, la délinquance du quotidien – passons sur la circulation – et surtout les attentats de 2015. Toujours en position d'autorité ou de décideur, parfois en conflit avec eux ou avec le préfet de police, mais rien ne pouvant laisser des séquelles ou créer de véritables ennemis. Il appréciait même le travail des magistrats. Comme de nombreux Parisiens, il s'était senti victime des attentats, la

Ville s'était d'ailleurs constituée partie civile. Les rendez-vous avaient tous été marqués du sceau du respect mutuel. Depuis, à cause de positions très fermes contre l'islamisme, sa protection avait été considérablement renforcée. Il partageait son quotidien avec trois gardes du corps et une équipe complète le suivait dans ses déplacements. Il n'arrivait toujours pas à comprendre le cheminement qui avait germé dans la tête de cette juge réputée pourtant de gauche pour qu'il se retrouve, lui, sur le banc des accusés.

Dans son univers, la corruption, c'était la droite, les milieux d'argent et les années Mitterrand, dont il n'avait jamais été un soutien béat. Il pensa à sa jeunesse militante, des heures à discuter dans la chambre de sa grande sœur. Il ne pouvait pas partir sans l'appeler une dernière fois :

— Salut Annette, tu vas bien ?

— Oui, on dîne avec les enfants. À tout hasard, veux-tu venir déjeuner demain midi ? Je suis toute seule, ça te fera du bien, les jumeaux sont invités à un anniversaire et Gabriel est au Japon.

— Oh oui ! C'est la meilleure proposition de la journée.

— Ton équipe de campagne te laissera venir jusqu'à Montrouge ? Fais attention, avec les travaux et les embouteillages, il va bien te falloir une heure pour le trajet ! dit-elle en riant.

— Annette, je suis mis en examen. Ne dis rien, je dois de toute façon être sur écoute depuis longtemps.

Le silence s'installa une fraction de seconde entre le frère et la sœur. Si elle avait été face à lui, elle l'aurait immédiatement pris dans ses bras :

— Veux-tu venir dîner maintenant ?

— Je suis crevé…

— C'est mieux, je te prépare la chambre d'amis. J'ai du jambon et des pommes dauphine surgelées. Tu sais comme je suis bonne cuisinière.

— Tu couches les enfants dans une heure ?

— Oui, on est quand même vendredi.

— Je prends des vêtements de rechange. J'essaierai de faire bonne figure demain matin pour le petit-déjeuner avec les enfants. Rappelle-moi leur âge ?

— Roland, ils ont 9 ans, tu devrais t'en souvenir, à force !

— Heureusement qu'ils portent le nom de ton mari et toi aussi. Je vais acheter un peu de vin sur la route.

Roland Garnier descendit dans son éternel costume vert. Il avait troqué la chemise et la cravate pour un col roulé moutarde.

— Nous nous arrêterons au drugstore des Champs-Élysées, j'espère qu'il y a des jouets, sinon j'achèterai des livres pour mes neveux.

Dites à mon chef de cabinet de reporter mes rendez-vous. Je suis fatigué, pouvez-vous mettre Radio Classique s'il vous plaît ?

Le cortège, voiture suiveuse, motards devant, glissa sous la pluie de la nuit parisienne, sans bruit. Seul le bleu des gyrophares éclairait les trottoirs alentour. La radio jouait Mendelssohn, *Song Without Words*, ce qui résumait l'humeur du maire. Les Champs-Élysées étaient bloqués. L'officier de sécurité se retourna et n'eut pas à poser de question, le maire répondit par un oui compréhensif. Les gyrophares se mirent à hurler, les motards de la police qui le suivaient le doublèrent et libérèrent la circulation. Trois minutes plus tard, il déambulait dans les rayons du drugstore.

Roland Garnier quitta avec regret l'atmosphère rassurante de la maison de Montrouge le samedi aux alentours de 15 h 30, car il avait convoqué sa directrice de cabinet trente minutes plus tard. À elle seule, il voulait parler de sa succession à la mairie de Paris. La campagne présidentielle, c'était une autre histoire. Il ne pensait plus au suicide, mais il se demandait de quoi il allait vivre, comment payer son avocate, même si sa sœur, qui reprenait les rênes de son propre cabinet d'ici un mois, prenait à sa charge une partie de sa défense. S'il démissionnait, il n'aurait plus la moindre indemnité d'élu et revenir aux impôts ajouterait au scandale.

Sa directrice de cabinet, conseillère d'État, était une excellente juriste. Elle n'était en fonction que depuis deux mois. Au moment où il avait décidé de se lancer dans l'aventure présidentielle, il avait confié à son directeur de cabinet la direction opérationnelle de sa campagne, c'est lui qui lui avait recommandé cette fine magistrate administrative. Grâce à sa formation, elle était mieux à même de débroussailler ce qu'il était possible de faire, dans cet imbroglio. Surtout, elle ne lui planterait pas de couteau dans le dos. Après les compliments d'usage sur le travail accompli, Anne Berthier, malgré un visage de circonstance, écarquilla grand les yeux quand il lui demanda :

— Vous avez une journée pour me suggérer trois noms parmi les élus qui pourraient devenir maire de Paris à ma place. Je vais démissionner demain. J'ai davantage confiance dans votre jugement que dans le mien.

— Je commence juste à connaître les trois premiers adjoints et je connais mal le président de groupe.

— Votre analyse m'aidera. Sinon, nous les laisserons se débrouiller. Je conditionnerai mon appui au fait que vous restiez en fonction.

La directrice du cabinet manifestait en toutes circonstances un profond respect pour son maire. Ces quelques minutes d'échange où il lui avait témoigné sa reconnaissance et sa confiance dans des moments personnels si graves émurent Anne Berthier, elle qui était d'une nature tellement solide, au point d'inquiéter le maire sur la suite des événements :

— Pouvez-vous veiller à ces questions de conflits d'intérêts entre mon avocate payée par la Ville et la défense de la Ville.

— Vous avez le droit à votre défense en tant qu'ancien maire. Gardez cette avocate, la Ville prendra un de ses confrères.

— J'ai peur d'être un peu lâche en vous avouant cela, mais mon seul moyen de subsistance est de rester conseiller de Paris. De toute façon, je suis inemployable aux impôts. Au moins, j'ai cinq ans pour trouver quelque chose. Maître Zembda arrive dans quelques minutes. Vous regarderez les délais dont dispose le préfet pour convoquer l'élection d'un nouveau maire. J'imagine que la première adjointe va faire l'intérim ?

— Oui.

— Je vous laisse vous occupez de tous ces détails. Je n'en ai pas la force. Vous savez pourquoi je l'ai promue après le décès d'Antoinette Chantebois ? Je voulais des soutiens écologistes pour la présidentielle, et dans ses fonctions au

Parti socialiste, elle a noué d'excellents contacts en province, à Bordeaux et Grenoble, notamment chez les Verts. Mais elle n'a aucune culture administrative et son sens du compromis est assez faible.

— Et peu d'expérience professionnelle...

— Ça enlève déjà un nom à votre liste.

L'huissier annonça maître Zembda. Une fois la porte bien refermée, le maire reprit :

— Maître, tentez d'expliquer à madame Berthier en quoi ma mise en examen a été rendue possible alors que cette juge n'était pas en charge du dossier de l'accident.

— Nous avions vraiment tout épluché sur les contrats de concession et d'assurance. Je n'ai pu me faire communiquer les nouvelles pièces que ce midi. J'ai mis un collaborateur dessus. Le sujet concerne la Fondation pour le progrès social. Nous avions déjà regardé le volet qui ajoute aux infractions l'attribution de l'hôtel particulier à la fondation d'Axoma dans le cadre des appels à grands projets ; cela ne tient pas cinq secondes, mais la juge aura raison médiatiquement ! Elle a tout amalgamé. Même si la juge a bien verrouillé son dossier, nous allons demander l'annulation de votre mise en examen. Je pense pouvoir l'obtenir par la chambre de l'instruction de la cour d'appel d'ici trois ou quatre semaines, si les astres sont de notre côté, bien sûr.

— Ma sœur se chargera du volet criminel, vous du volet financier. Elle a eu à défendre de vrais criminels, même si c'était avant la naissance de ses...

Le timbre de voix du maire se voila à l'évocation du mot « criminel » et s'éteint complètement à la fin de sa phrase, comme s'il était devenu aphone. Maître Zembda sembla soulagé par la proposition. Garnier se leva, l'air préoccupé, les laissa échanger sur le fond du dossier et retourna dans son bureau pour commencer à ranger ses papiers. Il pensa à la tâche harassante qui allait revenir à sa fidèle assistante et se contenta de lui laisser des instructions sur des post-it pour bien distinguer les quelques documents personnels des affaires municipales à verser aux archives. Par WhatsApp, il convoqua dans la foulée son directeur de campagne et son attachée de presse, qui furent surpris de devoir se rendre à l'Hôtel de Ville alors que l'édile mettait un point d'honneur à n'y faire aucune réunion de campagne.

« Je viens juste de recevoir un SMS du journaliste du *Monde* me demandant de le rappeler d'urgence avant 18 heures », répondit son attachée de presse.

« Attendez de m'avoir vu à 17 h 30 et ne parlez de cette réunion à personne. Je ne veux que vous deux pour l'instant. »

La discussion fut brève. Personne ne s'attendait à une telle déflagration. Ils en étaient si meurtris qu'ils n'eurent pas le courage de demander au maire d'aborder le sujet de la campagne présidentielle, mais, au fond d'eux-mêmes, ils sentaient bien que tout allait s'arrêter demain. Le directeur pensa qu'il allait revenir à l'Inspection des finances, Nadia, son attachée de presse, qu'elle serait bientôt au chômage. Le maire leur annonça la couleur :

— Je veux maîtriser ma sortie. Il n'y a que vous deux et Anne qui sachiez pour l'instant que je renonce et démissionne. Demain, je vais consulter pour la forme les ténors du parti en début d'après-midi.

Nadia venait de recevoir un nouvel appel du journaliste du *Monde*, qui lui laissait un message pressant. Elle commençait à toucher de près les difficultés qu'ils allaient devoir gérer dans les heures à venir :

— Si *Le Monde* sort quelque chose en ligne ce soir ?

— Alors surtout ne répondez pas à votre téléphone, j'ai besoin de réfléchir un peu.

— Ce serait prudent d'avancer la réunion des élus de la Ville à demain matin.

— Plutôt 14 heures ! Qu'il n'y ait pas que moi à avoir son week-end de gâché ! Il faut peut-être que je prévienne le président Hollande.

— Oui, dans ce cas, mettons la réunion avec l'équipe de campagne à midi.

— Que faites-vous ce soir ? demanda Nadia.

— Je suis disponible, monsieur le maire.

— Voulez-vous que nous commandions des pizzas, nous allons travailler tous tard.

— Il faut être plus nombreux ce soir, pour bien réfléchir, suggéra-t-elle.

— Alors on se réunira dans mon appartement de fonction. J'y habite, je paie un avantage en nature pour ça. Mais on y est à l'étroit.

— Vous savez que je suis revenue chez mes parents après ma séparation. Ils sont partis pour huit jours en vacances, l'appartement est à deux pas... Il est grand et leur pizzeria en dessous est ouverte. Ce sera d'ailleurs plus discret. Je vous propose d'associer aussi votre directrice de cabinet et Cédric, votre plume, suggéra Nadia.

— J'ai prévenu Armelle Lantier, elle gère tellement de crises avec son agence. Elle aura un regard extérieur, très utile. Revoyons-nous à 20 heures chez vous, alors. Élargissez notre boucle WhatsApp et prévenez ce petit monde, mais ne leur dites rien par téléphone, nous sommes peut-être tous sur écoute. Je vais ranger un peu mon appartement et préparer ma valise. Pensez-vous que Stolon soit déjà au courant ?

— Oui, dit Nadia, sinon *Le Monde* ne chercherait pas à me joindre, sans préciser le fond de sa pensée.

— Donc rendez-vous chez vos parents à 20 heures, dit-il, le regard impénétrable.

À l'heure dite, Roland Garnier avait étonnamment faim. Heureusement, Nadia avait acheté de quoi grignoter et déboucha une bouteille de vin. Cédric, la plume, arriva l'air ronchon et s'excusa pour la difficulté d'accéder à la rue Saint-Paul, même à scooter. Lorsqu'il comprit l'ambiance, il ne s'épancha pas davantage ; Nadia le prit à part dans la cuisine pour lui résumer la situation. Cédric retenait ses larmes. Il avala son verre de vin d'un trait pour dissiper ses émotions.

Aussi, pour retarder au maximum le moment où ils allaient traiter des sujets délicats, ils parlaient de tout et de rien, plutôt de l'absence de qualités de certains adjoints, lorsque Armelle Lantier entra et déclara à la cantonade :

— Même en taxi on ne peut pas circuler dans votre ville. Je ne sais pas qui a voté pour vous.

Elle ne surjouait même pas. Sa blague tomba à plat. Roland Garnier prit sans attendre la parole :

— Je vous résume la situation, Armelle, car demain je dois être en capacité de lire une déclaration à la presse. Ma décision est prise : je vais donner ma démission ; l'intérim sera assuré par la première adjointe. Agnès doit-elle informer le préfet de police ?

Armelle fit une moue de la tête, réfléchit quelques instants et déroula son raisonnement :

— C'est l'homme de Stolon. S'il n'est pas encore au courant, c'est que la juge d'instruction n'a pas fini son compte-rendu. Ce qui est surprenant, c'est que seul *Le Monde* ait l'information. Entre les vacances scolaires et le week-end, nous aurons peut-être de la chance. D'habitude, un journaliste passe tous les jours au parquet ou dans les services enquêteurs. C'est peut-être la configuration de la nouvelle tour du Palais de Justice qui limite la rapidité des fuites, ou les bistrots du coin qui sont moins bons.

C'était compter sans ce qui fait le charme inusable de la procédure judiciaire française : une certaine osmose entre la presse et l'institution, que certains camouflent sous le principe de la convergence des valeurs !

— Je me suis toujours demandé d'où venaient ce type de fuites, au moins je ne mourrai pas idiot !

— Quoi qu'il en soit, les autres journaux vont aller aux informations dès que la rumeur circulera. Nous devons tous garder un secret total. Roland, nous avez-vous tout dit ? Nous sommes entre nous, avez-vous des choses à cacher ?

Y a-t-il des mails, des documents que la juge n'a pas trouvés ou qui n'ont pas été exploités ? Vous allez être scanné sous toutes les coutures !

Roland fut décontenancé par les questions d'Armelle. Il n'y avait qu'elle qui pouvait en formuler aussi abruptement, car cela faisait partie de son métier ; on la payait fort bien pour ça. Pas les politiques, ils n'en avaient pas les moyens, mais des grands groupes qui la gardaient sous le coude en prévision d'une crise. Elle ne l'incitait d'ailleurs pas à dire la vérité aux médias, mais uniquement à elle ou à ses avocats, pour qu'ils puissent préparer les coups à venir. Le maire éluda. Il la relança sur la possibilité d'un complot ourdi par les stolonistes, elle dont la moitié des équipes officiaient pour le gouvernement, le reste se répartissant dans tous les camps, car aucun scrupule ne l'étouffait si elle y trouvait du plaisir. Elle continua ses recommandations, lesquelles s'apparentaient à des instructions sur la gestion médiatique de la crise :

— Il faudra mettre une chaîne de télévision dans la boucle dès demain, pour une « exclu », insista-t-elle.

— À quoi ça sert ?

— À faire retomber la pression sur votre candidature…

— Et à faire monter leur audimat. Vous voulez que tout le monde me voie à terre, les yeux dans les phares de la voiture, comme un lapin.

— Je veux qu'un maximum de gens aient accès à votre vérité.

— Comment faire si on me demande de tenir ?

— Vous ne pourrez pas tenir, mais vous avez intérêt à jouer l'ambiguïté quelques heures.

— Pourquoi ?

— Pour que vous maîtrisiez le tempo médiatique. Sinon vos soi-disant amis vont tout balancer à la presse. Il n'y a que cela qui leur donne l'impression d'exister auprès des journalistes, ils ont l'impression de compter en daubant sur leur propre camp. Faites croire à vos soutiens que vous travaillez sur deux textes, un en faveur de votre maintien, un sur votre démission. Trente minutes avant votre intervention, j'appelle BFM pour dire que, de source « entourage », vous démissionnez de la mairie et que vous n'êtes plus candidat à la présidentielle.

— Je prépare quand même deux textes ? interrogea Cédric perplexe.

— Je vais demander à notre ami Marc Roudieu, l'académicien, quelques phrases demain matin, nous les fusionnerons avec votre texte.

— Ne lui dites rien, Armelle, je vous en prie ! Il est tellement bavard.

— Je lui dis juste que j'ai besoin d'une heure complète de son temps demain à midi trente. Je suis sûr qu'il retardera son déjeuner dominical pour moi. Je lui ai mis mon agence à disposition pour son élection à l'Académie.

— Mon projet était raisonnable pour la France, il aurait facilement rassemblé bien au-delà des socialistes, des écologistes lucides. Je devais gêner certains intérêts.

— Sans doute, reprit son directeur de campagne pour ne pas le vexer. Vous savez, les juges se considèrent comme le pouvoir et agissent en fonction de rapports de force. Pourquoi voulez-vous qu'ils servent les intérêts d'un groupe politique : ils usent et abusent de leur pouvoir, c'est tout !

— Je descends avec Cédric chercher les cinq pizzas, qui doivent être prêtes, je pense que ça nous suffira, vu la *junk food* que nous venons d'absorber, lança Nadia.

— Je vous remercie d'être encore tous là ; je ne comprends pas du tout cette histoire, confia péniblement le maire.

— Roland, lors de vos auditions, balbutia, gêné, le directeur de campagne, vous n'aviez été interrogé que sur les questions de contrats d'assurance ?

— Oui, à part quelques questions annexes pour essayer de m'embrouiller, mais oui, dit-il sans hésiter, c'était le cœur de l'interrogatoire.

— Peut-être qu'à l'avenir on nous demandera de ne plus nous rencontrer.

— Cela vous aurait déjà été signifié, répondit Anne Berthier qui avait déjà prudemment étudié ces points avec maître Zembda.

Nadia et Cédric ouvrirent la porte, chargés de pizzas. La conseillère était soulagée que la réunion de crise se tînt au domicile de ses parents et non dans un bureau de l'Hôtel de Ville ; ils évitaient l'ambiance crépusculaire des palais de la République vidés de leurs agents.

— Vous savez ce que vous allez faire à partir de demain soir ? s'enquit le maire.

Cette question taraudait Nadia depuis plusieurs heures. Elle chassait les idées sombres qui lui venaient à l'esprit pour rester concentrée sur la crise qui allait s'ouvrir. À ce stade, elle n'était pas inquiète pour son propre sort, elle connaissait aussi bien l'univers politique que celui de la presse, mais elle n'avait aucune envie d'intégrer une agence de publicité, métier superficiel au regard de ses valeurs. La porte-parole du gouvernement, Esther Diallo, dont une de ses camarades de Sciences Po dirigeait le cabinet, lui avait déjà fait des appels du pied. Rejoindre la Stolonie, comme beaucoup de ses camarades socialistes l'avaient fait, elle y réfléchirait après la victoire du président, en fonction de la place qu'occuperait l'actuelle ministre. Après tout, il s'agissait de sa vie :

— Vous avez vu l'état de l'appartement de mes parents ? Si quelqu'un veut venir m'aider la semaine prochaine, je vais profiter de leurs vacances pour refaire la peinture.

Son téléphone portable sonna. Encore *Le Monde*. Quelques minutes après, elle reçut un long SMS :

« Nous avons confirmation de la mise en examen de Roland Garnier. Nous publierons l'information demain midi avec ou sans réaction. Je vous ai appelée trois fois. Je mets le même SMS au directeur de campagne et à la directrice de cabinet en mairie pour être sûr. »

Les téléphones bipèrent dans la foulée.

— On ne peut plus travailler avec ce type de journalistes, s'offusqua Nadia.

— J'appelle l'actionnaire, déclara Armelle Lantier.

Elle s'enferma dans la cuisine et revint après trois minutes de négociation.

— J'ai obtenu jusqu'à 15 h 30 demain. En échange, je leur ai promis une info pour 15 h 40. Il m'a dit disposer de beaucoup de choses

Roland Garnier fulminait :

— C'est bien de moi qu'on parle !

Sans se démonter, Armelle rétorqua :

— On leur annoncera juste votre conférence de presse de 18 heures, en primeur. Ils publieront leur article, les autres journaux reprendront, et ils lâcheront ensuite que vous faites une conférence de presse. Ce sera un peu différent, mais grâce à ça on gagnera du temps.

Le téléphone de Nadia bipa, c'était encore le journaliste du *Monde* :

« Connasse ».

Ils se donnèrent tous rendez-vous pour le lendemain 9 h 30 au QG de campagne au cas où les choses sortiraient malgré leurs précautions dans la nuit. Si quelque chose fuitait, Nadia essaierait de répondre en boucle qu'ils communiqueraient dans la journée de dimanche. Une ligne bien difficile à tenir. Sinon, ils improviseraient.

Nadia avait du mal à dormir et, comme pour joindre les actes aux paroles, commanda de la peinture sur Internet. Elle se réserva trois nuits d'hôtel dans le quartier pour ne pas vivre dans les effluves chimiques ; elle ferait un peu de sport, se nourrirait sur place. Elle but de l'eau fraîche et s'abstint de répondre aux SMS du chef de cabinet, qui, connaissant la politique, n'avait plus que deux options au bout de trois heures sans réponse : « Tu as un nouveau mec ou il se passe quelque chose. » Elle tenta à nouveau de s'endormir. En vain. Les heures passaient jusqu'au matin entre somnolence et consultation de son écran de téléphone portable.

Seule dans son lit, Nadia pensait avec tristesse à Roland Garnier, le seul homme politique qui, avant de lui parler de son image, lui exposait le contenu de ses projets, s'attachait à défendre ses idées. Il va être bien seul, mais, si je continue à trop l'aider, je vais être grillée à vie, s'inquiétait-elle. L'agence d'Armelle fera ça impeccablement. Elle chassa cette pensée. Roland était un type bien. Cela faisait trois ans qu'elle travaillait pour lui et elle avait instantanément gagné sa confiance. Elle songeait à son propre parcours depuis l'UNEF à Sciences Po, où elle bousculait les idées reçues des jeunes bourgeois de la rue Saint-Guillaume. Leurs codes ne l'intéressaient pas, elle les connaissait parfaitement. Ses parents étant commerçants rue Saint-Paul, dans le Marais, elle les avait fréquentés depuis la maternelle jusqu'aux manifestations lycéennes. Son sens de l'observation, sa joie de vivre avaient séduit la mère d'une de ses amies, devenue ministre sous François Hollande. Elle la prit en stage de fin d'études et l'embaucha, à 25 ans, en cabinet ministériel. Elle était assurément trop jeune, mais dépensait une telle énergie au travail qu'elle s'imposa dans cet univers de brutes. C'est ainsi qu'à 32 ans, sans avoir cédé aux sirènes stolonistes, Nadia Cherifi dirigeait le service de presse de la capitale, qu'elle avait délaissé le temps d'une campagne présidentielle.

Seul son regard avait changé : il était passé du droit dans les yeux à un petit biais fuyant dissimulé sous des lunettes épaisses.

7 h 30 SMS : « Tu as dîné avec le boss, c'est pour ça que tu ne voulais pas me parler ! »

Elle se leva, se prépara un café, alluma et éteignit directement la télé. Elle n'avait aucune raison de s'intéresser à l'actualité. S'il s'était passé quelque chose, elle aurait déjà reçu une quantité de messages. La machine à expresso vrombissait, elle traîna des pieds jusqu'à la salle de bain, absorba un comprimé de multivitamines et se dévisagea dans la glace. Ce n'est pas comme ça que tu vas te trouver un nouveau mec, ma pauv' fille, se dit-elle. Elle calcula qu'elle pouvait aller marcher quarante minutes sur les quais tout en étant à l'heure prévue au QG. Elle enfila un vieux sweat à capuche, des chaussures de sport, et descendit faire un petit tour. Il n'y avait pas grand monde, uniquement des sportifs matinaux. Une joggeuse s'arrêta :

— Vous nous manquez à l'Hôtel de Ville.

C'était la nouvelle première adjointe, Marie-Ève de la Veyrerie.

— L'Hôtel de Ville me manque aussi, répondit Nadia maladroitement

— L'adrénaline de la présidentielle ne vous motive plus ?

— Non, ce n'est pas ça, mais j'aime le concret des réalisations, dit-elle pour rester le plus évasive.

Le téléphone de la première adjointe vibra et afficha : « Si vous êtes dans le coin, pouvons-nous nous voir vers 14 h 45 ? Réunion de la majorité à 15 heures. »

— C'est quoi, cette histoire ? Vous êtes au courant, Nadia ?

Par chance, celui de Nadia fit de même : « Roland me demande de monter une réunion d'équipe à 12 heures ? Je ne comprends rien. » C'était le chef de cabinet. Elle lui répondit simplement : « Oui, mais on se voit avant… »

Calmement, elle mentit par omission à la première adjointe :

— Je suis au même niveau d'information que vous. J'ai d'abord une réunion au QG. À tout à l'heure ; je crois que je vais accompagner le maire toute la journée. Il faut que je me dépêche, j'ai une sale mine. Je dois me doucher et préparer le petit-déjeuner. À tout à l'heure alors.

« Pourquoi tu ne me dis rien ? » pleurnichait par SMS le chef de cabinet. Elle l'appela via une messagerie cryptée :

« Je ne peux te dire grand-chose par téléphone, même en utilisant cette application. Si tu es mal réveillé, file sous la douche et viens au QG. On va enchaîner les réunions. Moi, j'en ai une à 9 h 30 ; faudra que tu improvises l'organisation de la journée, avec une réunion du comité de soutien, puis des élus à l'Hôtel de Ville à 14 heures. »

— Oui, je suis réveillé, j'ai un petit-déjeuner de donateurs et Roland ne vient pas comme hier…

— Merde, c'est où, votre petit-déj ?

— Au QG !

— Tu les expédies, s'il te plaît, ou tu les annules. Débrouille-toi, mais personne ne doit croiser Roland.

Nadia envoya un message WhastApp à toute l'équipe de crise : « Donateurs au QG, on se retrouve où ? »

« Chez tes parents, rétorqua Roland. C'est central. On avisera pour les autres réunions. Je dis à Arthur de les monter. »

Nadia ajouta Arthur, le chef de cabinet, au groupe WhatsApp consacré à la crise. La journée partait déjà en couilles, pensait Nadia. Au moins elle gagnait vingt minutes dans son planning, elle pouvait prendre son temps et s'arrêter pour acheter des chouquettes à la boulangerie.

— Tenez, je vous ai apporté des chouquettes. J'espère que vous aimez cela.

Roland Garnier posa le sachet directement dans la cuisine. Il s'installa dans le salon, regarda sa montre, il était le seul à l'heure :

— C'est vrai qu'on roule mal dans cette ville, même le dimanche matin, plaisanta-t-il.

Il semblait reposé, comme s'il avait, lui, dormi. Ils arrivèrent chacun à cinq minutes d'intervalle en déclarant à tour de rôle :

— J'ai fait la queue à la boulangerie et j'ai apporté des chouquettes.

Ils en avaient au moins pour trente personnes.

— Eh bien, ça servira pour le comité politique et les réunions qui vont suivre. Je voudrais que l'on résume toutes les séquences de la journée. Arthur, je vous laisse la parole.

— Monsieur le maire, votre journée va être minutée, avec quelques moments pour vous, pour pouvoir préparer les rendez-vous suivants. Bien sûr, tout pourra être chamboulé à tout moment :

11 heures : Le premier secrétaire et le trésorier. Mettez-leur un message maintenant, monsieur le maire.

12 heures : Vous réunissez le comité politique restreint, dix personnes. J'ai lancé les SMS d'invitation ; certains ne seront présents qu'en visioconférence.

12 h 30 : vous sortez dix minutes pour parler au président Hollande. Enfin, c'est lui qui

appellera selon sa disponibilité, car il conduit sa propre voiture.

Puis on déjeune sur place, des plateaux-repas.

15 heures : Réunion de vos adjoints et présidents de groupe à l'Hôtel de Ville.

— Anne, auras-tu parlé à la première adjointe ?

— Oui quinze minutes avant.

— Je viens de la croiser faisant son jogging sur les quais, précisa Nadia. Laissez-moi juste l'appeler dans trois heures pour lui dire que les choses sont assez compliquées, qu'Anne lui expliquera les détails plus tard. Sinon, elle va très mal le prendre.

— D'accord. Je passerai donc la tête à 55 dans le bureau d'Anne par courtoisie. Selon votre scénario, où je suis censé réfléchir quelques heures avec les élus, soit je me mets en retrait de mes fonctions et elle assumera davantage de délégations, soit je démissionne et elle fait l'intérim quelques jours avant l'élection d'un nouveau maire. Mais, vu qu'en réalité je vais démissionner, je ne veux pas avoir l'air de l'adouber.

— La réunion d'adjoints ne doit pas durer plus d'une heure.

— Vous ne leur parlez que de la mairie. La présidentielle, ce n'est pas leur affaire, insista Armelle Lantier.

— Ensuite je travaille le texte de ma déclaration.

— Ça veut dire que *Le Monde* sort toute l'info au milieu de la réunion avec vos adjoints.

— Armelle ? Qui les appelle pour annoncer la conférence de presse de 18 heures ? Vous ou moi ? demanda Nadia

— On avisera, répondit-elle en tapotant le dessus de table de la salle à manger avec son crayon, comme si elle avait été dérangée dans sa réflexion.

— À 16 h 15, je remonte dans mon appartement. Je veux mon texte le plus tôt possible. À 14 heures, c'est jouable ?

— N'oubliez pas que jusqu'à au moins 17 heures on travaille sur l'option que vous continuez la campagne. Juste pour que les élus ne parlent pas et ne dévoilent pas le contenu de votre conférence de presse, poursuivit Armelle.

— Et si ce planning explose ?

— Vous vous exprimez quoi qu'il en soit à 18 heures. C'est de votre vie qu'il s'agit. Tous les autres interlocuteurs, ce n'est que de la courtoisie.

— Je ne suis pas d'accord, Armelle, c'est de l'élection présidentielle française que nous parlons et de la capitale de la France !

Tout le monde se tut. Le maire se leva, cette première réunion, objectivement efficace, le mettait mal à l'aise. Il avait l'impression de préparer son arrivée à l'abattoir. Il descendit silencieux, accompagné de son chef de cabinet, pour se rendre en cortège à sa dernière réunion de campagne. Ils en oublièrent Nadia, qui arriva en retard rue Saint-Rémi, car le centre de Paris était fermé à la circulation. Lorsqu'elle entra dans la salle de réunion, qui n'avait toujours pas de porte, les bras chargés de chouquettes, les mines des membres du comité politique étaient défaites. On se serait cru au QG de Lionel Jospin, le soir du premier tour de 2002.

— Merci Nadia pour les chouquettes, plaisanta le directeur de campagne.

— Quelqu'un peut-il fermer la porte, rétorqua Nadia, qui appréciait modérément le trait d'humour du directeur à ce moment.

Bernard Laplace, premier secrétaire du Parti socialiste et président des comités de soutien, n'en menait pas large. Il savait que son nom allait circuler pour aller au casse-pipe et n'avait aucune envie de s'engager dans une campagne présidentielle. Il avait une nouvelle petite amie de quinze ans de moins que lui, de surcroît son assistante parlementaire :

— Combien de temps faut-il à ton avocate pour faire annuler cette mise en examen ?

— Trois semaines minimum, mais le mal sera fait.

— Tu dois tenir ces trois semaines. Ça commençait à frémir dans les sondages.

— Ah bon, s'énerva Armelle, qui n'appréciait pas trop cette vieille garde.

— Les rentrées financières n'étaient déjà pas terribles. Je ne pense pas qu'on puisse tenir trois semaines, même pour les salaires, ajouta le trésorier.

— Je vais me faire laminer sur le terrain.

— Tu dois faire le tour des fédérations. Les militants croient en toi, renchérit le premier secrétaire.

— Ça nous met à moins d'1 %, rétorqua le directeur de campagne.

— Salauds de juges, déclara le trésorier, qui s'inquiétait pour lui-même dès qu'il entendait l'expression « mise en examen ». Que vas-tu dire là-dessus ?

Avec l'air de dédain qu'elle arborait quand elle parlait à un élu socialiste qui n'avait pas été rocardien, Armelle expliqua qu'il n'y avait qu'une seule ligne à tenir, affirmer son innocence et pleurer la mémoire de son amie. Qu'ensuite cette réunion ne visait pas à élaborer une stratégie médiatique, mais à prendre des décisions. Le trésorier, qui ne la considérait pas davantage, poursuivit ce qui s'apparentait à un raisonnement :

— Mitterrand avait raison, les juges tueront la République, comme ils ont tué la monarchie !

— Et ils nous amèneront le fascisme, déclara le sénateur. Nous devons nous dresser face au péril qui monte.

— Arthur, nous ne devions pas avoir des plateaux-repas ?

— Oui, mais le traiteur à un problème, le secteur est piéton et le trafic est saturé autour.

— On a des chouquettes, plaisanta Armelle, qui n'était jamais d'humeur à plaisanter quand elle se trouvait avec des vieux éléphants socialistes.

— Les amis !

Roland n'eut pas à hausser vraiment le ton, ni à prendre un air consterné. Son « les amis » sonnait comme un rappel à l'ordre. Ils étaient là pour préparer la suite des événements, même si la stratégie qu'il avait lui-même validée – faire croire qu'il réfléchissait jusqu'à ce soir – commençait à le mettre mal à l'aise :

— Bernard, tu devrais réunir un bureau politique extraordinaire du parti demain soir.

— Tu y assisteras ?

— Ça dépend. Je devrais aussi m'entretenir une nouvelle fois avec mes adjoints à la mairie.

— Franchement, t'accuser de corruption, toi ! C'est quand même gros. Tu as juste un trois-pièces dans le 18e, pas de Rolex, pas de droits d'auteur.

— Tu veux dire que je ne sais pas écrire !

— Je suis vraiment dévasté pour toi. La politique est devenue tellement sale. Tu crois que les stolonistes sont derrière ce complot, les services de la ministre de l'Intérieur ?

— Je n'en sais rien. Je ne fait qu'y penser. Cette juge suivait un raisonnement, comme si on l'avait mise sur une piste. Elle a cherché toutes mes prises de parole, mes interviews, parfois même des idées que j'avais lancées en l'air, et a tout mis bout à bout, avec les contrats, les mails, puis a construit une culpabilité.

Il était 13 h 15 et toujours pas d'appel du président Hollande ni de plateaux-repas quand, fort opportunément, son téléphone sonna. Roland s'installa dans le bureau sans charme du QG, qui au moins était muni d'une porte :

— Bonjour François, je dois t'avertir en toute confidentialité que je vais devoir abandonner cette campagne et probablement la mairie de Paris.

— Tu es malade, Roland ? Si tu as besoin d'un bon médecin, j'appelle le père de Julie. C'est un très grand professeur de médecine, tu sais.

— Non, François, je suis mis en examen, sur une sordide affaire liée aux vélos parisiens.

— Ah, mince. Ah, je vois… ça tombe vraiment mal.

— Je vais m'exprimer ce soir. Peux-tu garder tout cela secret ? Je n'ai pas encore mis les élus de la Ville au courant. Je voudrais essayer de maîtriser un peu ma sortie.

— Oui, bien sûr, tu peux compter sur moi. Qu'envisages-tu ?

Roland s'en voulait de mentir à l'ancien président de la République, qui avait toujours été correct avec lui :

— Je consulte, j'étudie tous les scénarios. Je sais juste que ça ne va pas être beau. Et toi, que penses-tu que je devrais faire ?

— Je suis en voiture, en train de conduire, je vais déjeuner avec Julie et ses parents. Je vais y réfléchir à tête reposée. Si tu as besoin de quoi que ce soit, n'hésite pas.

— Merci François, termina Roland, tout en pensant, qu'il n'était pas encore malade.

Il vérifia qu'il avait bien raccroché, retourna raconter mi-amusé, mi-consterné que l'ancien président avait cru qu'il avait un cancer et lui avait proposé les services du professeur Gayet. Roland picora un morceau de jambon tiédasse, regarda la mine gênée de ses amis politiques et insista, las, auprès du premier secrétaire, pour qu'il convoquât un bureau politique le lendemain.

— Comme tu veux… Ça permettra qu'on te réaffirme notre soutien.

Roland Garnier prit en main les deux textes, celui écrit par Cédric et celui de l'académicien, qu'Armelle venait de recevoir par mail, salua les membres de son comité politique, puis s'engouffra, l'air sévère, seul dans sa voiture. Les deux discours lui convenaient parfaitement. Aucune version ne contenait les charges qui pesaient sur lui. S'il sentait l'émotion le gagner en relisant tour à tour chaque version, il estimait pouvoir les prononcer. Il appela Cédric :

— Vous arriverez à fusionner les deux textes ? Gardez tout du mail de l'académicien – roh ! j'oublie toujours son nom, comme ses livres d'ailleurs –, sauf le passage lyrique sur la France. Je veux cinq minutes aussi sur mon bilan à la tête de la ville et bien sûr une phrase elliptique qui dit que je ne me consacrerai qu'à mon mandat local, le temps qu'il faudra. Quand pourrez-vous me donner la nouvelle version ?

— D'ici une heure.

Roland Garnier franchit le seuil de son appartement de fonction en se remémorant les échanges qu'il venait d'avoir avec ses camarades socialistes. Le comportement de ses soutiens était assez rationnel. Ils avaient leur vie ; le métier d'élu n'était pas pour eux un sacerdoce. Ils n'allaient pas se sacrifier pour l'intérêt général ni même pour celui de leur parti, quand bien même l'intérêt d'un parti serait encore une valeur transcendantale. Leur appétit politique était rassasié, à quoi bon prendre des risques pour un pays qui n'en prenait plus et des juges qui vous menaçaient à chaque mouvement. Rien d'ailleurs ne les unissait tant que ça, pas de secrets d'État, pas de catastrophes gérées ensemble. Ainsi et ainsi seulement pouvait-on comprendre qu'ils n'étaient en rien différents de leurs compatriotes, ils voyaient midi à leur porte. Celle de Garnier était encombrée d'une mise en examen infamante. Il n'avait d'ailleurs pas réussi à prononcer l'accusation d'« homicide involontaire ». L'expression ne voulait pas sortir de sa bouche. Il s'était contenté de leur parler de multiples mises en examen et d'incriminations douteuses, feignant de ne pas disposer encore de tous les détails du dossier. Son mensonge par omission contentait sa morale. Il avait insisté plusieurs fois pour que dès le lendemain le Parti socialiste se réunisse pour lui trouver un remplaçant ou renonce à présenter un candidat. C'était maintenant leur affaire et, sur ces tristes pensées, il s'assoupit.

À 15 heures, on frappa à sa porte. Il avait raté l'entretien de courtoisie avec sa première adjointe. Quand il arriva dans la salle de réunion, l'intéressée fit son entrée en même temps que lui, la mine renfrognée. Les élus les dévisageaient mi-contrariés, mi-gênés. Il prit de mauvaise grâce un café pour se donner une contenance :

— Bonjour, je n'irai pas par quatre chemins. Je vous ai réunis en urgence, car je suis mis en examen sur le marché des vélos. Je voudrais votre sentiment sur le sujet. Est-ce que je dois démissionner ?

Marie-Ève de la Veyrerie le regarda les yeux grands ouverts. La directrice de cabinet venait de lui dire qu'elle allait éventuellement faire un intérim, sans préciser que le maire envisageait de démissionner. Il n'avait même pas pris la peine de le lui annoncer lui-même, alors qu'elle l'attendait depuis quinze minutes sans n'avoir plus rien à dire à sa collaboratrice, excepté les banalités d'usage.

— Et ta campagne présidentielle ? lui demanda le président du groupe socialiste parisien.

— Ce n'est pas le sujet de cette réunion, nous parlons de la mairie de Paris. Je n'exclus pas qu'il y ait de nouvelles mises en examen dans les jours qui viennent.

Ce qui plomba un peu plus l'ambiance de la réunion.

— Peux-tu nous en dire plus sur le contenu ?

— Anne vous briefera tout à l'heure, car c'est juridiquement très compliqué. Je m'exprimerai à 18 heures pile, car la presse va sortir l'information à 15 h 30. Je vous conseille de mettre vos téléphones portables sur silence pour que nous restions concentrés.

— Roland, tu nous as menés à la victoire. Nous sommes derrière toi, déclara l'élu à la francophonie, qui venait de l'extrême gauche et, pour la première fois de sa vie, goûtait aux plaisirs des honneurs publics.

L'adjointe à la diversité culturelle demanda très adroitement :

— As-tu des chances de t'en sortir ?

— La justice, c'est un peu la roulette belge, déclara-t-il pour détendre l'atmosphère, mais personne ne comprit le sens de sa blague. J'ai de bonnes avocates !

— On est derrière toi, déclara le président du groupe socialiste, tu peux continuer à être maire… Mais, même si ce n'est pas notre sujet, pour ta candidature, ça va être infernal.

L'adjointe aux espaces verts et végétalisés, Verte elle-même, rappela :

— Nous avons une charte des élus…

Roland sourit, il fallait bien que quelqu'un se retranche derrière la charte :

— Je n'ai pas besoin de la charte pour connaître mes devoirs envers les Parisiens.

— Donc reste et avisons, coupa le président du groupe socialiste en haussant un peu le ton.

Il était 15 h 29.

À 15 h 30, l'alerte du *Monde* tomba : « complicité d'homicide involontaire ». Pendant quelques interminables instants, personne autour de la table n'osa relever la tête à la lecture de son écran. Quand ce fut fait et durant deux minutes qui n'en finissaient pas, quelques téléphones vibrèrent dans un silence pesant. Les élus transpiraient, l'air de la salle de réunion était devenu irrespirable. Le maire, qui n'avait pas regardé son téléphone, mais contemplait les visages de la médiocrité humaine, déclara avec un brin d'ironie dans la voix :

— Bref, la balance penche pour que je reste. Je vais faire un tour de table et noter le choix de chacun. Moitié pour un retrait, moitié pour une démission. Les choses avancent. Marie-Ève, c'est ton tour, tu es la première adjointe, beaucoup de choses vont peut-être reposer sur ton choix.

La sonnerie de son téléphone portable l'interrompit. Roland déclara :

— Désolé, c'est le président du Sénat. Je dois répondre, mais je vais lui dire qu'il ne fait pas l'intérim du maire de Paris. Bref, peaufinez les différents scénarios avec Anne. À partir de 17 heures, je travaillerai tout seul mon allocution.

Garnier, satisfait de sa petite blague en direction du président du Sénat, avec qui il partageait régulièrement d'agréables déjeuners, en oublia quelques instants ses soucis et trouva que, dans le malheur, certains hommes se distinguaient par leur humanité.

— Ah, mon cher Roland ! Je voulais juste vous embrasser. De ce que je viens de lire, je trouve cela atroce, alors, quelle que soit la suite, je souhaitais vous témoigner mon amitié.

— Merci cher président, bon dimanche

Il reçut un SMS de François Hollande : « Julie connaît un très bon psy, ça pourra t'être utile pour supporter tout ça ! »

— Cédric, venez, on monte dans l'appartement, j'ai deux heures devant moi. Prenez votre ordinateur. Je vais vous dicter mon introduction. Le reste me convient parfaitement. Anne, je vous laisse occuper les élus. Si vous n'y arrivez pas, faites-leur faire des sudokus. Les mots croisés, c'est trop compliqué.

— Cédric, notez s'il vous plait : Madame, monsieur, les politesses d'usage. Aujourd'hui, pour la première fois de ma vie, je ne regrette pas que mes parents ne soient plus de ce monde. Ils n'auront pas assisté à la déchéance publique de leur fils. Je n'ai rien d'autre à corriger. Vous pouvez m'en imprimer trois exemplaires. Je vais me doucher et me raser de près. Je vous confie mon portable, ne répondez à personne, ne décrochez pas, sauf si c'est ma sœur pour lui dire que je me douche. Le code en cas de besoin est 1789.

Aux alentours de 17 h 30, Cédric toqua doucement à la porte de l'appartement, accompagné de Nadia. Le maire avait revêtu un costume vert sombre et une cravate foncée.

— Pouvons-nous mettre le texte dans le prompteur pour qu'il n'y ait pas de confusion dans la version. Avez-vous fait des corrections ? Oui, j'ai la bonne version là, sur mon ordinateur : « Mes chers Parisiens, mes chères Parisiennes, Françaises, Français, qui sont si chers à mon cœur de républicain… »

— Combien de caméras ? demanda le maire.

— Une seule, les autres télés sont furieuses. Armelle a tout dealé avec BFM, qui diffusera le faisceau. Au moins ce sera net.

— Quelle est la disposition de la salle ?

— Vous êtes seul dans le grand salon, une seule caméra, plus un photographe d'agence, c'est obligatoire, et celui de la Ville.

Anne, sa directrice de cabinet, attendait dans l'immense bureau du maire, elle se permit de réajuster sa cravate dans un geste plein d'amitié.

— Que disent les élus ?

— Ils sont toujours en réunion, les petits couteaux sont tirés. Ils n'osent pas encore verbaliser qu'ils sont fumasses, car ils savent parfaitement qu'un seul d'entre eux va devenir maire dans quelques jours et ils n'avaient pas fourbi leurs armes.

— On verra, ma chère Anne, merci pour tout. Pouvez-vous me laisser tout seul maintenant ?

Ils furent tous les trois saisis de stupeur.

— C'est dans cinq minutes, monsieur, dit Nadia

— Vous pouvez envoyer le texte sous embargo aux rédactions dans deux minutes pile, je n'en ai pas pour longtemps.

Il regarda son portable, qui affichait deux cents messages, envoya un SMS à sa sœur : « Je t'aime, ma sœur. »

— Nadia, le texte est bien envoyé ? cria-t-il.

— Oui, entendit-il.

Il était 17 h 58, le maire ouvrit les fenêtres de son bureau de l'Hôtel de Ville pour regarder la Seine, quelque peu masquée par les arbres. Ils entendirent comme une forte détonation. L'officier de sécurité bondit dans le bureau. Il eut un geste de recul, se tourna vers Anne et Nadia en leur criant « Non ! » pour les retenir, mais c'était trop tard. La place de l'Hôtel de Ville avait fait silence après le coup de feu. Ils étaient figés, la tête dans leurs mains, comme broyés par la douleur. Anne, Nadia et Cédric s'assirent, effondrés, par terre, dans le couloir. Le deuxième officier de sécurité surgit en courant avec un pompier.

— Faites un barrage à cet étage, cria le garde du corps, dont les larmes perlaient sur le visage.

Armelle arriva, le visage blême de stupeur. Il était 18 heures, les télévisions françaises en direct diffusaient un pupitre vide. On avait entendu une faible détonation dans le micro.

Anne ravala ses larmes, s'essuya le visage, repris grand son souffle pour retrouver un brin de sang-froid :

— Je suis désolée, mais on doit tous s'y mettre. Cédric, rédigez trois phrases de communiqué que je lirai à sa sœur. J'appelle le préfet de police, puis sa sœur. C'est une scène de suicide, ne touchez à rien. Olivier, foncez chez sa sœur et prévenez le commissariat de sa ville, qu'ils envoient immédiatement une patrouille devant son domicile. Je lui dis que vous arrivez. Nadia, nous n'avons que deux minutes avant que les journalistes se couvrent de ridicule…

— Le pompier confirme-t-il la mort ?

— La tête a explosé, madame, dit Cédric, appuyé contre un mur, pleurant à chaudes larmes.

— Ah, pardon, oui ! Monsieur le préfet de police, le maire vient de se suicider dans son bureau. Je vous attends, on prévient aussi sa sœur. Pas besoin de médecin légiste pour annoncer sa mort.

Au bout de trois sonneries sans réponse sur le portable d'Annette Garnier, Anne trouva le numéro de son téléphone fixe.

— Allô ? répondit une petite voix.

— Bonjour, tu peux me passer ta maman s'il te plaît.

— Non, elle ne veut pas être dérangée, il paraît qu'elle regarde tonton à la télé, et nous, on ne doit pas regarder.

— Dérange-la, dis que c'est Anne qui travaille avec tonton, c'est très important.

— Maman ! C'est Anne qui travaille avec tonton…

— Bonsoir madame, je viens vous annoncer une terrible nouvelle. Je vous présente mes très sincères condoléances. Votre frère s'est donné la mort il y a quelques instants. Un policier va arriver à votre domicile pour vous conduire ici. Pardonnez-moi de vous demander cela maintenant, mais il est préférable d'avoir votre accord pour annoncer son décès.

— Oui, bien sûr, dit-elle en sanglots. Je veux que ce soit nous, pas les élus, Cédric fera ça très bien. Dites-lui : sa famille. Pas d'élus… Pas d'élus. Les obsèques auront lieu dans la plus stricte intimité. Je ne veux aucun élu, aucun élu.

— Très bien, madame, on me prévient par message que le président de la République souhaiterait s'entretenir avec vous quand vous serez là.

Cédric écoutait la conversation de l'autre côté du bureau. Il se mit à écrire :

« La famille de Roland Garnier a l'immense douleur de vous annoncer que Roland Garnier, maire de Paris, s'est donné la mort ce jour vers 18 heures dans son bureau de l'Hôtel de Ville de Paris. Sa famille partage cette douleur avec tous ceux qui lui étaient chers. Les obsèques auront lieu dans la plus stricte intimité. »

— Nadia, tu peux envoyer aux rédactions.

Chapitre 10

Où qu'il soit assis, le président du Conseil constitutionnel manœuvre

Pierre Dumervieux, président du Conseil constitutionnel, montait en dernier dans la navette d'Air France qui devait le conduire de Nice à Paris. Il était assis à la place 1D, comme fréquemment, et, ce jour, l'avion de 18 h 15 n'avait aucun retard, ce qui ne l'arrangeait franchement pas. Ni le directeur de campagne ni la directrice de cabinet du maire de Paris n'avaient répondu aux appels de son secrétaire général. Compte tenu de l'actualité, il avait obtenu de l'hôtesse de l'air la permission de continuer à regarder sur sa tablette la chaîne d'info en continu jusqu'à la dernière minute, car la passerelle de l'avion venait d'être retirée et le roulage allait incessamment débuter. Le président du Conseil était vissé à son écran. S'il avait entendu dans ses écouteurs un bruit sourd, il écarta toute idée funeste et demanda à son officier de sécurité de lui passer le vice-président du Conseil d'État.

Il lui fallait consulter les experts de la haute juridiction administrative, même s'il avait pris soin de faire vérifier préalablement les scenarios de report d'élection :

— Cher Édouard, bonsoir. Je suis dans l'avion, mais nous allons devoir travailler à un report de l'élection présidentielle si le maire de Paris annonce effectivement son retrait dans quelques instants. Le pire scénario serait qu'il démissionne de la mairie ce soir et que nous devions attendre...

À peine eut-il terminé sa phrase que l'écran de son téléphone portable afficha : « ministre de l'Intérieur ».

— Pardon, Édouard, ne raccrochez pas, je réponds à mon autre téléphone, la ministre de l'Intérieur cherche à me joindre !

— Bonsoir madame la ministre, je suis dans l'avion et nous nous apprêtons à décoller...

— Monsieur le président, bonsoir, le maire de Paris vient de se donner la mort...

L'avion continuait son roulage. Le président fut comme immobilisé sur son siège, incrédule :

— Madame la ministre, redites-moi ce que vous venez de m'annoncer.

— Je vous le confirme, le maire de Paris vient de se suicider.

— Restez en ligne s'il vous plaît.

Il interpella son officier de sécurité :

— Laurent, faites-moi arrêter cet avion !

Il prit le téléphone de son officier de sécurité en prenant soin de camoufler le micro de l'autre portable.

— Édouard, mon ami, Roland Garnier s'est donné la mort, j'en suis encore tout secoué ! Nous avons quelques heures pour réfléchir à la suite. Retrouvons-nous ce soir. Ne parlez à personne de notre rendez-vous. Il ne faut pas inutilement faire monter la pression sur nos institutions.

— Madame, je dois parler au pilote. C'est de la plus haute importance.

L'hôtesse ne comprenait pas pourquoi cet ancien Premier ministre s'agitait. Elle avait l'habitude des passagers râleurs et même désagréables, mais en l'espèce la requête lui semblait saugrenue.

— Madame la ministre de l'Intérieur, je vous rappelle dès que je me suis isolé.

Il s'inquiétait aussi de savoir si la ministre avait entendu le prénom du vice-président du Conseil d'État prononcé sur l'autre téléphone.

L'hôtesse s'inclina sans résister, car elle venait de comprendre que ce politique dont le nom lui était familier, mais non les actuelles attributions, venait de converser avec la ministre de l'Intérieur. Il s'était probablement passé quelque chose d'important. Dumervieux s'adressa aux pilotes avec son ton un peu compassé :

— Messieurs, je vous demande d'arrêter cet avion quelques minutes et de demander au personnel de bord de me laisser leur espace. Comme vous le savez, je suis président du Conseil constitutionnel et il s'est passé quelque chose de très grave. Je dois donc m'entretenir avec le président de la République, sans aucun témoin.

— Ici, le seul maître à bord, c'est moi, dit le pilote, mais j'avertis la tour de contrôle : « Le président du Conseil constitutionnel demande de faire stopper cinq minutes cet avion pour raison… »

— Quelle raison, monsieur le président ?

— Impérieuse !

Le contrôleur aérien suffoqua quasiment en répondant :

— Euh…Nous vous donnons trois minutes, car le trafic est dense ce soir.

L'officier de sécurité avait déjà demandé au personnel navigant de sortir de l'espace réservé au service quand le standard de l'Élysée répondit à l'appel :

— Bonsoir monsieur le président du Conseil constitutionnel.

— Passez-moi le président de la République directement, c'est urgent.

Même si les numéros du président du Conseil constitutionnel ou de ses officiers de sécurité étaient répertoriés sur le serveur du standard de l'Élysée, un filtre humain restait indispensable. Le standard lui passa donc le secrétaire général de la présidence, qui lui passa le président :

— Monsieur le président de la République, compte tenu des circonstances, nous allons devoir reporter l'élection présidentielle.

— Monsieur le président du Conseil constitutionnel, nous avions déjà évoqué cette question lors de la préparation du projet de loi électorale. C'est impossible à cause des vacances scolaires, des ponts et des élections suivantes.

— Monsieur le président de la République, je me dois de vous rappeler respectueusement que le Conseil constitutionnel organise cette élection et que vous êtes quasi candidat. Ce report est expressément prévu par la Constitution. Je me charge de tout et il est préférable que nous traitions avec le secrétaire général du gouvernement pour éviter tout soupçon.

L'expression était maladroite, mais le président du Conseil constitutionnel était à peu près le seul à pouvoir imposer ce qu'il souhaitait au président de la République, en tous les cas dans un temps si court.

— Attention, monsieur le président, il y a un week-end où toutes les zones sont en vacances, répliqua fermement le président de la République, qui retenait sa colère.

— Je prendrai mes responsabilités. Je vous tiens au courant, monsieur le président de la République.

Ils raccrochèrent sur cet échange aigre et sans attendre Dumervieux envoya un message WhatsApp à son secrétaire général :

« Lacloche, prévenez bien tous les membres que nous allons siéger deux jours. Faites venir dès ce soir ceux qui le peuvent pour une réunion informelle. Dites au bureau des élections et à la secrétaire générale de l'Intérieur que nous dirigeons les opérations conformément à la Constitution. Qu'ils soient ce soir à mon bureau. »

Le président Dumervieux alla frapper à nouveau à la porte du cockpit :

— Messieurs, merci. J'ignore si vous avez des enfants, mais je sens que les dates des vacances scolaires vont être modifiées, dit-il, avec un sourire gêné et énigmatique.

Les pilotes le regardèrent, estomaqués :

— Vous pourrez téléphoner via Internet dans environ quinze minutes.

— Ces quinze minutes me feront du bien.

Le président du Conseil reprit sa place, attacha sa ceinture et ferma les yeux.

Au sol, dans les rues de Paris, le long cortège du président de la République, de son épouse, des collaborateurs, précédé par deux motards, tentait de se faire un chemin en écartant les véhicules dans les embouteillages du dimanche soir, bien que les feux de circulation fussent réglés sur son itinéraire. Le président Stolon n'appréciait pas la tournure que donnait le Conseil à cette tragédie. Il appela Esther Diallo, la porte-parole de son gouvernement :

— Esther, le président du Conseil constitutionnel va décider de reporter les élections ; il faut que nous ayons l'air aussi aux commandes. Je vais appeler Feriest pour qu'il me dise ce qu'il est possible de faire pour les vacances scolaires. Le Conseil va nous rajouter un souk sur un drame.

— Je vais commencer à travailler au téléphone avec le ministre et votre secrétaire général, car les options sont de toute façon très limitées. Je monte dans quelques minutes dans un TGV. Je serai à Paris assez tard, mon directeur de cabinet se rend à l'Élysée.

Le président réfléchissait. Les options devraient être probables et non possibles ; son conseiller juridique était excellent en droit pénal, mais son ancien conseiller constitutionnel avait obtenu une promotion au Conseil d'État après la réforme et le poste n'avait pas été encore pourvu. Il appela le secrétaire général du gouvernement, conseiller d'État lui-même, à son bureau comme tous les dimanches soir – il reprenait le chemin de son logement de fonction à 19 h 15 précises – qui lui expliqua avec componction l'esprit et la lettre de la Constitution, qu'il était précisément en train de relire. Le report ne pouvait pas durer plus de quinze jours. Il reçut à cet instant un SMS du vice-président du Conseil d'État, qu'il avait nommé il y a à peine neuf mois, lui indiquant qu'il était convié à un entretien avec le président du Conseil constitutionnel dans la nuit :

— Bonsoir, Édouard, fit le président de la République après avoir composé son numéro, alors comme ça le président du Conseil constitutionnel veut prendre des initiatives et se rêve en exécutif.

— C'est précisément au Conseil dans son ensemble de prendre des décisions. Ils ont une obligation constitutionnelle de reporter l'élection. Vous avez quelques membres qui vous restent redevables. Le Conseil d'État travaillera en parallèle pour éviter les erreurs juridiques, c'est tout ce que nous pouvons faire.

— Mais il ne peut pas griller ma ministre de l'Intérieur sur l'organisation.

— Là-dessus, rien n'est codifié à ce point, mais personne dans l'administration ne voudra prendre de risque, le Conseil ne dispose pas de services sur l'ensemble du pays. Il s'appuiera sur le ministère de l'Intérieur.

— Merci, Édouard, reparlons-nous vite.

Le président voulait peaufiner sa réflexion, il ne lui restait que cinq minutes avant d'arriver à l'Hôtel de Ville, personne ne lui avait encore expliqué que plus le Conseil constitutionnel retardait la date de l'élection, plus la durée de son mandat allait l'être d'autant. Cette hypothèse lui vint mathématiquement à l'esprit.

— Ralentissez, j'ai besoin de davantage de temps, dit-il comme dans un lapsus.

L'avion Nice-Paris poursuivait son vol et, vers 18 h 30, le président du Conseil constitutionnel envoya un message de courtoisie à la ministre de l'Intérieur pour l'informer qu'il souhaitait voir dans son bureau la secrétaire générale du ministère et le chef du bureau des élections. Il fit de même avec le président Hollande, qui avait le droit de siéger, pour s'assurer qu'il n'allait pas au dernier moment changer d'avis. Dans un éclair de lucidité, il ne voulut pas laisser les pilotes sur son trait d'humour et se rendit dans le cockpit pour leur expliquer le suicide du maire de Paris ainsi que le possible report de l'élection présidentielle sans davantage de précisions. Il profita des quarante minutes de vol restantes pour se reposer. Il allait avoir besoin de forces.

Amandine Pasquier, ministre de l'Intérieur et des Territoires, faisait le pied de grue dans la cour intérieure de l'Hôtel de Ville en compagnie du préfet de police et de son directeur de cabinet. Elle leur narra les difficultés que leur faisait le président du Conseil constitutionnel. Elle avait donc laissé sa secrétaire générale se rendre au Conseil constitutionnel, mais avait convoqué à l'Élysée le chef du bureau des élections, qui disposait de toute l'expertise juridique. Concomitamment, le service chargé de la permanence de la préfecture de Police venait d'appeler le directeur de cabinet du préfet pour lui faire part d'une demande d'escorte motorisée émanant de l'officier de sécurité du président du Conseil constitutionnel.

— Répondez dans quinze minutes qu'il n'y a plus de motards disponibles compte tenu du drame à l'Hôtel de Ville.

Le chauffeur du président du Conseil constitutionnel était condamné à slalomer entre les voitures en raison des embouteillages de retour de week-end. Il roula au pas, parfois sur la bande d'arrêt d'urgence, sirène hurlante, essayant de rejoindre Paris au plus vite. Dans de telles circonstances, quel que soit son talent, il ne pouvait pas se permettre le moindre accident.

Marie-Ève de la Veyrerie, nouvelle première adjointe au maire, les yeux rougis, s'apprêtait pour la première fois de sa vie à accueillir le président de la République et la première dame. Ils firent réellement connaissance ce jour-là, car, dans ses précédentes délégations, elle n'avait jamais été amenée à côtoyer une huile de la République.

— Son nom ? murmura la ministre à son préfet.

— Marie-Truc de la Machine. Je ne me souviens pas !

Tout le monde avait oublié son nom. Comme elle ne se présenta ni aux autorités ni au président de la République, ils se contentèrent d'une « madame la première adjointe » avec un air compatissant.

Le président de la République, après s'être entretenu une vingtaine de minutes avec la sœur du défunt, revint à son bureau pour un conciliabule avec la ministre de l'Intérieur, son secrétaire général, le Premier ministre, le directeur de cabinet de la ministre des Relations avec le Parlement, porte-parole du gouvernement. Il salua au passage, l'air grave, le jeune Amir Etkami, chef du bureau des élections, qui faisait antichambre. Ce jeune haut fonctionnaire n'osait plus regarder son téléphone portable ; il avait quinze messages en attente, dont une dizaine de sa cheffe, qu'il n'ouvrait pas puisque sa ministre lui avait intimé l'ordre de venir à l'Élysée sans en parler à qui que ce soit.

L'atmosphère était lourde, le président de la République et la ministre de l'Intérieur étaient manifestement émus par ce qu'ils avaient vu : le corps du maire recouvert d'un drap blanc, des taches de sang et des agents de l'identité judiciaire qui s'affairaient en silence. Au fond, c'était un des leurs qui s'était donné la mort. Il fallait toute la froide raison des dirigeants de l'État pour enfouir leurs propres sentiments et ne rien exprimer de la frayeur que leur inspirait un tel geste. Tous regardaient le président, qui, d'un mouvement répété des mains, chassait la poussière imaginaire de la table de réunion. Il semblait intensément concentré, puis, relevant lentement la tête, il ouvrit la réunion :

— Nous n'avons que très peu de cartes dans notre jeu. Le Conseil constitutionnel va reporter cette élection. Certaines décisions demeurent de notre ressort. Monsieur le ministre Fériest, allons droit au but : avantages et inconvénients de déplacer certaines vacances scolaires.

— Aujourd'hui, le second tour correspond déjà aux vacances des trois zones… Nous n'avions pas bougé les vacances pour cette raison. Alors, si le premier tour vient à se dérouler à cette période…

— Ma question était peut-être trop imprécise. Déplacer les vacances scolaires sera de toute façon une mauvaise décision. Avez-vous des marges de manœuvre ?

— La décision passe par un arrêté. Il faudra obligatoirement consulter de nombreux comités consultatifs. Il faut respecter les délais de convocation. Nous sommes maintenant aussi en vacances scolaires, donc nous ne pourrons pas aller aussi vite que le Conseil. En fonction de la date choisie, il faudrait compenser par des jours de vacances pour les enseignants, par exemple entre l'Ascension et le lundi de Pentecôte.

— Il faut que le Conseil constitutionnel en prenne l'initiative. Enfin, je veux dire qu'il faut lui en faire porter la responsabilité, car c'est une décision très dure pour les Français. Je ne parle même pas du vote des enseignants…

— C'est à nous de prendre cette décision, il faut l'assumer, tenta maladroitement le Premier ministre.

Le président soupçonnait parfois son Premier ministre de prendre la parole uniquement pour éviter de montrer qu'il n'avait rien à dire. Il n'était pourtant pas dépourvu d'intelligence. Évidemment, en aucun cas le président ne souhaitait assumer la moindre décision sur ce changement de calendrier électoral pour ne subir aucune accusation. Il cherchait le bon équilibre pour montrer qu'il défendait la tranquillité de vie des Français, leurs libertés, comme il avait tenté de le faire durant le Covid. Là, il ne s'agissait pas de malmener son propre gouvernement, mais une institution dont tout le monde avait entendu parler, mais dont personne ne connaissait vraiment le rôle :

— Profitons de ces deux jours de deuil national pour peaufiner notre dispositif. Il y aura aussi un hommage à l'Hôtel de Ville ; je me dois d'y assister. Bola, je veux un discours émouvant sur l'homme de cœur qu'était Garnier. Faites maintenant entrer le fonctionnaire du ministère, indiqua le président.

— Nous avons quelques jours devant nous, car il va falloir prendre de nombreux décrets en Conseil des ministres. Votre agenda de campagne sera modifié en conséquence, monsieur le président, souligna le secrétaire général de l'Élysée.

— Nous avons une analyse divergente avec le vice-président du Conseil d'État pour savoir si nous devons légiférer en urgence, affirma sans détour le directeur de cabinet de la ministre des Relations avec le Parlement.

— Sur quoi ? s'étouffa le président.

Le jeune haut fonctionnaire, que personne n'avait invité à s'asseoir et qui n'allait pas d'autorité déplacer une chaise du bureau du président de la République, s'exprima debout sans autre forme de procès :

— Sur le délai de dix à quatre semaines pour collecter les signatures, à la suite de l'amendement du Sénat, monsieur le président de la République. C'est juste lié à une interprétation du Conseil constitutionnel sur l'adoption de la précédente ordonnance. Il y a peu de risques, mais attendons l'avis du Conseil d'État. Il pourra se réunir demain soir en urgence.

— Et qui réveille le président du Sénat et celui de l'Assemblée, d'ailleurs ? Ils servent quand même à quelque chose.

— Attendons ce que dira le Conseil d'État demain, ça vaut mieux et ça nous laisse le temps de tout analyser et de rapprocher les points de vue, mais appelez maintenant Ferniaud à l'Assemblée, lui suggéra le secrétaire général.

À la même heure, rue Montpensier, siège du Conseil constitutionnel, l'ambiance était électrique dans le bureau Second Empire de son président. Paulette Hossegor, secrétaire générale du ministère de l'Intérieur, était triplement contrariée. Elle n'était en rien la collaboratrice du président du Conseil constitutionnel ; elle n'avait aucune instruction de sa ministre et son chef du bureau des élections n'avait répondu à aucun de ses messages. Or, c'était lui qui avait préparé la réglementation aux côtés de toutes les institutions concernées.

— Madame, nous allons reporter l'élection. Le Conseil décidera demain ou après-demain, nous allons avoir besoin de vous et vos équipes.

— Dans la chaîne hiérarchique, même si le conseil contrôle cette élection, c'est à ma ministre que vous devez adresser vos demandes. Je participerai à toutes les réunions, bien sûr. Le chef du bureau des élections vient de me mettre un SMS pour me dire qu'il est en route. Nous le savons tous, de nombreux actes réglementaires devront être pris par le gouvernement après votre décision.

— Oui, mais après notre avis.

— L'exécutif n'a pas vocation à s'effacer derrière le Conseil constitutionnel, ou bien un changement de République m'a échappé.

— Bien sûr, mais n'oubliez pas que si les actes émanent de votre gouvernement, on le lui reprochera.

— Pour ma part, je ne fais pas de politique. Je vous parle en droit. Et jusqu'à preuve du contraire, les préfets sont, en quelque sorte, placés sous mon autorité.

Paulette Hossegor avait tenu bon, mais le président du Conseil constitutionnel et son secrétaire général n'entendaient pas la laisser marquer le moindre point. Ils savaient qu'outre l'ENA elle avait réussi la très sélecte agrégation de droit public, ce qui n'était le cas d'aucun membre du Conseil, ni de son secrétaire général. Mais, peu malléable, elle était mal sortie de l'ENA et avait atterri dans le corps préfectoral et non sur les bancs du Conseil d'État. Elle leur tenait la dragée haute depuis deux ans au secrétariat général du ministère, mais, dans la bataille du jour, ils la tenaient pour un pion négligeable. Ils savaient que, pour les journalistes, à tort ou à raison, elle incarnait le ministère de la police et qu'on lui ferait séance tenante un procès en partialité. Le plus paradoxal était qu'elle n'avait reçu aucune instruction de sa ministre, alors que son chef de bureau acquiesçait à toutes les requêtes du président du Conseil. Il se borna à indiquer qu'il n'avait aucune ressource humaine pour écrire les nouveaux textes. Le vice-président du Conseil d'État, arrivé entre-temps, indiqua qu'il n'avait aucun souci pour mettre deux jeunes maîtres des requêtes de la section de l'intérieur à leur disposition.

— Si je peux me permettre, il vous faut aussi, ici ou à mon ministère, quelqu'un qui connaisse bien la machine préfectorale et qui n'imagine pas des solutions farfelues, osa Hossegor.

— Eh bien, nous venons d'intégrer Berthemon au Conseil d'État, suggéra peut-être un peu trop rapidement son vice-président.

Akim Etkami enchaîna promptement, sans arrière-pensées, nonobstant le sympathique déjeuner qu'il avait partagé avec l'intéressé le midi même en Normandie :

— C'est d'ailleurs lui qui a validé tous nos textes. Il mesurera parfaitement les risques et saura piloter le petit groupe de travail qui va devoir réécrire toutes les circulaires et tous les décrets.

— Très bien, fit le président du Conseil constitutionnel, pouvez-vous me le convoquer demain, que nous lui confiions la vérification de la faisabilité pratique de nos décisions, comme semble le suggérer madame la secrétaire générale ?

— Berthemon aura au moins profité trois jours de sa maison de campagne, conclut Hossegor.

Après plus de deux heures de réunion, le président du Conseil constitutionnel publia à

23 h 30 un communiqué de presse reproduit sur le compte Twitter de l'institution :

« En application de l'article 7 de la Constitution relatif à l'élection du président de la République au suffrage universel, le Conseil constitutionnel se réunira une première fois demain, lundi, à 15 heures. »

Article 7 de la Constitution, alinéa 6 :

« Si, dans les sept jours précédant la date limite du dépôt des présentations de candidatures, une des personnes ayant, moins de trente jours avant cette date, annoncé publiquement sa décision d'être candidate décède ou se trouve empêchée, le Conseil constitutionnel peut décider de reporter l'élection. »

L'ambiguïté de la rédaction du communiqué du Conseil provoqua une crise médiatique dans la crise politique. Bien sûr, personne ne voulait au sein des différentes autorités altérer la sincérité de l'élection présidentielle. Comme le professeur Berthemon l'expliqua avec clarté lors du « 20 heures » spécial de TF1 – qui avait même reporté d'une heure son film du dimanche soir –, les missions du Conseil constitutionnel sont très diverses : elles vont de la collecte des fameuses signatures de présentation, au contrôle de diverses opérations, jusqu'à juger d'éventuelles irrégularités :

— En cas de décès d'un candidat présumé sept jours avant la date limite de présentation des candidatures, il appartient au Conseil constitutionnel de décider s'il reporte ou non l'élection. Ce communiqué de presse mal rédigé et la présence du verbe conjugué « peut » dans l'article de la Constitution pourrait laisser à penser que le Conseil dispose d'un pouvoir discrétionnaire. Or, l'esprit de la Constitution est dépourvu d'ambiguïté, la marge de manœuvre laissée au Conseil n'est liée qu'à la probabilité que le décédé avait de se présenter de son vivant. Dans le cas présent, le regretté Roland Garnier disposait de ses cinq cents signatures et allait être officiellement candidat. Son courant politique serait privé d'élection s'il n'avait pas la possibilité de désigner un nouveau candidat. Il y aura donc report. Il faut juste que le Conseil soit saisi ; il ne peut se saisir lui-même.

De la nuit au matin, à l'instar du professeur Beaumann, tous les constitutionnalistes et politologues qui professaient en France monopolisèrent l'antenne des chaînes d'information françaises ou étrangères. Si certains voulaient jouer la tension, il n'existait aucune incertitude sur ce sujet et le faux suspense que maintenait le

Conseil constitutionnel exaspérait tous les dirigeants politiques, d'autant plus que ce dernier n'était toujours pas saisi.

Le président Hollande endossa le rôle de grand sage et appela les maires socialistes à adresser sans délai un mail officiel au Conseil constitutionnel lui demandant de reporter l'élection. Le président du Sénat avait fait savoir par ses canaux habituels qu'il se dévouerait dans la journée si personne ne saisissait le Conseil, s'assurant à peu de frais, une fois de plus, l'estime et le soutien d'élus de gauche. D'ailleurs, le président du Sénat commençait à voir rouge, ce qui faisait ton sur ton. Il décrocha le téléphone interministériel pour s'assurer que la conversation soit bien cryptée et appela son homologue de l'Assemblée nationale :

— Ils ont perdu la raison au Conseil constit', à feuilletonner ainsi le report de l'élection.

— J'ai eu le président de la République. Je n'en dirai pas plus, mais vous comprenez parfaitement pourquoi il ne souhaite pas saisir lui-même le Conseil. Il dispose déjà de ses parrainages et ceux-ci ont été rendus publics.

— Écoutez, nous pourrions annoncer que nous saisissons le Conseil chacun de notre côté. Abrégeons cette mascarade.

— Oui, mon service de presse va vous proposer un projet de communiqué. Le président du Sénat et le président de l'Assemblée nationale annoncent qu'ils saisissent le Conseil constitutionnel en application de l'article 7 alinéas 9 de la Constitution, je crois. Donnons-nous dix minutes pour la rédaction exacte.

— Je vous laisse le soin, cher ami, de prévenir le président de la République et, si vous en êtes d'accord, je fais fuiter immédiatement notre décision. Mettons fin à cette histoire et consacrons-nous à l'hommage républicain à Garnier.

— Évidemment !

Sans attendre, le président du Sénat envoya un SMS au chef du service politique de France Télévisions, avec qui il avait l'habitude de déjeuner. À peine eut-il raccroché que le journaliste annonçait en exclusivité que les présidents de chaque Chambre allaient saisir le Conseil constitutionnel et qu'ainsi l'élection présidentielle allait être reportée.

À l'Élysée, l'ambiance n'était pas à la fête. Le président Stolon n'avait toujours pas annoncé sa candidature ; il avait initialement envisagé de réunir dans le courant de la semaine des grands élus locaux pour les remercier de leur soutien. Ce plan de campagne tombait à l'eau. D'abord contraint par les oppositions à se glisser dans un calendrier électoral qui n'avait pas été de son fait, il se voyait maintenant imposer un nouvel accroc à sa stratégie. Alors, le président Stolon prit un stylo et écrivit sur un post-it qu'il colla sur l'écran de son ordinateur : « Penser à réformer le Conseil constitutionnel. »

Chapitre 11

Un dîner de professionnels

Palais de l'Élysée 20 h 30, appartement privé de la présidence de la République.

Quelque étonnée qu'elle fût encore certains soirs en s'asseyant à la table d'honneur de l'Élysée, Charline n'en tenait pas moins son rôle de première dame avec un naturel déconcertant. Personne ne pouvait imaginer que, depuis presque six ans, elle se demandait régulièrement ce qu'elle faisait là.

Elle avait rencontré son futur époux à tout juste 18 ans, en hypokhâgne. Après avoir intégré en même temps que lui la prestigieuse institution de la rue d'Ulm, elle était sortie vice-major de l'agréation de lettres classiques, à quelques dixièmes de point derrière son petit ami. Son métier de lectrice-correctrice lui avait valu un compagnonnage de route avec plusieurs grands écrivains, qui n'acceptaient de n'être corrigés que par elle. Sa délicatesse, son caractère régulier l'avaient fait apprécier de tous ceux qu'elle côtoyait. Dotée d'une immense culture littéraire, Charline Souvenargue, épouse Stolon, était devenue, après une quinzaine d'années, directrice littéraire d'une grande maison d'édition, passion qu'elle mit entre parenthèses quelques mois avant l'élection de son époux à la présidence de la République. La vie parisienne n'avait pour elle aucun secret. Dans un monde où les réputations se font et se défont au gré des modes, Charline durait. On l'apercevait de vernissage en conférence, toujours accompagnée d'un auteur, signifiant à ce milieu qu'elle n'était là que pour le travail. Elle mit ses talents relationnels au service de son mari, en recevant fréquemment au palais, autant pour prendre le pouls de la vie intellectuelle et artistique que pour flatter tel député ou tel ministre en quête de reconnaissance. Il est vrai qu'elle connaissait aussi les rudiments de la vie politique, car elle avait accepté de figurer sur une liste d'intérêt local lorsqu'ils s'étaient installés quelques années à Bourg-la-Reine avant la naissance de leur seul enfant. Afin d'éviter toute critique, la première dame ne sortait jamais de son rôle, ne manifestait en public aucune inimitié ni ne s'affichait auprès d'un clan. Elle avait eu également l'habileté de ne disposer d'aucun collaborateur et de s'appuyer directement sur le cabinet de son mari. Cela lui permettait l'air de rien d'avoir un regard sur tout, de jeter un œil discret sur d'éventuelles escapades du président.

La première dame avait pris l'initiative de réunir autour de son mari deux ministres à l'Élysée. Celui de l'Éducation et la porte-parole du gouvernement, sans convier le secrétaire général de la présidence. La tentation était forte pour elle de s'investir, dans l'ombre, pour cette future campagne, mais elle ne voulait pas avoir affaire aux collaborateurs du président.

— Bonsoir ! Merci d'avoir chamboulé votre emploi du temps, déclara le président. Si nous dînons seulement tous les quatre ce soir, c'est que je souhaiterais que vous endossiez un rôle précis dans la campagne électorale. Vous savez mieux écrire que les technocrates, vous êtes cultivés. Il va me falloir des formules à la hauteur des enjeux. Je voudrais que chaque dimanche vous échangiez avec Charline sur l'actualité de la campagne. Notre petite équipe – le terme « notre » était appuyé – doit rester confidentielle, même auprès de la future équipe de campagne. Bien sûr, vous participerez aux autres réunions officielles, comme celle de la préparation des débats, de relecture du programme ou de préparation de certaines interviews. Faites attention à vos mails et cryptez vos messages, insista le président.

Il fallait voir la mine satisfaite des deux ministres, qui, l'esprit vagabond, se rêvaient déjà Premier ministre et séance tenante jaugèrent des forces dont chacun disposait. Le ministre de l'Éducation nationale appartenait à cette catégorie d'hommes politiques fortement diplômés – il était ingénieur et docteur en physique-chimie des surfaces –, mais dont le système – s'il en existait un – tolérait la présence alors qu'il n'était pas issu d'un grand corps.

— Je dispose d'un ordinateur fourni par le QG, répondit le ministre de l'Éducation. Je changerai régulièrement de mail. Je vous le communiquerai via nos téléphones cryptés. Comme cela, si nos mails sont piratés, il n'y aura que peu de temps d'historique.

Le président les regardait à tour de rôle, autant pour les jauger que pour les mettre sur un plan de stricte égalité. Il savait que les projets de slogans que son équipe avait fait étudier pour lui, « La France passionnément », « Une France réunie », « Une France forte et solidaire », ne les satisferaient pas non plus, mais il voulait vérifier leur réactivité sur d'autres sujets que leur périmètre ministériel.

— Tout dépend de la tonalité de votre projet, souligna Fériest. Ce qui est bien, c'est de tester ces tournures lors de meetings et de voir celles qui font réagir la salle.

— J'attends un vrai sondage qualitatif sur les attentes de ceux qui ont voté pour moi en 2017. Il devait se faire demain, mais nous l'avons fait reporter d'une bonne semaine pour éviter que les interviewés ne soient encore sous le choc du suicide de Garnier.

— Esther, ajouta la première dame, nous pensions ouvrir la campagne dans la circonscription de votre conjoint. Dites-lui de nous trouver un endroit en plein air, où l'on pourrait faire installer une sorte de chapiteau ouvert s'il le faut. Gardez bien le secret, sinon il nous faudra changer de lieu.

Esther se tut et parut réfléchir. Elle joignit ses poings devant sa bouche, fit tourner ses mains, leva ses yeux sur la gauche et déclara trop solennellement, comme s'il s'agissait d'une sorte de conjuration :

— Parfait, je ne lui en parlerai qu'à la dernière minute. Nous avons déjeuné ce dimanche chez un restaurateur du cru. Le lieu permettrait d'organiser facilement une réunion d'élus sur place. Benoît n'est pas implanté depuis assez longtemps pour disposer d'une masse de militants, mais ce restaurateur est très fiable. Vous pourrez parler agriculture, terroirs, monde rural.

— L'idéal serait d'organiser chaque semaine un déplacement avec une méthode rodée : François vient à la rencontre des Français, il remercie les grands élus et participe à des réunions thématiques, adaptables, ajouta Charline Stolon.

— Matthieu, qu'en pensez-vous ? demanda le président.

— C'est une très bonne stratégie. Sur mes thématiques ministérielles, évitons ce type de réunion. Nous disposerons d'un projet très détaillé pour nous adresser directement aux enseignants et aux personnels via les réseaux sociaux. Je pense que le programme de vos déplacements doit être plus espacé, car il faut garder un certain temps pour vos séquences présidentielles, du mardi soir au jeudi matin ces jours-ci. J'ai bien compris que nous nous réunirons en mode chapiteau avec des courants d'air, c'est ça ?

— Ça ne sera pas encore un véritable meeting, attendons avril pour en faire des grands, quatre maximum, dans le pays. Mes équipes testent des configurations où la scène est ouverte devant des paysages. Il y aura un chauffage par le sol à la tribune. De toute façon, j'ai mes tee-shirts et les sous-vêtements militaires thermorégulants ! Ça me serre un peu, dit-il en faisant un signe pour qu'on ouvre une nouvelle bouteille de bordeaux.

— Vous nous donnerez l'adresse, car nos chefs de cabinet ne nous ont jamais équipés de ces tenues miracles !

— Tous les sondages me donnent un peu en tête pour l'instant. Je ne sais pas combien il y aura au final de candidats à gauche, mais si l'écologiste reste seul en lice, je ne peux que gagner quelques points, car l'offre se radicalise.

— Vous pensez que ceux qui votaient Garnier peuvent plus facilement se reporter sur vous que sur Cerrier ?

— Ils peuvent aussi ne pas se déplacer, soupira Charline.

Il y eut un silence. Le président jouait avec la petite cuillère du café et trempait puis ressortait immédiatement un morceau de sucre, comme s'il ne voulait pas qu'il se dissolve intégralement :

— Pour l'instant, Fabre plafonne. Je ne vois pas ce qui la ferait encore gagner des points. Elle peut plutôt en perdre en faveur de Mézenc, qui grâce à toutes les affaires qui concernent la droite va reprendre l'avance dont disposait l'extrême droite, analysa le président.

Il se servit un macaron au chocolat et sembla regretter d'avoir fait autant d'efforts pour ne pas trop sucrer son café. Le ministre de l'Éducation, qui en avait déjà dévoré deux, ajouta :

— Il va quand même falloir attendre le premier débat pour voir où les votes se fixent, car cette extrême droite là n'est plus du tout celle de 2017.

— Vous avez raison, ce sont davantage des ultra-conservateurs, renchérit Charline.

— Donc l'opinion est massivement à droite et je dois trouver des soutiens à gauche pour être sûr de l'emporter à nouveau, l'équation est ardue. Quelqu'un sait ce que fait Anne Hidalgo depuis des années ? Elle avait une bonne image à gauche avant que Garnier remporte de peu la primaire pour les municipales. On pourrait lui promettre quelque chose qui améliorerait sa retraite.

— Merci beaucoup, retrouvons-nous à l'Élysée dimanche – je vous ferai savoir l'heure – pour préparer ma première interview. Je ferai un déplacement dans la foulée.

Charline raccompagna les deux invités pendant que le président regagnait son bureau pour signer la masse de documents officiels qui l'attendait ; elle remonta aussitôt :

— Viens te coucher. Tous ces documents peuvent passer par la machine à signer ou ta cheffe de secrétariat maintenant. Dis-moi de quelle façon tu souhaites que je te fasse part de mes désaccords ou réserves sur le déroulement de ta campagne ? D'ailleurs, je déjeune demain avec un actionnaire du groupe TF1.

— Je ne sais pas, évitons peut-être ce qui pourrait mettre trop de doute dans mon esprit. Si tu vois que ça ne va pas, donne-moi plutôt de nouvelles idées.

— Tu devais me raconter ce qu'avait dit la voyante chez qui tu avais envoyé Bola la semaine dernière.

— Pas grand-chose. Il était rentré assez interloqué. Elle lui avait dit de revenir dans quelques jours, qu'elle avait besoin de temps supplémentaire. Je comprends mieux son silence maintenant.

Chapitre 12

Hé, justice ?

Le lendemain, à l'université de Nantes, le professeur Beaumann fut accueilli comme une star par un tonnerre d'applaudissements. Les étudiants étaient fiers d'avoir vu leur professeur au « 20 heures » de TF1 expliquer aux Français le rôle du Conseil constitutionnel. Ému, tout autant que satisfait, il les remercia, esquissant un léger sourire :

— Au cours de notre traditionnelle pause, nous allons tous nous rassembler dans les couloirs de l'université pour marquer une minute de silence en mémoire de Roland Garnier. J'avais eu l'occasion de débattre avec lui sur les questions de démocratie participative. La direction de l'université m'a donc demandé d'introduire la minute de silence… La première partie de ce cours ne durera que quarante minutes et j'ai décidé de le consacrer uniquement à la justice. J'ai confiance dans la capacité que vous avez à prendre du recul pour vous faire votre propre opinion sur les événements. Mais d'abord je voudrais laisser la parole à celles et ceux qui voudraient s'exprimer.

Le silence régnait dans l'amphithéâtre. Laurent s'assit sur le bureau, les bras croisés, pour contempler les visages graves des élèves. Au bout d'une bonne minute, une main se leva :

— Est-ce normal que nous ne ressentions rien ou pas grand-chose face à cet événement ?

— Dans un tel moment, il est possible de ne pas être en phase avec le reste du pays pour des tas de raisons, qui peuvent être d'ordre politique ou simplement parce qu'il se passe autre chose dans votre vie. Il est néanmoins fort probable que vous vous souveniez toute votre vie où vous étiez quand vous avez appris cette nouvelle.

— Monsieur, quand il y a un drame comme celui-ci, on a l'impression qu'il faut être en accord avec les télés, qu'on ne peut pas être en contradiction avec l'opinion dominante.

— Précisez…

— La justice est bien indépendante. Maintenant, on fait le procès de cette juge. Or, il y avait bien des soupçons de corruption.

— Vous trouvez ? Je trouve que l'on se situe davantage dans le registre du non-dit concernant cette magistrate. La critique porte sur l'incrimination. Quant à la corruption, il faudra un procès pour la prouver.

— Il avait les moyens de se battre, des avocats. Vous pensez qu'il y a d'autres raisons ? Il a dû être lâché par les autres socialistes !

— Je n'en sais rien, la presse l'aurait sûrement évoqué. Être lâché par les siens fait partie des invariants de la vie politique. Mais revenons au sujet du cours. Pour vous, qu'est-ce que la justice ?

— C'est une utopie ! cria un étudiant au fond de la salle.

— Un pouvoir, l'interrompit un autre.

— En êtes-vous bien sûr ? Nous avons déjà abordé ce sujet lors du premier cours, début janvier, quand j'évoquai la théorie de la séparation des pouvoirs. C'est une autorité aux termes de la Constitution ; une autorité qui est devenue un véritable pouvoir dans notre pays. Quelqu'un peut-il me dire pourquoi c'est toujours une autorité ?

Silence sur les bancs des étudiants.

— Que pouvez-vous dire d'autre sur la justice ?

Trois étudiants répondirent du tac au tac :

— Elle tranche des conflits ou elle juge au nom du peuple français.

— Il y a plusieurs degrés.

— Elle est indépendante, même si le pouvoir l'influence.

— Regardez et arrêtons-nous sur les mots que vous venez chacun l'un après l'autre de citer :

confits, peuple français, degré, indépendance, pouvoir, influence. Tout y est presque. Que fait d'autre notre justice ?

— Elle protège les criminels ! cria une étudiante en haut de l'amphithéâtre.

— Votre cri du cœur m'amène à la mission fondamentale de la justice telle qu'elle est inscrite dans notre Constitution. La justice protège nos libertés. Je vous rappelle l'article 66 de la Constitution : « Nul ne peut être arbitrairement détenu. L'autorité judiciaire, gardienne de la liberté individuelle, assure le respect de ce principe dans les conditions prévues par la loi. » Il s'agissait par cette disposition d'inventer une sorte d'habeas corpus à la française.

— Pourquoi confier la lutte contre l'arbitraire à des juridictions ?

La question provoqua un tel étonnement chez le professeur Beaumann qu'il se demanda si son cours servait à quelque chose. Il tenta de recentrer les discussions :

— Comment situez-vous le Conseil constitutionnel ?

— C'est notre Cour suprême, osa une étudiante.

— Pourtant, hier, le Conseil constitutionnel n'a pas pris une décision de justice, mais une décision d'organisation qui revient à un pouvoir public.

Il ne voulut pas prolonger trop longtemps la gêne de ses étudiants, et sur un ton plus que bienveillant, comme s'ils avaient découvert eux-mêmes là où il avait souhaité les conduire, le professeur ajouta :

— Vous avez exprimé l'essentiel des contradictions de notre système judicaire. Vous voyez donc ce qu'il en est de la théorie de la séparation des pouvoirs. Une même institution, le Conseil constitutionnel, juge : c'est le juge de nombreuses élections, comme l'élection des parlementaires ou l'élection présidentielle. Mais elle prend également des décisions relatives à son organisation.

Une étudiante qui venait de vérifier sur Google ce que le professeur expliquait se montra sceptique : Wikipédia ne contestait pas la théorie de la séparation des pouvoirs. Elle voulut piéger le professeur et demanda :

— C'est donc un acte administratif attaquable ?

— Je vous invite à étudier le sujet et nous le présenter lors du cours de la semaine prochaine en un exposé de sept minutes.

Chaque année, il faisait mouche en les interrogeant sur la séparation des pouvoirs et la légitimité de chacun. C'était leur deuxième année d'études du droit. Ils possédaient un panorama assez clair des institutions françaises et ceux qui avaient déjà subi l'hécatombe des examens de fin de première année connaissaient le rôle du Conseil constitutionnel, de la Cour de cassation ou du Conseil d'État. Ils avaient même une connaissance de base de l'histoire des institutions depuis l'Antiquité, mais, alors qu'ils avaient étudié en sciences politiques les différentes formes de légitimité, il ne leur venait jamais à l'idée de s'interroger sur ce qui leur avait été donné comme allant de soi depuis toujours : la légitimité de l'institution judiciaire. Un dramatique événement venait cette année illustrer ces démonstrations, même si le professeur voulait laisser leurs réflexions vagabonder et s'il y reviendrait lors d'un prochain cours.

Chapitre 13

Michel sur un pliant, sur son rond-point

L'époque était aux prédictions révolutionnaires. Lorsque la révolution pointa son nez, tout le monde fit comme si elle n'avait jamais eu lieu. Michel Garrido était un ancien Gilet jaune. Dans certaines sphères, une telle étiquette invalidait immédiatement le moindre propos tenu. Pourtant, chauffeur de taxi de son état, Michel était, avant les événements de l'Arc de Triomphe de 2018, un étalon électoral, au même titre que le patron de bistrot. Il était celui que l'on caressait dans le sens du poil, qui donnait son point de vue, le vecteur d'opinion, écouté par le député ou le conseiller qu'il conduisait.

Orphelin de père, Michel Garrido avait été élevé par sa mère et avait commencé à travailler à 16 ans comme menuisier dans une fabrique de bois du Vaucluse. Il y avait rencontré Thérèse, retoucheuse dans une boutique de prêt-à-porter ; ils se marièrent dès leur majorité acquise. Ses dures années de jeunesse l'avaient rendu philosophe à sa manière et bon connaisseur de la vie politique. Il dévorait le journal le matin au petit-déjeuner, le soir regardait le « 20 heures » et très souvent des chaînes d'information. Thérèse, son épouse, préférait un bon film ou la lecture. Un changement d'employeur pour Thérèse allait transformer leur vie. En 2000, alors que leurs enfants avaient un peu grandi, Thérèse trouva un emploi à mi-temps comme femme de chambre au célèbre hôtel La Mirande à Avignon. Elle avait tout de suite apprécié le charme de cette institution provençale. Toujours impeccable dans son travail, stricte et coquette, elle fut recommandée pour travailler dans la propriété d'un riche homme d'affaires qui avait ses habitudes au restaurant de l'hôtel. C'est à la même époque que Michel s'installa comme taxi indépendant et qu'ils s'achetèrent une petite maison dans une zone pavillonnaire à la sortie d'Avignon en s'endettant sur vingt ans. Michel travaillait deux fois plus que leurs voisins et amis – à l'époque, une assistante sociale à la Ddass mariée à un contrôleur de l'Urssaf –, qui réussissaient à partir pour toutes les vacances scolaires.

Michel et Thérèse s'étaient privés pour que leurs trois enfants fassent eux aussi des études, pour qu'ils puissent avoir de vraies vacances, comme tout le monde, comme leurs voisins. Ils avaient pu soutenir leurs trois rejetons dans leurs études, à condition que les scolarités s'effectuent dans une structure publique. D'ailleurs, si les enfants avaient pu devenir fonctionnaires, cela les aurait rassurés. Mais c'est précisément leurs voisins qui les avaient aiguillés vers des cursus aux débouchés davantage rémunérateurs, démystifiant la fonction publique d'aujourd'hui.

Au bout de huit années d'activité comme taxi, Michel fut gratifié de trois contrôles fiscaux coup sur coup. L'administration lui reprochait de ne pas avoir intégré assez d'avantages en nature, le nombre de kilomètres au compteur ne correspondant pas parfaitement aux courses déclarées. Il est vrai que, tous les jours, il déposait son épouse au travail et retournait la chercher quand il le pouvait. Il est surtout exact que, durant le mois de juillet, il effectuait certains soirs une activité de chauffeur de maître pour les invités de Jean-Jacques Le Brun, l'employeur de son épouse, se rendant qui aux Chorégies d'Orange, qui au Festival d'Aix, qui à celui d'Avignon. Les mois d'hiver, alors qu'il n'y avait ni touristes, ni festival, il lui restait, une fois payées toutes les charges du taxi, à peine 1 000 euros de revenu par mois. Ces extras de juillet lui avaient permis pour la première fois d'emmener toute sa famille en vacances en Espagne. Plus les années passaient, moins le couple arrivait à épargner une fois l'échéance de l'emprunt remboursée. Ils n'étaient pas pauvres, mais leur travail ne leur permettait que de vivre. Aucune fantaisie n'était possible, les enfants étaient élevés, mais, pour offrir de beaux cadeaux aux deux petits-enfants, la vie devenait trop chère.

Lors d'un trajet où il véhiculait Jean-Jacques Le Brun, Michel s'était ouvert auprès de lui de ses mésaventures fiscales. Le Brun lui avait offert les services d'un de ses avocats. Mais, pris la main dans le sac, il n'y avait plus grand-chose à défendre. Jean-Jacques Le Brun lui avait avoué une autre fois que lui aussi faisait parfois de fausses notes de frais, alors qu'il dînait en famille dans de grands restaurants, que même le magistrat travaillant dans sa société faisait de même, que c'était complètement admis à condition de ne pas abuser. Il lui disait que, parmi ses amis chasseurs, certains patrons de PME abusaient franchement. Ce qu'il ne fallait pas, c'était se faire prendre par l'administration sur un gros dossier, car là on était fichu. Ce dossier devenait tout de suite médiatique et on vous cherchait sur des petits riens, car généralement on ne pouvait rien prouver sur ces affaires sophistiquées. Là-dessus, il se disait irréprochable et ne faisait jamais de politique. S'il donnait des coups de main à certains candidats, c'était à titre amical, mais jamais publiquement. Avec enfants et cousinage, la famille soutenait d'ailleurs presque tout le monde, sauf certains extrêmes.

Michel avait voté pour la première fois en 1981, à gauche. Il avait juré à qui voulait l'entendre qu'on ne l'y reprendrait jamais, même s'il glissait un bulletin socialiste dans l'urne à toutes les élections municipales. Il estimait que c'était différent, car il connaissait bien le maire qu'il conduisait régulièrement. En 2007, il avait cru en Nicolas Sarkozy, comme beaucoup de ses collègues. Depuis, il ne votait plus.

Michel s'était énervé tout seul en octobre 2018 devant CNews, en écoutant le Premier ministre expliquer sa décision d'augmenter le prix du diesel, l'accusant, lui, de polluer. Il fut encore plus exaspéré le lendemain quand, au cours d'un débat, la ministre de l'Environnement expliqua qu'il fallait inventer de nouvelles mobilités et d'autres façons de mieux consommer. Le hasard faisant toujours bien les choses, cette ministre, il s'en souvenait parfaitement, il l'avait conduite lors d'un précédent Festival d'Avignon. Elle était alors cadre dirigeante d'une grande entreprise privée. Une telle morgue, ce ne pouvait être qu'elle. Agnès Billaux-Saint-Amant ne lui avait laissé aucun pourboire et avait téléphoné pendant toute la course. La conversation tournait autour des VIP qu'elle avait invitées à la première, dans la cour du palais des Papes. En tant que sponsor, la place revenait finalement à plus de 1 500 euros, mais elle estimait que c'était pour elle un excellent coup relationnel, puisqu'elle avait convié le président d'un opérateur téléphonique, qui de son côté présidait le Festival d'Aix-en-Provence. Ce dernier l'invita d'ailleurs la semaine suivante à une représentation de *Don Giovanni* suivie d'un souper dans sa villa, où, outre de nombreux patrons, il avait convié le ministre de l'Économie, qui intervenait le jour même aux Rencontres économiques. Michel avait lu quelques années plus tard un portrait de cette jeune ministre dans l'exemplaire de *Challenges* qu'il laissait toujours à disposition des passagers à l'arrière de son véhicule. Il y était écrit qu'Agnès de Billaux-Saint-Amant avait fait précisément connaissance du ministre de l'Économie à Aix, lors d'un dîner après son intervention devant le Cercle des économistes.

Michel n'avait pas réussi à dormir. Sur l'autre chaîne, des jeunes de banlieue vociféraient dans un reportage sur leurs démêlés avec la police. Les médias officiels n'avaient, pour Michel, d'yeux que pour les nouveaux misérables, ceux du 9-3 ou de Vaulx-en-Velin. Les relégués du Vaucluse n'existaient pas. Ils n'avaient pas d'identité médiatique. Il était lui-même petit-fils d'immigré italien ; nombre de ses collègues à la menuiserie étaient des immigrés du Maghreb, ils vivaient ensemble, se fréquentaient le week-end, jouaient à la pétanque ou se retrouvaient au bistrot. Une fois, il s'était franchement disputé avec le fils d'un de ses anciens collègues, qui avait osé lui affirmer qu'ils faisaient le même métier, alors qu'il conduisait un Uber. Une de ses belles-filles était une très jolie fille d'origine marocaine, qui s'occupait de la finance dans leur start-up. Mais elle non plus, on n'en parlerait jamais dans les médias, sauf si elle s'était décidée à porter le voile au travail.

Cherchant des informations syndicales en vue d'une éventuelle manifestation, Michel s'était connecté à son compte Facebook et avait dévoré les milliers de messages du groupe « taxis en colère ». Beaucoup de ses collègues appelaient à voter pour les extrêmes afin d'être entendus, mais, lui, ne voulait plus voter. Ce qu'il lisait n'était pas de la politique, mais des témoignages de travailleurs révoltés ; les laissés-pour-compte d'un système faussement redistributif. Tous parlaient du coût de la vie et du mépris des élites, des allocations et des aides pour les autres. Certains disaient que c'était un mouvement politique. D'autres affirmaient que le mouvement d'origine était d'extrême droite.

Hamed Moussa, le fils de son ancien collègue de la menuiserie, était lui aussi connecté. Il voulait faire grève. Entre-temps, Hamed avait adhéré à la CGT Uber. Pourquoi à la CGT ? Parce qu'il était français et qu'il aimait « emmerder » le monde ; c'était sa façon à lui aussi d'être complètement intégré. Michel ne voulait pas risquer d'abîmer sa voiture dans une manifestation mais il acceptait d'aller klaxonner devant la préfecture, même si le préfet lui était sympathique. Il l'avait rencontré en délégation après une manifestation, contre les Uber et les VTC. Si Uber et taxis se retrouvaient unis contre la hausse des taxes sur le diesel, c'est qu'il devait vraiment se passer quelque chose en France. Hamed lui signala un groupe, « le Vaucluse en colère », qui proposait d'occuper des ronds-points pour mobiliser les automobilistes. En un clic, ils proposèrent à des collègues de s'installer au rond-point de Rode à l'Isle-sur-la-Sorgue. C'était pratique pour Michel, car il déposait Thérèse, qui travaillait ce week-end. Il garerait son taxi sur le parking de l'Intermarché et s'installerait avec son pliant sur le trottoir. Hamed avait prévu la thermos de café, l'eau minérale, et Michel deux sandwichs au poulet. Ils furent vite cinquante sur ce rond-point, ce qui était énorme et provoqua un bazar considérable. Le succès les poussa à se retrouver dès le lendemain et les semaines suivantes. Des automobilistes leur offraient des pains au chocolat et des coups de klaxon en guise de soutien.

Michel n'en négligea pas ses courses pour la famille Le Brun et c'est au cours de l'une d'elles que Jean-Jacques se lança dans une grande tirade sur l'état de la France. Ses propos semblaient nourris autant d'expériences personnelles que de préjugés de classe, mais résonnaient aux oreilles de Michel. Le calme de ses propos laissait transparaître un certain agacement sur le légicentrisme à la française.

— Cette omniprésence de la loi qu'en réalité personne ne respecte, à commencer par les présidents de la République, qui violent ou contournent la Constitution et jusqu'aux juges, qui détournent la procédure pénale pour justifier leurs raisonnements. On a mis du droit partout ! Or, ce qui marche, c'est la peur du gendarme, mais l'individualisme contemporain a gangrené ce qui faisait fonctionner notre société. La star du foot plutôt que l'équipe ; les fonctionnaires qui n'acceptent pas les contraintes du service public ; même les curés ont des revendications. Ça ne peut plus fonctionner. Personne ne veut regarder lucidement l'immense contradiction entre le discours moralisateur ambiant et les comportements individuels. Si vous voulez que vos petits-enfants s'en sortent, coupez Internet et la télé quand vous êtes avec eux. Transmettez-leur plutôt vos héritages culturels avec Thérèse.

Michel était satisfait d'entendre son client exprimer si clairement ce qu'il pensait sur son pays.

— Bref, conclut le milliardaire à l'approche de la gare, ce qu'il faut, Michel, c'est passer sous les radars.

Et il lui tendit une enveloppe contenant six mille cinq cents euros en billets de cinquante.

Michel retrouva alors dans ce petit groupe d'insurgés la même chaleur qu'il ressentait avec ses collègues de la menuiserie lorsqu'il était jeune, une sorte de fraternité inventive, une solidarité véritable. Ils voulaient tous vivre dignement de leur travail, payer moins d'impôts, offrir des cadeaux à leur famille et même partir en vacances. Ces vacances dont on leur rabâchait les charmes à la télévision, alors qu'ils n'en prenaient quasiment jamais. Si Michel n'avait pas condamné les violences qui avaient très vite pris le dessus, c'est qu'il avait pensé, peut-être à tort, que cette récupération politique par l'extrême gauche, très présente dans certains médias et groupes d'influence, servirait leur cause. Quant à ses camarades taxis qui militaient au Front de droite, ils continuaient la bataille sur les réseaux sociaux, parfois sur les ronds-points pour entretenir la flamme du combat, mais ils avaient reçu des consignes strictes de discrétion pour ne pas se faire prendre à casser. Le désordre suffisait à leur cause. C'est à ce moment que Michel avait commencé à moins lire la presse, à ne regarder que des débats télévisés et à ne plus se fier aux flashs d'information. Il ne comprenait pas pourquoi ces médias le caricaturaient, lui, en apprenti fasciste, alors que tous valorisaient depuis des années la désobéissance civile, se montraient proches des manifestants qui auparavant caillassaient la police, jusqu'à excuser certains black blocs ou militants de l'ultragauche. Michel avait senti beaucoup de mépris dans la façon dont des journalistes avaient caricaturé ses camarades de lutte et mis en avant des pauvres gens qui n'étaient pas préparés pour les débats. Ils étaient interrogés sans respect, comme s'ils disposaient du savoir-faire des politiciens ou des syndicalistes professionnels. Cette fois, on parlait des siens à la télé, il était lui-même au commencement du mouvement, il disposait donc des véritables informations, on ne pouvait plus le manipuler. Le scepticisme de Michel s'étendait ainsi au parti des médias, expression qu'il avait un jour entendue dans la bouche d'un journaliste iconoclaste et qu'il reprenait à son compte.

Au bout de quelques semaines, Michel replia sa chaise, rentra à son domicile et se remit à travailler. L'argent de Jean-Jacques Le Brun avait servi à le nourrir, lui et certains de ses camarades, mais il voulait en conserver un peu pour Pâques. Le lendemain de l'effondrement de la flèche de Notre-Dame, Michel tomba en dépression. Rien de bien grave selon le médecin, les antidépresseurs feraient leur effet en quelques semaines, mais il devait d'abord se reposer, puis à la reprise du travail bien faire attention à ne jamais s'endormir au volant.

En mars 2020, Michel Garrido en finissait à peine avec son traitement médicamenteux, qu'un pangolin obligea d'abord toute l'Italie à se confiner, puis le monde entier. Leurs enfants leur avaient offert un voyage à Rome pour leur anniversaire de mariage en avril. Décidément, les vacances n'étaient pas pour eux. Alors, il se remit, comme tous les Français, à regarder les mêmes chaînes d'information en boucle, toute la journée, jusqu'à saturation. D'un autre côté, ce premier confinement lui avait fait un bien considérable. Michel n'avait plus de clients, mais aucune charge à payer et les quelques courses qu'il effectuait étaient au noir. Il avait très vite compris que l'administration aurait, enfin, d'autres préoccupations que de s'occuper de vérifier les kilomètres des taxis, s'il existait encore une administration. Avec seulement le salaire de son épouse, ils étaient non imposables, un bonheur ! Leur fille aînée était revenue chez eux pour pouvoir travailler à distance. Le petit dernier et sa copine avaient loué un studio juste à côté de leur maison, car le fameux rayon d'un kilomètre de marche autorisé dans un centre de Marseille surpeuplé était une gageure. Les premiers jours, il ne manquait que leur autre fils et leurs petits-enfants, qui par mesure de précaution avaient décidé de ne pas les voir. Thérèse avait cousu des masques pour toute la famille et travaillait la semaine dans la propriété de Jean-Jacques Le Brun, où, fait rarissime, il y avait même un stock de masques chirurgicaux. Au bout de quinze jours et sans aucun contact avec l'extérieur, si ce n'est pour les courses une seule fois par semaine, toute la famille se retrouvait pour dîner et les week-ends ils étaient ensemble dans le jardin. Ce confinement avait été un bonheur familial et provincial. Puis la vie terne, masquée et sans un sou reprit son cours.

Michel ne savait absolument plus ce qu'il allait faire pour cette élection. Son travail l'avait amené à rencontrer nombre de ministres, des élus et même des candidats. Il hésitait vaguement – car il voulait payer moins d'impôts – entre

Nathalie Fabre-Espérance et Valérie Mézenc. Il gardait aussi en mémoire ce moment inouï où Fabre et son équipe, scotchés, comme lui, devant l'écran de télévision, venaient d'apprendre en direct le suicide de Roland Garnier. La confusion qui régnait ensuite dans la pièce l'avait mis très mal à l'aise. Voter Valérie Mézenc ? Pourquoi pas ? Mais, comme fils d'immigré, ce serait niet. En dehors même de sa participation aux Gilets jaunes, il avait conduit dans des circonstances différentes deux actuelles ministres parfaitement odieuses. Son ami restaurateur l'avait bien convié à une réunion d'entrepreneurs pour le lancement de la campagne de Stolon, mais il ne se sentait pas du monde de ces jeunes patrons. En ce début du mois d'avril, il ne lui restait que quelques semaines pour faire son choix. Mais son choix était vite fait, il voterait encore blanc.

Chapitre 14

Ils se mettent enfin à table

La campagne officielle allait s'ouvrir dans quelques jours avec cette règle absurde mais strictement démocratique d'égalité de temps de parole entre concurrents. Dans l'intervalle, tout devait être fait pour essayer d'imposer son tempo aux médias, même si chaque média favorisait par sa ligne éditoriale son propre candidat sous le regard myope de l'autorité indépendante de régulation. L'improvisation se mêlait généralement à l'intuition. Après, sur les chaînes ne se contentant pas de laisser une place minimale à la campagne, les cinq gros candidats seraient noyés au milieu de huit autres, car ils étaient treize en lice.

Nathalie Fabre-Espérance, lors de moments de baisse d'attention, redressait son torse, croisait et recroisait ses longues jambes sans que ses genoux se touchent, tout en comptant dans sa tête le nombre de mouvements qu'elle pouvait effectuer. Elle s'exerçait à une forme de gymnastique de bureau que ses interlocuteurs prenaient soit pour de l'impatience, soit pour des tentatives de séduction. D'un geste dédaigneux, probable prolongement de sa pensée, elle tournait et déchiquetait consciencieusement le pain au chocolat qu'elle avait par mégarde posé devant sa tasse de café, se contentant de picorer du bout des ongles les miettes qui s'en détachaient. Il était 9 h 30. Elle présidait, comme un exercice imposé, le petit-déjeuner de son comité politique. Elle avait hâte d'en finir. Debout depuis 6 heures du matin, elle avalait son quatrième petit-déjeuner : un à son domicile, un en arrivant au studio de BFM TV, un dans le bureau du directeur de l'antenne et enfin celui-ci avec son conseil stratégique de campagne. Son taux de caféine dans le sang était déjà trop élevé ; si elle buvait une gorgée de plus, elle allait emplafonner ce sénateur du Val-de-Marne qui dispersait pompeusement ses conseils.

— Il faut reprendre l'initiative pour saturer l'espace médiatique, les autres candidats doivent être en réaction à tes propositions. Pardonne-moi d'être franc, mais ta matinale a été un échec.

Il est vrai qu'elle aurait dû réagir et protester quand, affalé sur son micro, l'interviewer termina son émission par : « Vous regardez bien BFM TV, il est 8 heures, nous sommes le 14 mars 2007 et nous venons d'entendre Nathalie Sarkozy. » Cette humiliation allait être reprise en boucle sur tous les réseaux sociaux. Il était indispensable d'initier une nouvelle séquence. Le président du Sénat suggéra la traditionnelle interview au *Figaro*, à condition que des extraits soient publiées sur Internet dès la fin d'après-midi. Nathalie avait peu de cartes en mains, car elle tenait un meeting le soir même à Marseille. Son équipe organisa donc une interview pour 11 h 30, dont la durée ne devait pas dépasser quarante-cinq minutes séance photo comprise.

Pascal de Guarrigue, rédacteur en chef du *Figaro*, était aussi petit qu'il était de droite. Il était connu pour ses sympathies envers la Ligue, en réalité il ne s'agissait que de Valérie Mézenc, qu'il avait fréquentée sur les bancs de l'université. Eu égard aux si brefs délais, il fallait quoi qu'il en soit faire confiance en son professionnalisme – réel au demeurant. Il fut le seul journaliste présent à l'interview, vint accompagné d'un photographe d'agence, prit quelques notes, enregistra l'entretien sur son iPad, puis alla déjeuner d'une blanquette de veau avec André Casanova, le directeur de campagne, estimant que ce dernier, souvent bavard, l'aiderait à nourrir un prochain article. Il promit un retour à 16 heures en vue d'une unique relecture pour validation puis publication.

À la même heure, le président Stolon lisait avec satisfaction le sondage du jour qui le plaçait à 24 % en tête des intentions de vote, à deux points, soit, de la candidate d'extrême droite, mais avec un coefficient de sûreté de choix bien supérieur. La candidature unique de la gauche dite de gouvernement derrière l'écologiste Cerrier avait fait fuir une partie des modérés du camp dit progressiste vers l'abstention. Le premier véritable déplacement de campagne du président dans le Vaucluse avait été salué comme un succès. Il était apparu comme à l'écoute, même modeste, selon une étude qualitative. Son interview du soir serait sa réponse aux préoccupations du monde rural. Il entendait renouveler encore deux fois ce type de séquence. En descendant de sa voiture, il était, pour la première fois depuis des jours, souriant et apaisé. En franchissant le seuil de la salle de réunion transformée en salle à manger pour l'occasion, il se dit qu'il aimait bien les campagnes électorales. Le journaliste du *Progrès* entama les échanges en rappelant que ceux-ci étaient enregistrés, qu'il n'y aurait qu'une lecture et aucune correction possible. L'interview serait mise en ligne à 19 heures sur les sites de leurs neuf quotidiens régionaux du groupe. Esther Diallo, devenue depuis directrice de campagne, opina en ce sens, le président de toute façon ne déviait jamais des fiches qui lui avaient été préparées. Les mesures annoncées ainsi que les formules avaient été testées ce vendredi par un sondage qualitatif.

À environ deux kilomètres de là, dans le 1er arrondissement de Paris, et bien que ce soit un lundi, jour peu favorable au poisson, Anton Sodenberg attendait patiemment à la table d'un petit restaurant japonais de la rue Saint-Anne qui servait des sushis. Il se méfiait des déjeuners avec des journalistes, car il redoutait de dévoiler les réflexions stratégiques qu'il élaborait avec sa tante, Valérie Mézenc. Ainsi préparait-il et répétait-il consciencieusement tout ce qu'il allait dire, ce qui avait pour conséquence que ses propos n'étaient jamais repris tant ils étaient calibrés, comme s'il participait lui-même à une émission. Il avait accepté ce déjeuner avec Lionel Vialle, éditorialiste à *L'Opinion*, car ce dernier respectait – pour une certaine durée – les fameux *off*. Cela permettait, en outre, à ce journaliste d'écrire un récit cohérent tout autant qu'analytique sur les processus de décision sans se limiter aux seuls faits ou commentaires. Anton, tout en livrant une bataille gagnée d'avance avec les derniers grains de riz de son bol, exposa sa théorie du rapprochement des droites aux élections législatives. Les intentions de vote pour l'extrême droite avaient fondu après les révélations sur de véritables scandales sexuels impliquant ses dirigeants. Le parti de sa tante, issu directement d'une vieille formation conservatrice de droite, qui s'était compromise une fois avec l'extrême droite le temps d'une élection législative, alliait à la fois l'expérience locale et l'odeur du neuf. Anton ne niait pas que leur coalition était hétéroclite, mais ils avaient réussi à réunir des élus bien implantés, des jeunes ambitieux dégoûtés par le verrouillage du système à droite, ainsi que quelques ténors gaullistes. Anton Sodenberg défendait une seule thèse : partout dans le monde, la droite s'était reconstruite grâce à l'attractivité d'un pôle stable de droite radicale. Il en était d'autant plus convaincu que les idées de droite étaient majoritaires dans l'opinion depuis plus d'une dizaine d'années. Seule une forme de terrorisme intellectuel qui régnait encore avait fait obstacle à leur consécration, soutenue par certains médias publics, où la gauche recitait des fiches de lectures apprises dans les années 90 pour essayer de les diaboliser. Surtout, il comptait moins sur la presse que sur les réseaux sociaux. Il pilotait avec son collaborateur une équipe appelée « influenceurs », lesquels n'interagissaient pas entre eux ni avec les milieux parisiens, mais avec leur environnement professionnel et local. Certains étaient des motards en colère, d'autres d'anciens

Gilets jaunes, d'autres encore des professions libérales ou des chefs d'entreprise révoltés par le niveau d'impôts en France. Ils étaient une centaine répartis sur tout le territoire, mais très présents dans leurs communautés. Avec eux, nul besoin de bots, il retwittait, likait, forwardait tout ce qui venait de Valérie Mézenc et continuait à relayer ce qui se passait au niveau local, tout en animant des sous-réseaux. Lionel notait scrupuleusement dans un petit carnet ces propos convenus, mais pimentait l'entretien par des questions sociétales qui embarrassaient Anton, lequel n'arrivait pas à dissimuler son agacement face à une serveuse japonaise qui parlait à peine quelques mots de français et ne pouvait donner aucune précision sur le contenu de la carte. Il avait encore faim et désirait quelques sushis supplémentaires. La serveuse ne travaillait que le midi, quand les autres clients se contentaient de commander un des menus alphabétiques, sans jamais s'aventurer au-delà. À la fin du déjeuner, c'est Lionel qui s'irritait de ne pouvoir obtenir un double expresso, car il n'y avait que deux options sur la tablette électronique de la serveuse : court ou allongé !

Anton et Lionel allaient se quitter satisfaits de leurs échanges, à peine plus consistants qu'un déjeuner autour de sushis, d'un bol de riz et d'une glace au thé vert matcha. Ils décidèrent de faire quelques pas jusqu'à l'avenue de l'Opéra, jonchée de blocs de béton, de plots jaunes, et s'interrogèrent, consternés par ce spectacle, sur l'utilité des architectes des Bâtiments de France dans ce Paris délabré. Tout à ses pensées conservatrices, Anton, avant de monter dans le véhicule qui l'attendait, se laissa aller à une longue confidence de dernière minute dont Lionel, surpris par tant de spontanéité, aurait du mal à se souvenir exactement :

« Dans cette guerre civile par les mots, les armes sont distribuées de façon inégalitaire. Les ennemis de notre mode de vie, c'est-à-dire une extrême gauche reconvertie dans l'identitaire, les soi-disant écologistes, aussi, qui ne se confondent pas totalement avec les premiers, disposent de grands médias et paradoxalement du service public. Tout un système leur fait la courte échelle : la publicité, la mode, une grande partie des États profonds des grandes démocraties occidentales, chacun avec des raisons propres.

« Or, ces groupes sont minoritaires en France et depuis bien longtemps en Europe. Ils ont même perdu la bataille de fond – comment résister à l'individualisme, au consumérisme –, mais leurs doctrines ne reconnaissent pas la validité des débats démocratiques. Ces curés de l'inquisition, ces ayatollahs de la décroissance, ces professeurs de moraline fonctionnent comme des religieux sectaires. Comme ils ont déjà abandonné la vraie démocratie, ils défendent des concepts sémantiquement parallèles, la démocratie participative, inclusive. Un système où l'on a élagué le grand principe : un homme, une voix. Vous mettez quelques pauvres gens pendant des jours dans la main d'experts, de hauts fonctionnaires, et après vous leur demandez de voter des résolutions ou de choisir entre deux modèles de bancs à poser sur un trottoir. Et ils se gargarisent de leur modèle.

« Heureusement, Internet demeure par endroits un véritable espace de liberté. Toute une génération ne vit qu'à travers ces réseaux, mais dans leur silo. Cette gauche encore plus, mais leur silo est tout petit. Il existe un gigantesque silo qui réunit des dizaines de silos, des modérés aux plus à droite. Il faut juste réussir à parler à cet immense sous-ensemble en utilisant les algorithmes.

« Dans l'éternel clivage entre ceux qui veulent gouverner pour le pouvoir et ceux qui veulent gouverner pour le bien commun, il y a toujours eu une minorité qui camoufle son désir de pouvoir absolu sous l'étiquette du bien. Il suffit de les démasquer.

« Je suis sûr, en fait, que dans votre individualité vous vous reconnaissez dans mon discours. »

À Montreuil, les plateaux-repas végans offerts dans le pavillon servant de QG au candidat écologiste donnaient des haut-le-cœur à la nouvelle maire de Paris, Marie-Ève de la Veyrerie, qui, après avoir endossé les habits de la veuve corse en refusant de participer à tout conciliabule sur la succession du maire de Paris, négocia par l'entremise de François Hollande le ralliement du Parti socialiste à la candidature du candidat écologiste. Ces derniers disposant de nombreux élus au Conseil de Paris, elle, tenant la plus grande fédération du Parti socialiste, un accord secret les lia. Ils votaient pour elle à la mairie de Paris, elle faisait en sorte que le Parti socialiste ne présente pas de candidat à la présidentielle. C'est ainsi qu'elle devint la première femme maire de Paris.

Ce déjeuner avec Louis Cerrier, le candidat écologiste, son directeur de projet et le premier secrétaire du Parti socialiste visait à bâtir une plateforme programmatique en vue des élections législatives. Le premier secrétaire se considérait comme la victime d'une OPA hostile et comptait bien faire monter la cote de certains députés socialistes sortants, dont la sienne d'ailleurs, en priorité. On admirerait la rapidité avec laquelle les Verts auraient symboliquement absorbé les socialistes, alors que ces derniers contrôlaient encore de grandes métropoles, quatre régions, sans compter des villes moyennes. Alors que de nombreux hiérarques avaient soigneusement éloigné la Convention populaire de toute alliance électorale, la digue était tombée, dans la plus grande indifférence, au second tour des régionales, pour un gain misérable de places. Une partie du peuple de gauche, si prompt à se mobiliser d'une seule voix pour un deuxième tour, avait rejoint le camp des abstentionnistes face à tant de subtilité, d'incohérence et de reniement des grands principes.

Personne ne s'appréciait vraiment autour de la table ni n'avait mené de combat politique ensemble, de ceux qui soudent de solides connivences. Il fallait pourtant sortir un communiqué sur un nouveau programme commun, plutôt un programme minimum, tant le projet élaboré par l'intergroupe parlementaire était pauvre en matière d'idées, une resucée des vieux poncifs sur l'urgence climatique et de banalités économiques datant du club de Rome. L'idée était aussi de cornériser Rossel pour les législatives, lequel, invité pour l'édition de 13 heures de France 2, devait rejeter tout accord, estimant que la présidentielle les départagerait. Ils jetaient un coup d'œil distrait au poste en attendant – même s'il n'y avait rien à en attendre – son interview. Il n'y avait même pas de vin, se désolait en silence le premier secrétaire. Marie-Ève de la Veyrerie se remémorait les images de l'union de la gauche, les heures de lutte entre François Mitterrand et Georges

Marchais. Dans un sursaut qui ressemblait presque à de la dignité, elle déclara :

— Nous n'allons pas finaliser un accord programmatique et électoral en une demi-journée. Limitons-nous à l'annonce d'un calendrier de travail.

— Oui, faire plus serait un peu risqué, répondit le candidat écologiste.

— Laissez s'exprimer les deux secrétaires généraux sur l'élaboration d'une plateforme pour les législatives, le soutien aux sortants et la mise en place d'une commission d'investiture commune.

— Je n'apparais donc pas dans cette opération.

— Non, ça ressemble trop à de la tambouille électorale. Faites plutôt de nouveaux gestes en destination de notre électorat, sinon il va s'abstenir.

Marie-Ève de la Veyrerie comptait bien, à défaut de participer à un bon repas, faire traîner les discussions pour se concentrer sur son propre projet, disposer de candidats dans la grande majorité des circonscriptions et devenir à court terme le leader de la gauche. Elle enverrait le premier secrétaire au Sénat en lui assurant les votes des conseillers de Paris. Sans sourciller, elle poursuivit :

— Nous sommes deux pour le Parti socialiste, j'imagine que, pour les écologistes, vous désignez votre secrétaire général et le directeur de projet ici présent ?

Elle désarçonnait systématiquement ses interlocuteurs par ce type d'affirmations péremptoires qui laissaient peu de place à la contradiction, sauf à passer immédiatement pour un adversaire, jeu qui n'en valait pas la chandelle.

Ainsi elle réussissait à s'imposer dans toutes les discussions comme la patronne de fait du Parti socialiste.

Depuis quelques jours, les circonstances tragiques l'avaient amenée à vivre des moments de grâce. Dans le véhicule qui la ramenait à l'Hôtel de Ville, la jeune maire appela sa directrice de cabinet, Anne Berthier, qui depuis la crise s'était piquée d'affaires politiques. Elle l'avait non seulement gardée, mais lui avait adjoint une jeune cheffe de cabinet en la personne de Nadia Cherifi, ancienne conseillère presse de Roland Garnier. Toutes les trois s'apprêtaient à régner sur la gauche morte.

Non loin de là, dans le 7e arrondissement de Paris.

Le recteur de la basilique Sainte-Clotilde n'était affilié qu'à une seule paroisse, celle du cardinal-archevêque de Paris. Ce lundi 14 mars, il recevait à déjeuner Rémi Perrou, conseiller politique de Nathalie Fabre-Espérance, dans la pénombre de l'immense salle à manger du secrétariat pastoral d'études politiques. Le style Louis XIII de l'ameublement était le seul véritable mystère de ce lieu qui fleurait le XIXe siècle. Il y régnait étonnamment une atmosphère provinciale qui détonnait avec les occupants successifs du lieu. Il est peu de personnages inconnus du grand public sur lesquels il a été si souvent écrit que ce secrétaire pastoral.

Anthelme Brabant, élégant sans ostentation, portait soit le costume de ville, soit la soutane, toujours ses petites lunettes carrées, et sortait souvent un minuscule bloc sur lequel soit il notait un mot, soit relisait une pensée écrite d'une même minuscule écriture. Il était fait pour vivre dans l'ombre, se forçait à quelques apparitions télévisuelles, préférant la compagnie des conseillers qui ne faisaient pas parler d'eux. Il était destiné à un des meilleurs avenirs s'il ne choisissait jamais de camp politique.

Le recteur connaissait suffisamment Nathalie Fabre-Espérance et n'avait donc aucune envie d'être déçu par l'étendue de ses idées progressistes. Avec Rémi, ils savaient qu'ils ne partiraient pas ensemble en retraite dans une abbaye, mais que leurs échanges seraient teintés de sincérité. Il commettait néanmoins une erreur d'appréciation en surestimant l'investissement de Rémi dans les milieux maçonniques, mais celui-ci appréciait cette méprise. Il préparait soigneusement son entrevue avec le recteur en prenant le pouls de dignitaires des grandes obédiences. Il est vrai que les dignitaires maçons n'étaient plus du tout introduits dans les sommets de l'État et qu'ils appréciaient eux aussi d'échanger avec Rémi, un des hommes de la droite française.

Ce qui préoccupait grandement l'Église catholique concernait l'évolution de la législation française sur la fin de vie et certaines lois relatives à la génétique. Outre le fond du problème, elle était troublée aussi par la fréquence de ces modifications, qui accompagnaient, à ses yeux, davantage les modes que les tendances profondes des peuples. Sur cette question de la fin de vie, Anthelme Brabant préférait laisser ses interlocuteurs s'exprimer en premier, car ils pouvaient avoir vécu un épisode personnel douloureux. Il ne fallait ni les blesser, ni les piquer au vif, mais plutôt les conduire à une forme de confession ; c'était d'ailleurs son métier.

— Je n'ai pas grand-chose à vous apprendre sur ce sujet, avança prudemment Rémi. L'improvisation permanente de la majorité, presque six ans après l'élection, sera toujours pour moi une source d'émerveillement. Le débat parlementaire, si court, a été néanmoins de qualité. Vous savez que le Sénat ne fera rien pour inscrire le texte à l'ordre du jour.

— Votre sénateur du Val-de-Marne est pourtant très impliqué sur ce sujet.

— Je vais vous faire une confidence ! Nathalie me parlait de lui ce matin en des termes peu flatteurs. Elle me demandait ce que ce type, qui n'a jamais réussi une élection sur son nom propre – il s'est toujours fait élire grâce à la proportionnelle –, faisait chez les maçons. Du temps de son père, elle avait croisé dans son cabinet de brillants défenseurs des droits de l'homme ou du planning familial, mais jamais quelqu'un dont l'unique vocation était de nuire.

— Néanmoins, en dehors de lui, dans votre propre équipe, sur la fin de vie ou la GPA, il y a des partisans de ces sujets.

— Sur la question de la fin de vie, ce que je peux vous dire, c'est que Nathalie ouvrira un débat philosophique qui durera le temps qu'il faudra. Son Parlement se limitera à une amélioration de certains points de la loi actuelle. Nous ne voulons pas ouvrir de trop nombreux fronts. De mon côté, j'ai une interrogation : il se dit que les catholiques seraient moins effrayés de voter pour la Ligue que pour l'ancienne extrême droite.

Le recteur posa sa fourchette sur le rebord de son assiette, s'essuya délicatement les lèvres, se frotta les mains lentement et les posa sous son menton. Il y avait quelque chose de solennel dans ce geste. Le prélat perçait déjà sous le prêtre.

— Je ne vois pas, sauf nouvelle catastrophe politique, la Ligue faire un score si haut que l'annoncent les sondages. Les catholiques seront sensibles à vos prises de position sur les sujets éthiques. N'oubliez pas l'identité catholique dans vos discours, si je peux faire un raccourci.

— Je comprends parfaitement ce que vous voulez dire, car je ne vous imagine pas défendre les identités comme le font les wokistes, qui se limitent à ne défendre que leurs semblables.

— J'aurais pu parler de culture catholique, mais ce n'est pas non plus une expression pour un homme de Dieu.

— Pour toutes ces raisons, vos fidèles ne devraient pas voter Stolon, même s'il agrège le fameux vote catholique de gauche, au nom du bon goût et de la morale sûrement. Comme je vous le disais, je m'interroge sur un possible vote catholique pour la Ligue. Ce n'est plus, en réalité, l'ancienne extrême droite, je crois que la droite française l'a compris, malgré le discours ambiant.

— Je fais comme vous, j'essaie de disséquer les études d'opinion. Votre candidate ne remontera que lorsque les débats auront commencé, car les médias n'aiment pas la droite. Ils n'ont aimé Sarkozy ministre que parce qu'il combattait Chirac, alors qu'il représentait pour eux le diable. Cela arrive souvent en amour. Ils l'ont tous renié avant que le coq n'ait chanté, si vous me permettez une sorte de parabole inversée.

— Un cône donc, si mes souvenirs de cours de maths sont exacts ! Je suis ravi en tous les cas de vous avoir fait parler pour une fois de politique.

— Vous me semblez inquiet par le vote du peuple de droite ?

— Nous sommes dans une configuration inédite. Le peuple de droite n'a pas les réflexes du peuple de gauche.

Le recteur se leva sans même avoir terminé son café, car il tenait à ce que ces déjeuners ne s'éternisent pas afin d'éviter de fraterniser. Rémi lui emboîta immédiatement le pas, le remercia chaleureusement et forma le vœu de le revoir avant l'été. La lumière s'invitait enfin un peu dans la pièce, le printemps était très précoce.

Sur le chemin qui le menait à son domicile, ayant décidé de musarder un peu avant de s'isoler – après-midi d'hygiène sans internet – pour rédiger le script du spot télévisé pour la campagne officielle, Rémi reçut une avalanche de SMS d'Audrey à peine l'avion posé à Marseille.

« Ce débile de Guarrigue s'est fait voler son sac avec son iPad et ses notes. Publication d'interview reportée à demain. »

« On fait les questions et les réponses. Je t'envoie les photos de mes notes pendant l'interview (5 photos). Tu rajouteras questions et réponses ce soir après Stolon. »

« Tu dois aussi coordonner les prises de parole en réponse à son interview dans PQR. Ras-le-bol de ces nazes ! ! ! Tu t'en occupes ? »

« Non, j'avais prévu de me branler dans mon canap. »

« Arrête ! T'es dégueu. »

« Je peux pas le faire au QG, le canap de la boss n'a jamais été livré ! »

Rémi changea la direction de sa marche pour se rendre au QG de campagne, convoqua une réunion avec l'équipe numérique, appela les trois porte-parole pour leur demander d'être prêts à apparaître dans les médias à compter de 19 heures.

Il était aux alentours de 20 h 30 au palais de l'Élysée ; nul dîner ne figurait à l'agenda officiel. François et Charline Stolon recevaient dans la plus grande discrétion Jean-Pierre Peyronnet, PDG du groupe EBRA, son épouse, le couple Manzonni, elle chroniqueuse gastronomique à *L'Express* et lui directeur de théâtre à la retraite, ainsi qu'Anne-Claire Coudray, présentatrice vedette des journaux du week-end de TF1, accompagnée de son nouveau mari. L'apéritif avait été servi dans le salon Paulin, ouvert pour l'occasion, en l'honneur de leurs prestigieux invités. Des purificateurs d'air vrombissaient dans chaque pièce. La première dame, tout en Saint Laurent, avait accueilli ses hôtes en leur expliquant que son mari les rejoindrait dans quinze minutes, car il validait l'ordre du jour du Conseil des ministres, avancé d'une journée au motif de l'urgence à adopter certaines mesures d'organisation des bureaux de vote à la suite des décisions du Conseil constitutionnel. L'alibi avait pris alors qu'il s'agissait plutôt d'enchaîner certains déplacements pour sa campagne. Devancé et annoncé comme il se doit par un huissier, le président de la République s'amusa à observer ses invités se tortillant, essayant de se lever sans renverser leur coupe de champagne, enfoncés qu'ils étaient dans des canapés qui ressemblaient à des poufs ras du sol. Ils passèrent immédiatement dîner dans la bibliothèque Napoléon III, où étaient présentées sur un magnifique guéridon soutenu par des cigognes[1] en porcelaine de Lalanne quatre bouteilles de

1. La présidente du château de Versailles et le commissaire de l'exposition ont fait savoir au narrateur qu'il s'agissait d'autruches du sculpteur Lalanne et non de cigognes.

Corton-Charlemagne, deux de blanc, deux de rouge. Le directeur du groupe EBRA tendit une enveloppe au président, qui contenait, tout juste sorti des presses, un exemplaire des *Nouvelles de la Marne* qui titrait : « Stolon s'engage pour les territoires ruraux. »

Carolina Manzonni, qui avait écrit son premier article sous la présidence de Georges Pompidou, s'autorisa à ouvrir la discussion en portant un toast à la réélection du président, ce qui mit mal à l'aise Anne-Claire Coudray, bien que camarade d'école de Charline, ainsi que le président lui-même, vaguement superstitieux, comme beaucoup de politiques. Dans un geste apotropaïque, il se toucha le front et déclara :

— Je bois à votre présence. Charline et moi tenions à vous inviter, car nous n'aurons plus avant un certain temps une seule soirée libre. Merci Carolina pour votre quasi-bénédiction, elle nous est utile après ces événements tragiques et les pièges tendus par le Conseil constitutionnel.

— Racontez-nous, l'apostropha la journaliste gastronomique.

C'est précisément ce qu'il s'apprêtait à faire.

— Il faudra un jour instruire le procès de la justice, mais je n'y vois, pour cet épisode, que la jalousie maladive du président du Conseil constitutionnel. J'ai réussi à être élu président en ramenant la gauche au centre, son vieux rêve. Il a simplement fait prendre conscience aux Français de l'ambivalence démocratique de ces institutions qui prétendent les protéger.

L'ancien directeur de théâtre, qui connaissait ses classiques, ne s'en laissa pas conter :

— Le Conseil constitutionnel a élargi son domaine de compétence, mais il juge en gardien des libertés publiques.

— Oui... Oui... Ici, souligna le président, il participe à l'organisation de l'élection. Il est donc juge et partie. Je réformerai cette institution au cours de mon sextennat, négligeant toute forme de superstition.

— Vous allez l'annoncer dans quelques jours ? interrogea Elizabeth Peyronnet.

— Non, mais je serai amené à proposer un référendum sur la modernisation de la justice. Le sujet de l'indépendance émergera des discussions. Ce référendum, je l'envisage, probablement à mi-mandat, le même jour que le premier tour des municipales, le temps de laisser le Parlement travailler. Vous avez vu cette pauvre Fabre ce matin sur BFM ? Elle s'est fait détruire par le journaliste !

— Oui, c'est repris par toutes les chaînes en boucle et sur la twittosphère, confirma le président du groupe EBRA.

— C'est pourtant quelqu'un de structuré, qui connaît bien ses dossiers. Mais, franchement, ces émissions où, dès qu'un politique parle quinze secondes, on lui coupe la parole, je déteste. Ça participe à l'affaissement de notre démocratie. Je ne sais pas si c'est la concurrence qui a imposé ce mode d'interview ou si on pense que ça réveille les téléspectateurs. En plus, la télé, ce n'est pas la radio, on peut parler plus lentement. Quoique, le mois dernier, j'étais au « 20 heures » de France 2, c'était pire, dit-il en regardant droit dans les yeux Anne-Claire Coudray qui rosissait de plaisir à entendre le président attaquer sa concurrente. Je n'ai réussi à finir aucune phrase et pourtant j'ai l'habitude. Après, on s'étonne que je fasse des vidéos sur TikTok : j'ai davantage de secondes pour développer une idée.

Le président s'interrompit pour laisser place au spectacle culinaire des quatre maîtres d'hôtel qui, dans un mouvement digne d'un ballet, servirent l'entrée, un consommé de langoustines accompagné d'une quenelle de caviar oscietre suivi d'une volaille truffée et d'un gratin de carottes nouvelles. Pour gagner du temps, on servit le fromage à l'assiette tout en n'omettant pas d'aérer avant et après chaque plat. Même si l'épidémie était moins virulente, il ne fallait pas prendre le risque d'être cloué, malade à l'Élysée en période électorale. Le soufflé au Grand Marnier et son sorbet aux cerises amaretto impressionnèrent les invités, qui pouvaient être blasés de tout. La première dame avait insisté auprès des cuisines pour que le dîner soit expédié en une heure vingt, tempo parfaitement respecté, sans que les convives eussent la moindre impression d'être mal traités. Le café fut pris dans le salon des portraits, ce qui permit au président de leur faire admirer la terrasse et le parc faiblement éclairé pour respecter les consignes gouvernementales de sobriété énergétique. Le printemps n'était pas encore là, mais la fraîcheur de la nuit restait supportable. Anne-Claire Coudray en profita pour glisser au président que ce samedi, avant la campagne officielle, son journal ferait un grand reportage sur les institutions de l'Union européenne. Le président avait saisi le message, vendredi il ferait un son et des images lors de la réunion du Conseil prévu à Bruxelles.

À 23 heures pile, le couple présidentiel raccompagna les invités jusqu'au perron de l'Élysée. Ils les saluèrent comme s'il s'agissait d'un dîner officiel avec un gouvernement étranger. Sans échanger un mot, ils montèrent l'escalier d'honneur main dans la main, suivis deux pas derrière par un garde républicain. L'appartement privé vérifié une dernière fois malgré le militaire qui sécurisait la porte d'entrée, Charline s'assit au piano et, dès les premières notes, le président s'approcha d'elle pour entonner : « *Llego con tres heridas : la del amor, la de la muerte, la de la vida.* » Charline représentait pour le président, avec la gloire, le second pôle de sa vie. En la regardant jouer et chanter, il se dit qu'à 48 ans il ne savait pas vivre autrement. Comme souvent depuis maintenant bientôt trente ans, ils allaient faire l'amour doucement en se rappelant qu'ils devaient se lever tôt le lendemain matin.

Chapitre 15

Les partis de l'étranger s'en mêlent

Nathalie Fabre-Espérance levait les yeux au ciel en signe de désolation. Les fiches que lui avaient préparées ses collaborateurs pour l'unique débat télévisé du premier tour ne la satisfaisaient pas du tout. Elle se refusait à apprendre par cœur des éléments de langage calibrés pour des réponses d'une minute trente. Elle se sentait corsetée, son caractère l'incitait à davantage de spontanéité. Habituée à ne faire confiance qu'à elle-même, après une discussion âpre avec ses équipes – qui pour une fois unanimes avaient plutôt raison, car il fallait aller à l'essentiel dans ce type d'émission –, elle s'enferma tout le dimanche à son domicile pour griffonner elle-même les idées qu'elle souhaitait développer dans cette dernière ligne droite. Ultime concession que lui arracha Rémi Pérou, elle accepta de s'adonner à deux séances de préparation filmées les mardi et mercredi matin avec une agence de communication dégotée un peu en dernière minute par son directeur de campagne. Une ancienne journaliste consultante chez Publiq, l'agence d'Armelle Lantier, réussit l'exploit de lui faire réciter en boucle une introduction et une conclusion, chacune excellente pour l'occasion. Le reste, c'est-à-dire au total huit prises de parole compte tenu du nombre de candidats en plateau, était laissé aux joies du direct.

Cette préparation n'était en rien superflue : une affaire de notes de frais impliquant l'un de ses principaux supporters, précisément le président du comité de soutien des élus, avait plombé l'ambiance dans le camp gaulliste. Les juges et une certaine presse s'en étaient donné à cœur joie afin que la candidate prenne ses distances avec cet élu, président de département au demeurant. Dominée par la crainte de froisser son électorat, sensible aux thèses complotistes quand il s'agissait des siens, elle refusait de céder aux oukases médiatiques quand, sommée de prendre ses distances, elle surjoua l'indignation tout en dénonçant les fameuses boules puantes qui viennent ternir la vie publique. Grâce aux algorithmes des GAFA, les comptes Facebook et Twitter de ses supporters étaient inondés d'articles de presse sur des dépenses de restaurant de l'élu à Méribel ou Saint-Tropez.

Ces polémiques avaient démobilisé son camp et mécaniquement fait monter les estimations de vote d'environ un point en faveur de la candidate de la Ligue. Point que Nathalie estimait pouvoir récupérer grâce à ce débat.

Quant à Rossel, sa stratégie visait à occuper tout l'espace de la gauche contrariée, comme il appelait en privé la gauche contestataire. Il préparait sans aucun état d'âme ses attaques à la limite de la diffamation. On ne fait pas d'omelette révolutionnaire sans casser les codes de la modération libérale. Son seul objectif de premier tour était d'éviter l'hémorragie et consolider ainsi ses bases en vue des prochaines élections. Bases sérieusement sapées par un Louis Cerrier, plus grand, plus beau, allié des socialistes, qui estimait, lui, avoir réalisé l'union de la gauche. Leur socle électoral était très proche, mais ils étaient dans l'incapacité de l'élargir malgré les heures d'antenne que leur accordait depuis des années le service public de l'audiovisuel. Ils ne s'adressaient qu'à un profil sociologique très éloigné du prolétariat en mouvement : les enseignants, certaines professions intellectuelles et les cadres de la fonction publique. Il s'agissait de cette population diplômée qui n'avait pas trouvé sa place dans la mondialisation – sauf pour les vacances, au bilan carbone désastreux – et dont le pouvoir d'achat avait autant été rogné par les restrictions budgétaires que par l'inflation pléthorique des effectifs et le peu d'heures travaillées. Dans les quartiers dits difficiles, cette gauche avait infiltré ou avait été infiltrée par le milieu des musulmans radicaux. Chacun y trouvait un intérêt électoral, une gauche devenue a-laïque s'était inventé un allié de circonstance, faisant semblant de croire qu'elle défendait un nouveau prolétariat tout en soutenant la redistribution, la revalorisation des salaires et une taxe sur les dividendes pour prendre à des riches de plus en plus riches. Comme si le dealer des cités, voisin de palier des islamistes, ne roulait pas en AudiTT et ne rêvait que d'un jet privé pour rejoindre au plus vite son jacuzzi dans une villa louée à Marbella au bras de deux filles et pourquoi pas d'un garçon.

Le président Stolon affichait une sérénité quasi bouddhiste, la presse reprenait ses propositions, son discours de l'après-midi avait été un franc succès, il déroulait minutieusement sa stratégie de campagne. Rien ne le préoccupait ce dimanche soir, excepté un entretien très tendu avec l'ambassadrice des États-Unis, venue l'informer de tentatives de déstabilisation sur la dette française par des fonds activistes anglo-saxons. Afin de travailler, relire posément ses dossiers, il dormait à la Lanterne et avait ordonné à ses équipes de n'être dérangé sous aucun prétexte, seul le secrétaire général de l'Élysée était autorisé à le contacter en cas de crise avérée. Il connaissait par cœur les trente fiches de préparation du débat, suffisantes pour ses quinze minutes de parole ; les combinaisons étaient strictement limitées. Il savait jouer de l'indignation, maîtriser son regard quand il le fallait, avait appris toutes les astuces théâtrales et de la programmation neurolinguistique, sourire quels que soient ses interlocuteurs. Dans des circonstances tristes, il devait redoubler d'efforts pour ne pas se mettre spontanément à sourire au moindre clic d'appareil photo. Personne ne pouvait soupçonner que le président simulait toute la sainte journée. Il lui fallait parfois des heures, seul, pour retrouver en lui-même ses propres sentiments.

Dans cette dernière ligne droite, rien n'était laissé au hasard. Stolon avait peaufiné lui-même tous les points de cet emploi du temps minuté du déplacement de deux jours dans le Sud, qui permettait de traiter à fond l'électorat de droite avec de belles séquences à l'extérieur et retour direct à Paris pour valider l'ordre du jour du Conseil des ministres du lendemain.

Ce Conseil des ministres proprement dit n'avait duré que trente minutes, montre en main. Le reste de la réunion fut consacré, dans le plus grand secret, à la préparation du débat du lendemain. Le président avait demandé à cinq de ses ministres de préparer des réponses à ses interventions d'une minute trente, de lui couper la parole avec des répliques désagréables, en jouant les autres candidats. Le nouveau porte-parole du gouvernement, toujours ministre de l'Éducation nationale, poussa le sadisme jusqu'à s'improviser journaliste en répartissant les paroles. Les meilleures phrases étaient notées, analysées, lors d'un déjeuner avec son équipe de communication et son épouse, puis immédiatement présentées à un groupe test d'un institut de sondage allant du centre gauche à la droite. À 17 heures, le président-candidat disposait d'une recommandation sur trois formules. Il en plaça deux pendant le débat, qui furent retenues par tous les commentateurs comme des moments forts.

Ce qui se passa au moment du débat concernait, comme depuis une dizaine d'années partout dans le monde, les réseaux sociaux. Un étrange hashtag, #jenesuispasunagentdechange, circulait sur des sites plus ou moins téléguidés par la Russie. Un article en anglais, publié sur un site d'information ukrainien du Donbass, évoquait une conversation houleuse entre la vice-présidente américaine et le président français sur le niveau de la dette française. Les différentes officines qui logeaient près des lieux de pouvoir n'avaient intercepté que des bribes de conversation et mal identifié les voix et les discussions. Des mouvements importants eurent effectivement lieu dans la nuit – heure française – sur les marchés monétaires aux États-Unis puis à Tokyo.

Des fonds d'investissement anglo-saxons vendirent massivement de la dette française. Les taux à dix ans repassèrent à 2,9 %. Les analystes financiers s'inquiétèrent des écarts de taux d'intérêt entre les pays européens, ce qui, dans une logique autoréalisatrice, les accentua dans la matinée. La presse spécialisée analysa ces mouvements comme la crainte des marchés de voir l'extrême droite s'installer à l'Élysée, donnant le *la* à ses collègues de la presse politique, qui ne chercha pas plus loin.

À force de dénoncer partout et tout le temps les complotistes, on perdait de vue que parfois se tramaient de véritables complots.

Chapitre 16

London ne répond plus

Lorsque le Premier ministre britannique reçut un appel inattendu du secrétaire privé du roi à 6 h 45 du matin, sa surprise fut telle qu'il s'affaissa sur son oreiller et se rendormit. Ce sommeil ne changea rien au protocole, les autres Premiers ministres du Commonwealth furent prévenus un par un et, moins de quinze minutes plus tard, une agence de presse britannique diffusait l'information : « Sa Majesté le roi Charles III s'est éteint ce matin d'une crise cardiaque dans son sommeil à l'âge de 74 ans. » Simultanément, dans toutes les rédactions britanniques, une lumière bleue s'était allumée pour éviter de diffuser des programmes inappropriés au même moment. La nouvelle était transmise dans les avions en provenance ou en partance d'Angleterre. Les passagers qui y étaient autorisés se levaient et avec une dignité toute britannique entonnaient une nouvelle fois un *God Save the King*.

À Paris, le président Stolon l'apprit à la même minute que tous les Français, il écoutait la radio dans son bureau lorsque l'interview matinale de la candidate trotskiste avait été interrompue. Toutes les télévisions et radios rappelaient leurs présentateurs vedettes, les nécrologies s'enchaînaient sur ce monarque qui aurait régné si peu de temps, victime d'un malaise dans son sommeil, probablement une belle mort. Le chef de cabinet et la conseillère presse firent irruption dans le bureau du président. Celle-ci l'interrogea après un rapide bonjour :

— Monsieur le président, vous étiez censé être au « 13 heures » de France 2. Il va être impossible que vous soyez audible sur votre campagne. Préférez-vous un duplex ou être sur le plateau ?

— Faites-moi préparer au moins trois minutes sur la monarchie britannique et les liens historiques, profonds, qui unissent nos deux pays.

— Les obsèques auront lieu dans neuf jours exactement, précisa Bola. Nous allons caler un appel avec le Premier ministre, le roi William et l'ambassadeur du Royaume-Uni. Dès que le livre de condoléances sera ouvert à l'ambassade, vous vous y rendrez. Vous devez être le premier signataire.

— Bien, Carine, voyez quelle sera ma place dans ce « 13 heures ». Je ne peux pas attendre sur le plateau.

— Il va y avoir des invités en plateau, c'est obligatoire vu la programmation d'une telle journée, même s'ils sortent tous, ça va être entre deux séquences sur ce sujet.

— Alors faisons un duplex. Je dois aussi m'entretenir avec le Premier ministre israélien sur l'Ukraine.

Le tirage au sort lui avait porté chance, avait-il pensé quelques jours auparavant. Il était, en effet, le dernier candidat à parler lors d'un journal télévisé de grande écoute, car il n'y avait aucun invité d'envergure sur TF1. Ce qui aurait dû être une chance se transforma en un enchaînement implacable de contrariétés dont il fut la victime bien malgré lui. L'interview fut poussive, comme le sont souvent celles effectuées en duplex. Le journaliste, après l'hommage très convenu du président au roi, ne lui parlait que des taux d'intérêt et de la spéculation sur la dette liée à une éventuelle anticipation de la victoire de l'extrême droite. Le président Stolon était factuel, précis, mais semblait très loin des préoccupations des téléspectateurs. Trop monarque, trop financier, pas assez batailleur.

Les petits candidats en étaient à leur petite phrase, leurs porte-parole se succédaient sur les plateaux des chaînes info jusqu'à 20 heures et on avait du mal à y voir autre chose que de la propagande. Rossel et le candidat écologiste avaient fini d'écœurer les militants laïques et modérés à coups de clin d'œil aux quartiers, qui allaient donc voter pour un petit candidat fantaisiste mais républicain, car de toute façon les sondages convergeaient, aucun candidat de gauche ne pouvait être au second tour. Telle était la leçon de ces dernières semaines.

Valérie Mézenc conclut sa campagne par un rassemblement symbolique, vendredi à 14 heures, place de la Concorde, toute vêtue de noir. En souvenir de la guillotine, plaisantait maladroitement son directeur de cabinet auprès du rédacteur en chef du *Figaro*. Juchée sur un mini-podium, entourée d'une vingtaine de militants et de quelques élus venus de son QG, elle ne s'exprima que cinq minutes, par un simple message, sous forme de clip ressemblant à une mini-série, tout en bleu-blanc-rouge.

« Tous ces banquiers du monde appartiennent à une seule patrie : l'illégalité. La nôtre, la France que nous aimons, celle où nous sommes enracinés, nous avons deux jours pour la faire gagner, dix-sept jours pour la faire triompher et cinq ans pour la faire revivre. »

Tous les sondages notaient depuis quelques jours une montée possible de la participation, avec d'ailleurs une mobilisation des jeunes. C'est celui de 15 heures, en attendant celui du concurrent de 18 heures à 0,5 point près identique, qui s'amusa à jouer avec les nerfs des candidats et des équipes.

Valérie Mézenc : 23,8 %
François Stolon : 23,4 %
Nathalie Fabre-Espérance : 19,8 %
Joseph Rossel : 13 %
Louis Cerrier : 11,9 %
Les autres candidats : 8,1 %

Chapitre 17

Rois de la nuit

Paris, vendredi, 3 h 30 du matin

C'est fou j'travaille tout le temps
Mais c'est les vacances dans ma tête

Rémi Pérou chantonnait Orelsan et dodelinait la tête, en rythme, les mains en l'air, mi-rappeur, mi-prêtre de l'antiquité égyptienne. Sans difficulté, il avait accepté d'accompagner son collègue au Bazar Urbain, une boîte gay un peu démodée à l'atmosphère bon enfant où, n'en déplaise à certains, on faisait encore la fête à Paris. Ils savaient qu'ils n'allaient pas être au second tour et voulaient s'amuser avant la triste journée de dimanche. L'alcool et la drogue aidant, Rémi s'abandonnait à une douce mélancolie ; il méditait l'échec de son mariage en dansant seul, son esprit glissait en pensée sur le corps de Victoire.

Il ignorait s'il se sentait vieillir, mais songeait à la satisfaction qu'il aurait à reprendre la vie des anonymes dès lundi. Allait-il s'inviter quelques jours à L'Isle-sur-la-Sorgue ? Il ne fallait pas précipiter les choses. Oui, la vie est belle…

Alors qu'il dansait voluptueusement, la tête en Provence, un homme de plus d'un mètre quatre-vingt-dix, aux épaules carrées, s'approcha de lui :

— Vous êtes bien le collaborateur de Nathalie Fabre-Espérance ?

La descente fut presque immédiate.

— Pas ici ! lui répondit Rémi. Et je ne suis pas gay, ajouta-t-il, croyant se faire draguer.

— Moi non plus, répondit l'homme, qui manifestement semblait armé.

Rémi comprit qu'il avait affaire à un garde du corps, un ancien militaire ou un ancien policier reconverti dans le privé, jugea-t-il à son costume de marque.

— Mon patron souhaiterait vous parler.

Il désigna, attablé seul devant un verre dans un coin où il ne pouvait pas être aperçu, Anton Sodenberg, sombre et pensif.

Rémi fit quelques pas avec le garde du corps en se faufilant en direction de la table.

— Vous aimez l'ambiance ici ?

— La musique est sympathique, ça change les idées et il y a quelques filles qui viennent danser, croyant qu'elles ne se feront pas draguer.

Rémi s'approcha. Malgré un sourire atmosphérique qui trahissait son état, il tentait de contrôler ses pensées pour demeurer au maximum lucide. Il ne voulait pas être aperçu en pleine discussion avec le neveu de la candidate d'extrême droite.

— Vous vouliez me parler. Je ne crois pas que ce soit habile, ce soir et ici.

— Oh, ne le prenez pas mal. J'ai lu des trucs sur vous et je vous voyais tout seul. Vous vous souvenez que nous nous sommes croisés lors de la campagne européenne.

Et si le soleil se lève sur les autres

Même si la voix d'Adé diffusée par les haut-parleurs accentuait en temps normal le caractère mélancolique de Rémi, son état mi-high mi-épuisé lui fit baisser la garde.

— Oui, venez danser dans trente secondes, on ne peut pas s'asseoir à la même table, c'est bourré d'assistants parlementaires ici, lui cria Rémi dans l'oreille.

— OK ! Je ne voudrais pas stimuler votre paranoïa, mais je crois que danser, c'est pire !

Anton se leva quelques instants plus tard et s'approcha de Rémi.

— On aurait dû se parler il y a bien longtemps.

— Qui vous dit que nous allons parler ? Nous avons des convictions tellement opposées, répondit Rémi en guise de cliché.

Compte tenu de son état, Rémi s'évertuait à économiser sa parole. Il voulait simplement danser et rentrer se coucher. Être aperçu avec un adversaire politique à vingt-huit heures du second tour n'était pas une riche idée. Il jeta même un regard vers le garde du corps pour voir s'il ne prenait pas de photos avec son téléphone portable.

— Vous avez fait une bonne campagne, lui hurla Anton pour dégeler l'atmosphère.

— La vôtre ne change pas vraiment par rapport à ce que faisait l'extrême droite, c'est l'époque qui se rapproche de vous.

— Merci pour le compliment ! répondit Anton qui s'attendait au moins à un hommage équivalent. Ai-je une tête de facho ? Vous avez trop écrit d'argumentaires limités pour le format de vos groupes WhatsApp. Vous auriez dû être avec nous, vous auriez été dans le camp des gagnants, poursuivit-il sans la moindre assurance.

— Vous serez face à Stolon, tout sera ensuite question de l'implication des grands médias. La suite, vous la connaissez : les émeutes, brèves, le durcissement, comme un nouveau confinement. Alors, continuons à danser, car, pour vous, c'est peut-être votre dernière soirée en boîte.

— Nous danserons ailleurs, dit Anton, comme rasséréné par les paroles de Rémi. Il savait que si Valérie était face à Nathalie, il perdait cette élection. Mais, face à Stolon, c'était jouable.

— Il y a quoi là-dedans ?

Au haussement d'épaules de Rémi, il s'empara de son verre et avala une bonne gorgée. Il savait ce qu'il faisait alors que Rémi lui avait fait également un non de la tête.

— Vous n'avez pas le Covid ? Sinon, c'est trop tard. Désolé, je suis très tendu pour la suite.

— Je vous connais, vous et vos amis, vous allez dire à la presse que nous nous sommes vus avant le premier tour.

— Non, s'agaça Anton, moi aussi j'avais envie de danser. Danser seul, c'est triste. Mais que faites-vous là, vous n'êtes pas familier de ces lieux ?

— Si, en fait, j'ai accompagné un collègue, enfin, un ami, qui a ramassé un militant comme d'hab. Mais moi j'aime bien danser seul, alors j'attends la fin de la nuit.

— Célibataire ?

— J'ai divorcé il y a peu de temps. J'ai revu il y a quinze jours un amour de jeunesse.

— Et vous ?

Et seule tous les soirs, je reste dans le noir.

— On s'amuse bien pendant les campagnes électorales, répondit Anton, qui affichait un air sûr de lui et souriant, une sorte d'effet placebo précédant la montée.

— Ce sont les campagnes où l'on baise le plus qui sont les campagnes victorieuses. Vous serez probablement au second tour, c'est beaucoup plus sûr que les sondages, même si ceux d'aujourd'hui me semblent assez fiables !

Anton se colla à Rémi et lui vola doucement un baiser dans le cou. Remi se laissa faire. Des pensées extravagantes traversèrent son esprit, mais il se moquait de lui-même. Je suis le principal collaborateur de la candidate de droite, et je me fais presque rouler une pelle par le fils de la candidate d'extrême droite. Il se mit à rire longuement :

— Baiser du diable. Au diable !

La nuit se finissait, ils s'étreignaient entre adversaires. Plus de drogue... Plus jamais de drogue dans de telles circonstances. Rémi descendait, Anton, lui, montait. Puis Rémi le regarda et se mit à chantonner avec les autres danseurs :

On va s'en tenir simplement à nos rôles
Je sais que c'est triste mais je suis sous hypnose
Plus tu t'approches et plus j'appuie sur pause.

Il était vraiment temps de s'éclipser. Anton lui souriait jusqu'aux yeux et poursuivit :

— Vous ne devriez pas être seul, tout le monde dit que vous êtes un chic type.

— La politique dévore tout.

— Mais si vous étiez parti, pourquoi être revenu ?

— J'aime mon pays et c'est peut-être ce que je fais de mieux.

— Moi, j'aime ma tante.

Rémi s'en voulait de se laisser entraîner dans de telles confidences, il fallait prendre la fuite au plus vite.

— Allez ! On doit tous se coucher.

— Merci de veiller sur mon sommeil ! lui dit Anton, qui lui fit une bise à la commissure des lèvres en riant encore. J'en profite : dans quelques années, même les gays n'auront plus le droit !

Rémi lui sourit confusément, prit la direction du vestiaire tandis que sa tristesse refaisait surface. Anton avait dérangé ses douces rêveries alors qu'il avait réussi pendant quelques heures à s'échapper des pensées défaitistes qu'il ruminait depuis trois semaines. Un excès de sensibilité, l'envie de parler aussi à quelqu'un qu'il considérait à son niveau, l'avaient amené à transgresser ses tabous politiques. Parler directement avec l'adversaire ! La drogue n'y était pour rien ; elle n'avait révélé que ce qu'il pensait au fond de lui. Il aurait aimé conduire la campagne qu'avait orchestrée Anton. Nathalie n'était pas faite pour être candidate. Gouverner, oui, elle avait appris au fil des ans. Il ne se vantait pas de mieux connaître le pays qu'elle, mais il ne vivait pas dans ce couple infernal haute fonction publique-politique. Rémi était persuadé qu'on entrait dans un nouveau cycle, la période que nous vivions était une autre Révolution française, pas une guerre mondiale. Il aurait fallu incarner les espoirs d'une nouvelle génération et prendre des risques, les autres auraient suivi. Trop fort, comme aimanté, il se retourna une nouvelle fois vers Anton et lui lança :

— Revoyons-nous quand tout ça sera derrière nous.

Rémi ne savait pas s'il devait regretter son appel du pied. Il se rassura en se disant qu'il l'influencerait peut-être et éviterait toutes ces mesures absurdes qui font perdre du temps. Anton riait avant tout au double sens de cette phrase, même lui n'avait pas envie de tous ces garçons derrière lui.

— Vous faites quoi lundi ? lui demanda Anton du tac au tac.

— Je pars à la campagne, je coupe le téléphone, et je m'allonge dans une chaise longue.

— Vous reviendrez vite !

— Juste pour voter pour le second tour et, désolé, vous savez déjà pour qui. Dormez bien !

Rémi marchait. Pas si droit que ça. *Tant que je serai aimé / Je survivrai*. Les paroles de cette dernière chanson entendue alors qu'il récupérait son vieil imper au vestiaire, il ne pouvait s'empêcher de les fredonner en pensant à ce déjeuner, il y a quinze ans avec Régine, un jour d'élection[1]. Quel doux souvenir. Déjà une autre époque.

Cette nuit, Paris lui paraissait tellement sale. Il enjamba une trottinette abandonnée au milieu du trottoir et pissa sur un lampadaire qui ne tenait que consolidé par des blocs de bétons scotchés. Il voulait appeler Victoire, lui raconter

1. Hommage personnel de l'auteur à la chanteuse.

ce qu'il venait de faire mais à quoi bon s'abaisser à ses yeux. Il voulait la revoir, sentir ses seins, boire du vin et s'endormir dans ses bras.

Chapitre 18

Il est temps d'aller voter

Charline et François Stolon avaient tenu à mettre à profit le week-end du vote pour élaborer le déroulement du programme des deux semaines à venir sans être importunés par la présence continuelle de collaborateurs. Leur fils les avait rejoints pour le dîner du samedi dans leur maison de Bourg-la-Reine. Pour lui épargner le stress et la foule des photographes, Charline irait voter à sa place. Ils se retrouveraient ensuite tous à la Lanterne pour un rare moment familial. François Stolon savait que les images d'un jogging ou d'une balade à vélo seraient utilisées pour des films sur une victoire ou une défaite. Il préféra donc recevoir en fin de matinée, à l'Élysée, le journaliste embarqué sur sa campagne, pour montrer que, même un tel jour, il était tout à sa tâche de président de la République. Le dernier sondage du samedi – non publié, mais qui circulait à la vitesse des boucles Telegram ou des groupes WhatsApp – mettait

Valérie Mézenc à 25 %, lui-même remontait à 24,5 % et la candidate de droite à 20,9 %. Pour le président, ce sondage ne comptait pas ; les familles, les amis n'avaient pas pris le temps de la discussion du week-end. Une fois le journaliste expédié, le président rejoignit les siens en toute discrétion dans la somptueuse résidence présidentielle des Yvelines. Charline avait décidé des détails de l'emploi du temps familial jusqu'à 16 h 30, heure des séparations. Ils déjeuneraient tous les trois dans le grand salon d'une assiette de véritables spaghetti carbonara – sans crème et avec de la ventrèche de porc –, puis d'une tarte aux fraises, chacun un plateau sur les genoux en visionnant *Les Gendarmes et les Extraterrestres*. Ils avaient hésité avec *Papy fait de la résistance*, mais ce film comportait trop d'allusions politiques. Le président ferait ensuite une sieste de trente minutes, puis ils iraient se balader, tous les trois, avec dix gardes du corps et un groupe de tireurs d'élite, aux abords du Grand Canal du parc de Versailles, dans une zone boisée, vidée de tout visiteur.

Charline Stolon dissimulait son inquiétude. Elle avait été ébranlée par l'absurdité de l'odieuse machination, tant elle était certaine de la probité de son mari. La position difficile dans laquelle il se trouvait depuis qu'il avait été espionné par des puissances hostiles nécessitait calme et sérénité. Alors si Versailles les plongeait au cœur du Grand Siècle, où tout était fait pour incarner le pouvoir, le lieu rappelait que derrière chaque courtisan pouvait aussi se cacher un ancien frondeur. La cour de jeunes marquis qui entourait le président manquait sérieusement de culture historique. Elle ne leur faisait pas confiance pour élaborer une riposte graduelle et efficace. Rien de plus déstabilisant que d'avoir été espionné. Elle décida que durant les six jours à venir, pour ce sujet et les plus stratégiques, elle ne communiquerait que par papier manuscrit. Jusqu'à 16 heures, le président ne montra à son fils aucun signe de fébrilité, bien que de nombreux sondages commençaient à leur parvenir. Au grand soulagement de Jean-Pierre Bola, le préfet-chef de cabinet qui trépignait à la porte du pavillon de la Lanterne, Charline se proposa d'accompagner leur fils jusqu'à l'Eurostar, laissant son président de mari aux mains d'une équipe dont elle s'accommodait auparavant et qu'elle supportait de moins en moins. C'était injuste pour Bola, mais elle était davantage en contact avec lui qu'avec d'autres. Elle lui demanda un exemplaire du discours, puis s'engouffra avec son fils dans sa voiture. Elle aurait suffisamment le temps pour tout relire et corriger, le président ne s'exprimant que pour 21 heures. Il n'était de toute façon pas question pour l'instant de prêter attention publiquement aux rumeurs d'espionnage. Elle n'avait d'ailleurs pas réussi à trouver les mots pour une riposte. L'urgence commanderait sa réflexion.

Dans son appartement parisien, Nathalie Fabre-Espérance n'en revenait pas des documents qu'elle tenait dans ses mains. Des papiers imprimés émanant du dark Web transcrivant une conversation entre la vice-présidente des États-Unis et le président Stolon. Circulaient également des fichiers audio, tronqués, qui ressemblaient bien à leurs voix respectives. « 650 millions », « Je n'ai rien signé, ni aucun projet de fixe si je perds », « Stolon works for us », « agent de la CIA ». L'article mentionnait un possible recrutement du président lorsque, préparant son doctorat d'économie après avoir réussi l'agrégation de lettres, il avait participé au programme des Young Leaders. Cette rumeur avait prospéré le jour du dernier débat de la campagne. Depuis vendredi, il s'affirmait dans le microcosme que le président Stolon avait estimé qu'il ne fallait pas évoquer ce sujet pour ne pas le nourrir.

Nathalie se demandait si elle n'accéderait pas finalement au second tour grâce à ou à cause de la propagation de cette rumeur. Il y a toujours une surprise dans une élection, et si la surprise, c'était elle !

Elle avait refusé la présence d'un journaliste embarqué dans sa campagne pour éviter que les séances de débriefing avec ses équipes – qui sont aussi des moments où tout le monde lâche prise – deviennent tendues et contrôlées. Pour satisfaire à ce rituel télévisuel, elle avait accepté d'être filmée durant trois entretiens d'une demi-heure, répondant seule aux questions d'un journaliste. Ce samedi à 12 heures, Nathalie Fabre-Espérance allait donc être filmée derrière le bureau de son domicile, le dossier dark Web rangé dans une pochette intitulée « stratégie du second tour ». Sa fille entra – il était convenu qu'elle ne serait filmée que de dos – et lui montra son portable, où un sondage la créditait de 20 %. Elle souriait et commenta face à la caméra, autant pour conjurer le sort que pour paraître experte en élections : « Les sondages du samedi sont souvent inexacts, mais je remonte ; nous verrons bien, ce qui est important, ce sont les familles qui discutent le samedi soir ou lors du déjeuner du dimanche. » Elle avait textoté au vieil ami de son père, l'avocat Dominique Villeret de Saint-Jacques, qu'elle aimerait le voir au plus vite. L'intéressé avait tout d'abord trouvé un prétexte pour décliner l'invitation, mais Nathalie insista : « Tu habites à côté, j'ai croisé ta femme ce matin… Viens, tu peux bien faire ça pour la famille. » Et c'est ainsi qu'entra dans l'appartement, sous l'œil d'une caméra qui filmait sans interruption, Dominique Villeret de Saint-Jacques.

Une fois le journaliste sorti de l'appartement, Nathalie conduisit l'ancien ministre au salon et lui tendit le dossier :

— C'est pour ta stratégie de second tour que tu m'as fait venir d'urgence ? Je croyais que tu avais un problème grave ! Et puis la présence d'un journaliste, ce n'est pas la meilleure idée.

— Ouvrez !

Car elle le vouvoyait alors qu'il la tutoyait, comme lorsqu'elle était petite fille. Il regarda le dossier, qu'il avait lui-même déjà lu.

— J'ai entendu parler de tout cela. Tu devrais tout de suite détruire ces pages, c'est mieux qu'elles ne soient pas passées entre tes mains.

La candidate courut vers le broyeur de documents de son bureau, puis alluma un feu de cheminée, dans la douceur du mois d'avril !

— Les services britanniques, qui sont les plus objectifs dans ce dossier, estiment que les voix sont réelles. Il s'agirait de celle de l'ambassadrice des États-Unis, non celle de la vice-présidente.

Nathalie se figea, interloquée, les yeux grands ouverts.

— Les enregistrements sont coupés, poursuivit Villeret. Le fameux hashtag qui circulait le soir du débat, mentionnant un « jenesuispasunagentdechange », était une mauvaise transcription de « je ne suis pas un agent de la CIA ». Le lieu de la conversation doit être proche de l'Élysée, l'hôtel Marigny peut-être, mais les bureaux sont sécurisés, à moins que ce soit un salon qui d'habitude ne sert pas, si ce n'est à faire patienter des invités. Il n'y a que cette pièce qui puisse être surveillée par des puissances étrangères.

— Que penses-tu de l'impact sur l'élection ? Tu crois qu'il va perdre ? Tu penses que je vais gagner ?

— Nathalie, c'est un sujet beaucoup plus vaste. Il s'agit de la France, de l'Amérique, de la puissance ! Voilà des années que tout un monde se comporte comme si nous étions colonisés par les Américains. On traite davantage l'élection présidentielle américaine que la nôtre, une décision de la Cour suprême sur l'avortement concentre plus d'attention que les interdictions de nos voisins européens. Cette crise sera peut-être une aubaine pour s'affranchir une nouvelle fois de l'influence de l'Empire.

— Mais si je suis face à Valérie, je gagne automatiquement. Simplement, je ne suis pas prête, tu sais.

— Je ne suis pas venu pour te parler des élections, Nathalie. Ces documents, ils vont, pour parler pudiquement, animer ce second tour. Ils abordent d'ailleurs nos difficultés monétaires, qui sont réelles. L'ambassadrice des États-Unis l'informait d'attaques de fonds souverains qui se sont révélées exactes et il l'a mal pris.

— Tu crois qu'il a été espion ?

— Ce n'est pas le bon terme.

— Une sorte d'agent ? Ce serait terrible pour la France.

— Quoi qu'il en soit, Nathalie, il n'a jamais été des nôtres !

— Reste déjeuner, tu connaîtras mieux ma fille. Antoine arrive au café, il est passé à son bureau. Appelle ta femme, si elle peut se joindre à nous.

Dominique Villeret de Saint-Jacques ne put pas dire non au si joli sourire qu'il avait connu enfant et s'exécuta. Il évoqua le souvenir du père de Nathalie, les récits qu'il lui faisait lors de son stage dans son cabinet d'avocats, sur l'univers gaulliste des années 60, de cet appartement qui avait accueilli tous ces barons et leurs maîtresses. Ce fut pour lui, étudiant, avant d'intégrer l'ENA, un endroit privilégié pour observer les us et coutumes des grands de ce monde, quand la France faisait encore partie du club. Il réussit l'exploit de ne jamais parler du scrutin du lendemain. Nathalie raconta une nouvelle fois qu'elle avait décidé de travailler dans l'aéronautique à l'issue d'une visite de Marcel Dassault à son père, que sa passion pour l'industrie venait de là. Dominique ne regretta pas ce déjeuner aux souvenirs épars. À 67 ans, il portait beau, son esprit était d'une agilité exceptionnelle ; se replonger dans ses souvenirs de jeunesse lui donnait la faiblesse de penser qu'il pouvait encore être utile à la Nation.

Valérie Mézenc avait mal dormi. Ce premier tour la placerait sûrement en tête, mais elle n'arrivait pas à se mettre dans la peau d'une gagnante pour aborder ces deux semaines avec entrain. Elle avait pris des cours de théâtre avec un très mauvais acteur, alors qu'une légende vivante du cinéma figurait parmi ses rares amis. Celui-ci avait décrété qu'elle n'avait pas besoin de ces artifices, moyennant quoi elle était techniquement en dessous de ses adversaires. Ses équipes étaient meilleures que lors de toutes ses précédentes campagnes électorales, les jeunes militants avaient été remplacés par de jeunes diplômés recrutés pour leurs capacités au travail et leur connaissance des réseaux informatiques. Sa famille, bercée dans la politique, lui avait été indispensable pour accompagner son ascension, mais il lui manquait des hommes d'expérience.

Elle ne pensait d'ailleurs qu'à des hommes, comme si son père lui avait transmis une forme de misogynie pour l'exercice du pouvoir. Elle ne s'était pourtant jamais sentie faible, ni moins douée qu'eux, mais certains hommes la rassuraient. Celui qui avait toute sa confiance, Dominique Villeret de Saint-Jacques, ne répondait pas à ses deux messages ; elle s'en voulait d'insister. Il l'impressionnait par son élégance, sa culture et son aisance dans l'establishment qui la méprisait, elle. Les larmes lui montaient aux yeux. Elle se sentait seule, fatiguée. Elle appela Anton cinq fois, il ne répondait pas non plus. « Encore en train de s'envoyer en l'air, celui-là », s'énervait-elle. Elle se rendormit, fit un mauvais rêve où son père lui apprenait à nager. Elle agitait ses bras sanglés d'immenses brassards. Il hurlait dans un mégaphone qu'elle n'arriverait à rien sous le regard de chasseurs aux rires gras, saoulés par des litres de vin rouge et qui avaient déposé leurs fusils aux pieds de la table de jardin en plastique blanc.

L'appel de son directeur de cabinet pour lui donner le dernier sondage, où elle baissait encore d'un demi-point, la réveilla en sursaut. Il essuya sa colère lorsqu'il affirma qu'on ne saurait que tard dimanche qui serait son adversaire du second tour. Elle lui répondit que c'était plié, que ce serait Stolon, que décidément elle était la seule à comprendre les Français dans cette équipe de...

— Finalement, vous préféreriez que Nathalie gagne, vous retrouveriez ainsi tous vos amis préfets au gouvernement.

— Madame, il faut que nous parlions des thématiques pour vos meetings d'entre-deux-tours.

— Ça se voit que vous voulez m'épuiser. L'enjeu, c'est le débat. Je dois être béton.

— Mais un débat ne déplace aucune voix.

— La question n'est pas là, je le sais. Je dois faire présidente.

Elle raccrocha. Les conversations avec son directeur de cabinet étaient un supplice et toujours pas de messages de Dominique. Un SMS ! Le rythme de son cœur se mit à accélérer. En quelques fractions de seconde, le nom d'Anton s'afficha. Elle se sentait encore plus seule :

« Je t'aime », lui avait-il écrit.

Elle pleurait à chaudes larmes.

« T où, tu peux venir ! »

« Je descends. »

En moins de trois minutes, Anton apparut, les yeux encore rougis du manque de sommeil, de l'alcool ou de... elle ne savait quoi d'autre. Mais il restait beau, un peu amaigri dans son vieux pull en cachemire et son pantalon en lin froissé. Il se jeta dans ses bras, s'allongea sur un oreiller comme quand il était petit, enfin, jusqu'à ses 20 ans…

— Tu sens mauvais ! lui dit-elle.

— Tu vas être présidente ! Et on est là. Je vais nous préparer du thé et du saumon fumé, il est déjà midi et demi. Tu vas déjeuner léger.

— File sous la douche, tu sens vraiment mauvais ! Allons nous balader au bois de Vincennes, il ne fait pas froid, on pourrait même aller au musée de l'Immigration.

Ils éclatèrent de rire.

— J'ai même croisé un conseiller de chez Fabre qui m'a dit qu'on allait gagner…

— Trouve-moi plutôt un coupe-file, on va au Louvre. J'ai envie de manger moins léger, et on sélectionne nos salles de visite : la Renaissance, les appartements de Napoléon III, on verra pour le reste.

— Tu préviens ta sœur et son mari, je ne veux que vous trois.

— Et dix gardes du corps ! Tu t'habilles en bleu ?

— Oui, bleu sobre.

Elle jeta un coup d'œil à son téléphone et le sourire lui revint.

Chapitre 19

La nuit des bons sondeurs

Le cérémonial d'un dimanche d'élection fonctionnait depuis des années selon un rituel immuable que seules les avancées technologiques avaient réussi à écorner : les candidats votaient tôt, les chiffres de la participation étaient publiés à midi et à 17 heures, les premières estimations étaient dévoilées à 20 heures. Puis Twitter brisa tous les embargos. Derrière des images convenues et des communiqués de presse, une immense machine se mettait en action sur tout le territoire national. Les quelques reportages rendaient rarement compte de la réalité de travail abattu lors de cette journée ; les télévisions insistaient avant tout sur leur propre dispositif. Celui d'une élection reposait sur un ministère, le ministère de l'Intérieur, avec comme bras armé ses préfets et ses sous-préfets, et bien sûr de la plus petite mairie à l'Hôtel de Ville de Paris.

Les premiers faux sondages circulaient vers les 15 heures, vite démentis par les instituts. Les tweets de soi-disant radios extérieures colportaient d'autres rumeurs, parfois moins fantaisistes, mais toujours partisanes.

Dans les instituts de sondage, les statisticiens moulinaient des données qui traitaient les résultats des sondages effectués au cours du dimanche ainsi que les premiers résultats des bureaux tests qui fermaient à 19 heures. Ils envoyaient des correspondants dans des préfectures où ces bureaux fermaient afin de pouvoir analyser en temps réel les résultats transmis et refaire tourner leurs modèles mathématiques.

Ce dimanche, comme pour jouer avec les nerfs des candidats, les sondages du matin furent différents de ceux de l'après-midi dans tous les instituts, mais sans aucune cohérence : ceux qui donnaient la candidate de la Ligue en tête le matin y plaçaient Stolon l'après-midi, puis inversement. Une seule certitude, la gauche ferait un score plus élevé que prévu, mais pas suffisamment haut pour figurer au second tour. Sur les plateaux de télévision, les sondeurs et les journalistes commençaient à s'embrouiller et à échafauder différents scénarios, dont celui de ne pas être en capacité de donner d'estimations à 20 heures. La vague d'estimations qui arriva vers 19 h 30 ne permettait pas de départager Mézenc et Stolon.

Une forme de fébrilité, mêlée à la concentration des minutes avant un direct, gagnait les locaux de France Télévisions. Benoît Lefèvre, directeur de l'institut de sondage partenaire, tenta de sortir freins et parachutes en direction des journalistes politiques de France 2 :

— Il faudra pondérer notre estimation avec les premiers résultats du ministère de l'Intérieur. Nos statisticiens avaient prévu cette hypothèse. Nous avons un modèle prêt pour agréger les quelques petits bureaux fermant à 19 heures qui sont sélectionnés pour être proches du vote national. Mais ça va prendre quelques minutes encore pour bien affiner ces résultats.

À 19 h 50, la directrice de l'information nationale commençait à perdre ses nerfs. Elle prit vivement à partie le directeur de l'institut de sondage, sous les yeux médusés des représentants des candidats qui s'installaient en plateau. Il lui répondit, stoïque :

— Selon nos sondages, Stolon serait en tête de 0,2 point, mais les premiers votes dépouillés en province sur nos bureaux tests nous disent l'inverse.

— Mais les grandes villes vont amplifier son score, coupa la directrice !

— Oui, si on cumule les votes lors d'un dépouillement classique heure par heure, mais pas si les bureaux que nous avons choisis sont bien représentatifs du pays !

Guillaume Collin, président de la région Centre, représentant de Nathalie Fabre-Espérance, n'avait pas davantage d'éléments en sa possession et se sentait bien démuni pour intervenir. Les éléments de langage fournis par le préfet Casanova lors de la réunion de 18 heures pour acter de leur défaite ne lui convenaient pas. Il l'éloignait trop de l'électorat de droite. Si Mézenc virait en tête, elle aurait le vent dans le dos et pouvait gagner. Il détacha son micro, sortit quelques instants pour appeler son vieil ami du ministère de l'Intérieur, rencontré sur les bancs de l'ENA, le préfet Berthemon.

— Bonjour Jacques, tu n'es pas en plateau ? Je viens de te voir sur mon écran.

— Si, mais Lefèvre n'a que des fourchettes. Qu'avez-vous au Conseil constitutionnel ?

— Les informations que nous transmet le ministère. Dans le logiciel, je vois Mézenc en tête en province, à la fois dans les bureaux tests et les quelques villages qui ont dépouillé, mais pour ces derniers c'est la logique politique. J'appelle tout de suite le chef du bureau des élections. Reste en ligne.

Georges Berthemon s'amusait. Il était, ce soir encore, au centre de tout. Il appela son ancien collaborateur.

— Amir, nous voudrions avoir une estimation stable.

— Le logiciel ne se trompe pas : Mézenc, Stolon, puis Fabre. J'échange avec tous les instituts. Ils convergent avec nos chiffres.

— Merci Amir.

Il raccrocha, informa son ancien condisciple que c'était plié pour sa candidate et composa, l'air goguenard, un autre numéro.

— Allô Bola ?

— Bonsoir, cher collègue, je ne peux pas parler fort, je suis avec le président de la République. Y a-t-il un problème au Conseil ?

— Non, Bola, je voulais que nous croisions nos informations.

— Nous sommes prudents, les instituts divergent un peu. Nous sommes sûrs que le président sera au second tour.

Le président fit une grimace contrariée à son collaborateur, qui venait d'oser prendre un appel dans un moment aussi intense. Jean-Pierre Bola chuchota, épouvantablement gêné, dissimulant d'une main le micro du fil des écouteurs de son téléphone portable tout en haussant les épaules, l'autre main tendue vers le ciel : « Berthemon au Conseil constitutionnel », signifiant ainsi qu'il était obligé de répondre à l'institution. Le président se pencha sur son projet d'allocution en se disant que tous ces gens n'avaient vraiment rien d'autre à faire que d'essayer d'obtenir des résultats quelques minutes avant les chaînes de télévision et prit tendrement la main de Charline.

À France Télévisions, la directrice de l'information n'en finissait pas de martyriser son sondeur attitré. Elle contestait son analyse et l'empêchait de réfléchir. Or, il ne restait plus que cinq minutes pour prendre une décision.

— Quand sera votre prochaine estimation ?

— À 19 h 57, répondit le sondeur.

— On prendra celle-là, alors.

— Comme je vous l'ai dit, elle risque de ne pas être conforme à celle des autres instituts ni aux premiers dépouillements représentatifs. Mettez une fourchette avec les deux candidats arrivés en tête.

— Mais enfin ! Stolon est-il en tête dans vos sondages ?

— Oui, dans le dernier.

— Alors je le mets en tête avec une fourchette.

— Vous ne devriez pas, mettez-les à égalité pour l'instant, dans une fourchette.

— Mais qui est en tête dans vos sondages ?

— Stolon.

— Alors je le mets en tête !

L'incompréhension était totale entre les deux. Difficile d'affirmer qu'il y avait là une volonté manifeste de favoriser Stolon. Des années à passer sur le gril des interviewés, à animer des émissions sur des scandales réels ou mis en forme, avaient forgé un caractère qui laissait peu de place au doute ou à la contradiction. Quand la moraline s'y greffait, une tendance à l'inquisition devenait la règle de fonctionnement, et ceux qui contestaient ces procédés étaient systématiquement mis sur la touche. Lefèvre ne pesait rien face à la directrice de l'info, reine sans partage depuis dix ans du « 20 heures » et des reportages à sensation. Il était un fournisseur de chiffres, elle était le service public à la française !

— Bonsoir, il est maintenant 20 heures, voici nos estimations pour ce premier tour de l'élection présidentielle :

— François Stolon : 23-22 %
— Valérie Mézenc : 21,7-22,9 %
— Nathalie Fabre-Espérance : 21 %
— Joseph Rossel : 15,1 %

— Une réaction du côté de l'équipe Stolon ?
— Si ces chiffres se confirment, nous nous réjouissons de la présence du président Stolon au second tour.

— Même réponse pour la Ligue ?

— Écoutez, les premiers résultats montrent que Valérie Mézenc est en tête. Qu'est-ce que c'est cette mascarade ? Sur le service public en plus !

— Nous avons des estimations qui seront actualisées dans quinze minutes.

— Ah ! Ah ! Vous n'êtes même pas certains de vos chiffres, releva le représentant de la Convention populaire. Alors que c'est très grave, ce résultat.

— Franchemet, toutes les autres chaînes donnent Valérie Mézenc en tête, même au ministère de l'Intérieur, osa Collin.

— Ils n'ont toujours rien communiqué ! Comment pouvez-vous dire que le ministère de l'Intérieur dispose des résultats, fit semblant de s'indigner la directrice de l'information pour retourner la situation. Monsieur Lefèvre... pouvez-vous nous expliquer vos sondages ?

— Je préfère parler de fourchettes et vous dire que Stolon et Mézenc sont qualifiés pour le second tour, déclara-t-il sobrement, ne voulant pas contredire la présentatrice vedette en direct.

Jusqu'à 20 h 45, la directrice de l'information ne voulut pas en démordre et laissa Stolon en tête, s'attirant régulièrement le sarcasme des invités au milieu d'invectives maintes fois rabâchées. Le deuxième plateau de soirée fit le buzz, comme on le disait à cette époque. La porte-parole de Fabre était familière des punchlines et des clashs, comme si elle participait à une émission de téléréalité. Elle fonctionnait sur le mode instagrameuse à moitié dénudée sur ses stories en s'imaginant un destin national ailleurs qu'à Dubaï. Elle jugeait sa popularité à ses interactions sur Twitter. Elle fut effectivement la seule vedette de la soirée.

À 21 heures, les sondages, pondérés des votes de province, donneraient une estimation parfaitement fiable, mais des téléspectateurs avaient déjà décroché pour regarder sur Canal Plus une soirée consacrée à *The Crown*. Globalement, depuis une semaine, les sondeurs avaient presque vu juste, ils avaient donné le bon ordre avec à peine plus ou moins un point d'écart, excepté pour le score de la gauche. Mais tout laissait à penser qu'ils seraient les boucs émissaires tout trouvés de ce premier tour fantasque.

À 2 heures du matin, à l'ouverture de la Bourse de Tokyo, les spreads – les fameux écarts de taux – entre la France et l'Allemagne augmentaient. Quant aux taux à trois mois, ils affichaient, ironie statistique, le même chiffre que l'écart entre les deux finalistes publiés par le ministère de l'Intérieur : 1,2 point.

Valérie Mézenc : 23,5 %
François Stolon : 22,3 %
Nathalie Fabre-Espérance : 19,9 %
Joseph Rossel : 14,1 %
Louis Cerrier : 14 %
Autres candidats : 6,2 %

Chapitre 20

Quatre lieux, quatre ambiances pour un week-end de commémoration

Pour le week-end de l'entre-deux-tours, Nathalie Fabre-Espérance s'était réfugiée en Sologne avec son mari et sa fille. Elle avait demandé à la boulangère de lui garder une quiche aux légumes et une tarte aux pommes qu'elle viendrait chercher au dernier moment, dimanche, car elle avait besoin de se reposer. La famille étant appréciée au village, la boulangère avait proposé de lui déposer les victuailles après avoir fermé la boutique : elle avait bien mérité de la patrie. À 13 h 05, Armande Faloux carillonna, apportant en plus des victuailles promises des œufs frais et des légumes offerts par une voisine. Nathalie l'invita à prendre l'apéritif, car, veuve depuis septembre, Armande était souvent seule le dimanche, son fils ayant ouvert une boulangerie au Canada :

— Vous avez vu, madame Fabre, ici on a bien voté pour vous.

— Oui, je crois que si je voulais devenir maire, je serais élue au premier tour. Chez nous, on sert l'apéritif au vin blanc, ça vous va ?

— Juste un peu, car depuis que Serge est parti, j'évite l'alcool. Sinon, comprenez, je m'y habituerais pour oublier mon malheur.

— Restez déjeuner avec nous. Vous nous aiderez à cuisiner entre femmes.

Antoine ne bougea pas de sa chaise, ravi de se faire servir, prit *L'Équipe* qui traînait sur une table basse et se plongea dans les résultats des sélections de rugby. Nathalie, souhaitant s'épargner une nouvelle discussion sur le veuvage d'Armande, entama la conversation sur le seul sujet qu'elle évitait pour elle-même depuis lundi.

— Armande, ce n'est pas indiscret de vous demander pour qui vous allez voter au second tour ?

— Je ne sais pas encore. Avant, j'en parlais avec mon mari, on ne votait pas toujours pareil, mais au moins on en discutait. En 1981, on s'était bien disputés, quelle histoire ! Depuis son départ, je m'occupe de tout, je trouve que c'est trop dur. Avant, je me contentais de faire la caisse, trier les factures pour les fournisseurs. Jamais d'erreurs pour quelqu'un qui n'a que son certificat d'études. Depuis mon malheur, j'ai fait connaissance avec l'Urssaf, la fiche de paie du boulanger, je dois valider la déclaration d'impôt, même avec un comptable je suis un peu perdue. Je gagne juste assez pour payer les charges et me nourrir, heureusement que mon fils gagne bien au Canada et qu'il m'offre le voyage une fois par an. Dans deux ans, je prendrai ma retraite, le jeune boulanger et sa femme vont me racheter en viager les murs de la boulangerie et l'appartement au-dessus pour presque rien. Je leur laisse l'usage de tout le jardin, sinon personne ne serait venu. C'est aussi ma famille, j'ai 70 ans, et je surveillerai les devoirs de la petite, elle a 7 ans. Tout ça pour vous dire que je n'ai pas vu beaucoup d'améliorations depuis que Stolon est là, c'est même très compliqué de tout faire sur Internet. Leur député n'est jamais venu dans le village en cinq ans. Or, c'est un des seuls villages du coin où il y a un peu d'activité, notre boulangerie et cette entreprise de maçonnerie. Pardon, j'aime bien Mézenc, elle dit la même chose que vous, mais le seul boulanger que l'on avait trouvé avec mon mari s'appelle Antonio, il est brésilien et je vais quasiment vivre avec eux.

Nathalie fut froissée par la comparaison, mais ne laissa rien paraître en se resservant un peu de vin blanc, qu'elle sirotait façon Martini, avec des glaçons :

— Antonio est français si je me souviens bien !

— Oui, sa femme aussi, pardon. Ils sont d'origine brésilienne, nés à Bourges tous les deux.

— On avait discuté quand il s'est installé. Il faudra qu'ils viennent dîner avec vous la prochaine fois. Quand allez-vous décider de votre vote ? Après le débat ?

— Je ne sais pas si je vais aller voter ou si je vais voter blanc. Et vous, vous votez vraiment Stolon ?

— Oui, bien sûr, je l'ai dit le soir du premier tour. Il y a eu pas mal de tensions à l'Union républicaine à cause de ça. Mais au lieu de me proposer un déplacement – il aurait pu venir ici par exemple, ça aurait été amusant –, eh bien il a préféré préparer les législatives et débaucher certains de mes soutiens en leur proposant des postes.

— Vous me confirmez dans l'idée qu'il ne faut pas voter pour lui. Je crois que je vais voter blanc, ça me permettra d'aller saluer le maire.

Les obsèques du roi, samedi, avaient été un moment de grande dignité, le président Stolon, impeccable, s'entretint avec les grands de ce monde, une parenthèse à sa hauteur dans cette campagne si terre à terre, pensait-il. Il était d'habitude serein quand il résidait à la Lanterne, loin de l'agitation de Paris, mais il se sentait très mal à l'aise quand il se remémorait son entretien avec l'ambassadrice des États-Unis. À quel moment était-il monté sur ses grands chevaux ? Cette bévue le troublait autant que ses conséquences. Les rapports de l'Agence nationale de sécurité informatique étaient édifiants : des hackers russes et tchétchènes avaient piraté de nombreux serveurs d'hôpitaux et de rectorats, qui diffusaient via des milliers de mails les enregistrements des bandes-son de ses échanges.

Il s'était donc senti obligé de renouer avec le président du Conseil constitutionnel pour se protéger d'éventuels procès en lui faisant parvenir toutes les notes classifiées sur ces attaques. Si le chef de l'État donnait des ordres trop spécifiques, on l'accuserait d'utiliser les services de renseignement au bénéfice de son élection. Comme nombre de ses prédécesseurs, Stolon se méfiait parfois de ses propres services secrets, alors il avait tenté de les remodeler, avec un succès mitigé. Il savait bien que pour beaucoup de hauts fonctionnaires ou militaires il n'était que de passage, qu'ils s'accommoderaient peut-être mieux du régime suivant. Certains considéraient qu'ils défendaient la France, d'autres – minoritaires – se sentaient avant tout membres d'un service, comme d'un corps d'élite. La distinction entre l'intérêt de l'État et l'intérêt d'un régime était tellement ténue, particulièrement lorsque la mission des services consistait à préserver la permanence des institutions. Il savait surtout que le secret défense ne tient que si vos successeurs ne le lèvent pas !

Mardi soir, lors du « 20 heures » de TF1, il dénoncerait ces ingérences, le tirage au sort ayant été de son côté puisque son adversaire était invitée la veille. Charline, par sa sensibilité et ses lectures romanesques, avait éclairci les enjeux d'un tel imbroglio. Quand une information venait d'un service de renseignement étranger, il y avait obligatoirement une volonté de manipuler, de nuire au pays. Ni justice, ni média, ni historiens ne distingueraient jamais la vérité dans un fatras de notes et vidéos.

Au premier tour, le président avait perdu des voix sur sa gauche par rapport à son score de la précédente élection : ce minuscule pourcentage qui l'aurait placé en tête. L'abstention était tellement forte que la gauche ne pouvait que se ressaisir en votant pour lui au second tour. Il avait donc demandé au Premier ministre de mobiliser la CFDT en échange de mesures symboliques sur les conditions de départ à la retraite. Quant à la Convention populaire, toute à ses fantasmes sur la révolution, ses appels à la résistance au fascisme, elle n'était pas loin de considérer qu'elle tirerait les marrons du feu d'une victoire très courte de Stolon.

C'était le scénario qui se profilait. Le soir du précédent dimanche, les sondages le donnaient gagnant à 54 %, une semaine après il n'était plus qu'à 53 %.

Valérie Mézenc, ce dimanche, picorait seule une salade de pâtes dans son salon tout en récitant les fiches préparées par ses équipes. Elle s'interdisait de boire de l'alcool jusqu'à la date fatidique, ce qui la mettait autant de mauvaise humeur que ce régime de sportif concocté depuis deux semaines par son neveu. Lundi, après une réunion avec des entrepreneurs, elle devait déjeuner avec lui dans un restaurant de banlieue. Elle lui ferait part de sa désapprobation et reprendrait ses habitudes. Sa fille et son gendre devaient les rejoindre au dessert, car ils passaient le week-end dans la baie de Saint-Tropez, chez les parents de Fernando, qui avaient loué une villa pour se trouver en France en cas de victoire. Leur avion n'atterrissait qu'à 14 h 30. Quelle idée saugrenue, mais par chance cette escapade varoise ne s'était pas ébruitée !

Elle voulait lors du débat marquer un grand coup sur les risques terroristes, mais le président Stolon s'était affûté sur les sujets régaliens et, si les résultats n'étaient pas encore visibles, il avait fait adopter une législation très coercitive, lui coupant l'herbe sous le pied. Elle n'était pas satisfaite des réponses envisagées par ses équipes, surtout concernant l'espionnage dont avait été victime le président. Son directeur de cabinet lui avait préparé quelques éléments de langage sur le numérique, mais elle était déroutée par la tournure des événements. Elle avait du mal à imaginer Stolon, jeune normalien, approché par une puissance étrangère, mais la réalité dépassait parfois la fiction. Certains, à droite de l'échiquier, croyaient dur comme fer que le chef de l'État était à la solde des Américains. Ceux-là, dans cette reconfiguration baroque du paysage politique, votaient déjà pour elle. Elle s'inquiétait d'être associée à ces fuites. Dans le dur du débat, elle devrait éviter un retournement de situation qui laisserait penser qu'elle était l'alliée des Russes ou même de mèche avec des groupes de pirates. Si le président Stolon n'était pas un espion, il avait été d'une bêtise à pleurer lors de son entretien avec l'ambassadrice. Il y avait là un amateurisme, une faille de caractère à exploiter. Il lui manquait un psy dans son équipe pour trouver ce qui le ferait sortir de ses gonds. Elle nota d'en parler le lendemain à Anton. La candidate était l'invitée du journal de 20 heures ce lundi, elle devrait dénoncer ces attaques, tout en s'étonnant de la vulnérabilité de nos infrastructures. Ils verraient la réaction de son opposant lundi et affineraient leur stratégie. Elle avait besoin d'une journée de plus pour être parfaitement préparée pour ce débat ; il aurait fallu alléger son emploi du temps, car elle se trouvait fatiguée. Toute la semaine précédente, elle avait labouré les terres du Sud, où le score de Nathalie Fabre-Espérance était élevé, ainsi que deux circonscriptions ouvrières du Nord et de l'Est qui avaient placé Rossel en tête. À ses yeux, le seul déplacement utile, ce serait Avignon, qui offrirait de belles images devant le palais des Papes pour les télévisions du jeudi et son film de fin de campagne.

Ce lundi de commémoration, Michel Garrido était heureux. Toute sa famille était réunie pour déjeuner. Hamed, son concurrent de chez Uber, qu'il appelait maintenant « collègue », était des leurs et jouait aux petites voitures avec les petits-enfants du taxi. Hamed avait la fibre paternelle, mais n'était toujours pas marié, un peu strict pour les filles du pays, qu'il trouvait trop libérées.

À l'heure de l'apéritif, on alluma le journal de 13 heures de France 2, où la politique venait d'être reléguée au troisième plan à cause d'un malaise du pape en pleine messe. Un malaise sans gravité, juste un coup de fatigue, expliquait son service de presse. Le souverain pontife avait, paraît-il, très mal dormi à cause de la défaite écrasante de l'Argentine au football, expliquait l'envoyée spéciale à Rome. À quoi tenait la bénédiction du monde entier !

— À un jeune débile de footballeur qui n'a pas réussi à taper dans sa baballe ! hurla Nicolas, l'aîné, qui détestait le foot et se fit vite rabrouer par toute la famille.

Michel augmenta le volume pour écouter le dernier sondage. Tout le monde se tut. Le président Stolon n'était plus qu'à 52 % face à Valérie Mézenc.

— Tant mieux, déclara Hamed, s'il pouvait n'être réélu qu'à 50,01 %, il comprendrait qu'il a besoin de nous.

— Et si c'était l'inverse ? osa Thérèse, qui ne parlait jamais politique. Si c'était Mézenc à 50,01 % ?

— Les Français ne sont pas fous, répliqua Nicolas.

Quand il vit les sourires et les regards amusés qu'échangeaient son père et Hamed, il s'emporta à nouveau, l'apéritif aidant :

— Quoi ? s'indigna-t-il. Mais personne ici ne va voter Mézenc ! Vous êtes tous les deux des fils d'immigrés.

Michel et Hamed gardaient leur sourire énigmatique pour tenir en haleine le petit :

— On va l'écouter jeudi soir pour voir ce qu'elle vaut, poursuivit Hamed. Tu sais, les Français, on les connaît bien depuis les Gilets jaunes. On pourrait même être candidats à la députation tellement on en fréquente, du monde. En tout cas, un collègue taxi nous a dit de venir. On va voir, même peut être rencontrer la candidate ou quelqu'un de son entourage. Faut qu'on reparle au collègue.

— Oui, parce que nous, dans la tech, nous avons eu des financements grâce à la Banque publique d'investissement. Ce pinard, si je peux l'acheter, c'est grâce aux subventions de Stolon. Moi, je bois à sa victoire.

Et Nicolas déboucha dans un geste grandiloquant une bouteille de gigondas.

— Mais je ne peux pas le mettre dans mon réservoir, ton vin. Ça ne va pas faire rouler mon taxi, lui répondit le père.

— Ce sont les salariés comme moi, ceux de la tech, qui ont les moyens de se payer des taxis ou des Uber. Ici il n'y a pas d'industries. Heureusement que l'État a investi chez nous, sinon on ne pourrait même plus payer des fonctionnaires.

— Tu as vu les charges et les impôts que je paie avec mes Uber ! On s'est associés à trois, mais on croule déjà sous les dettes et les impôts.

— Arrêtez de vous chamailler, les hommes, éteignez la télé. On a déjà tout vu lors des obsèques de la reine, c'est moins intéressant, cette fois. Mettez-vous à table, le four vient de sonner, mon soufflé au fromage est prêt.

AFP, Dépêche — URGENT
Présidentielle – Second tour — Police – Extrême droite
Paris, France
Lundi 8 mai, 13:15 UTC+2 73 Mots

Un individu non identifié a tiré sur la candidate à l'élection présidentielle Valérie Mézenc alors qu'elle se rendait à déjeuner en famille dans un restaurant de l'île-Saint-Germain à Issy-les-Moulineaux, après une réunion avec des entrepreneurs.

L'individu a été abattu par la police.

La candidate a été immédiatement transportée par son service de sécurité à l'hôpital le plus proche.

À l'heure actuelle, aucune autre information n'est disponible sur l'état de santé de la candidate.

3e partie
L'Élysée pour les nuls

Chapitre 21

Résurrection

L'incident ! C'est ainsi que *France Info* qualifia la tentative d'attentat qui eut lieu aux alentours de 13 heures esplanade de l'Île-Saint-Germain à Issy-les-Moulineaux. Un homme âgé de 19 ans, de taille moyenne selon le signalement de la police, avait tiré à une distance d'environ cinquante mètres sur la candidate à l'élection présidentielle, Valérie Mézenc. Le terroriste fut abattu sur-le-champ et la candidate transportée toutes sirènes hurlantes en direction de l'hôpital le plus proche.

Les chaînes d'information interrompirent leur programme pour effectuer des duplex devant l'hôpital Georges-Pompidou. Moyennant quoi, pour respecter l'égalité de temps de parole qui devait régner entre les candidats, dans la panique, ces chaînes diffusèrent en incrustation le visage du président Stolon.

Une forme de chaos silencieux régnait dans le monospace. Anton Sodenberg était pétrifié d'inquiétude. Il tenait la main de ce corps inconscient, le corsage dégrafé, alors qu'un officier de sécurité lui garrottait le bras. Il semblait prier, implorer quelque instance supérieure. Dans quelle fiction se trouvait-il ? Si un garde du corps avait bien crié « Elle est vivante », les quelques minutes de route qui les séparaient des urgences hospitalières lui semblaient interminables. Une pensée lui traversa immédiatement l'esprit : en l'absence de sa sœur, il était l'unique parent disponible immédiatement ; s'il fallait prendre une éventuelle décision d'opération, il serait seul à la prendre. Valérie allait se réveiller, il n'y avait eu qu'une seule détonation en leur direction ; elle ne pouvait qu'être blessée. Son imagination l'amenait à penser que la balle pouvait être imbibée de poison. Ne rien imaginer, se disait-il ; juste les faits, la réalité.

La réalité était qu'à ses yeux Valérie était en position de remporter l'élection présidentielle ; les médecins allaient s'occuper d'elle ; il fallait gérer cet attentat en professionnel. « Trois minutes avant arrivée hôpital », cria le chauffeur.

Malgré sa propre frayeur, car il aurait pu être lui-même atteint par une balle, Anton Sodenberg n'eut pas d'autre option que de prendre en main la suite des opérations. Il ne pouvait ni ergoter ni se mentir. Tout se jouait dans les premières minutes, le moindre faux pas risquait de tout compromettre. Il demanda aux officiers de sécurité – demande en forme d'instruction – de ne rien communiquer à leur hiérarchie policière. Un des policiers lui rappela qu'un procureur allait très vite se rendre à l'hôpital, accompagné d'enquêteurs ; qu'à partir de cet instant ils ne pourraient rien maîtriser. Sa hantise était que les stolonistes puissent transmettre des informations et minimiser leur responsabilité dans l'attentat. Il voulait verrouiller l'information, le plus longtemps possible, pour que, une fois Valérie réveillée et sortie d'affaire, ils décident de la stratégie. Seul, il savait qu'il ne pouvait pas lutter, il appela le meilleur avocat dont il avait les coordonnées, lui demanda de sauter immédiatement dans un taxi afin d'arriver avant le procureur de Paris et les enquêteurs.

Valérie Mézenc recouvra ses esprits sur le seuil des urgences, au moment où on la déposait sur un brancard. La vigilance et le professionnalisme de l'équipe de protection avaient évité que la balle ne fût fatale ou ne provoquât une blessure profonde. Elle effleura son bras. Le temps des examens complets, observations, radios, scanners, piqûre antitétanique, première analyse antipoison, une bonne heure et demie passa. Le chef de service des urgences ne voulait courir aucun risque réputationnel. Il exigea des examens supplémentaires qu'il supervisa lui-même. En une heure, tous furent effectués. La lésion était superficielle ; restait à évaluer le traumatisme psychologique. Anton refusa qu'on diligentât un psychologue à sa tante et s'opposa courtoisement au directeur de l'hôpital, qui envisageait de publier un communiqué. Au regard de l'enjeu, il n'eut pas de mal à le convaincre d'attendre que le procureur de la République s'exprime.

Dans l'aile aménagée pour les personnalités, c'est-à-dire trois chambres communicantes au bout d'un couloir où la sécurité pouvait à la fois se déployer et se poser, Anton attendait le procureur et rassurait par téléphone sa sœur qui approchait de l'hôpital, tout en donnant des instructions aux équipes de campagne.

L'échange entre le procureur et Anton fut loin d'être celui qu'on pouvait attendre d'un magistrat confronté à une victime. Impossible de savoir qui braqua l'autre le premier. Anton avait pourtant travaillé comme avocat dans l'arbitrage à Londres ; il aurait dû conserver ce flegme britannique acquis au cours de longues négociations. Mais l'affrontement politique, les batailles d'appareil, l'opposition parlementaire, un certain ostracisme forgent un caractère où la mèche de la violence n'attend qu'une allumette pour s'enflammer. Quant au procureur, peu enclin aux accommodements, rarement contrôlé dans l'exercice de son pouvoir, souvent critiqué mais soucieux d'afficher les attributs de l'indépendance, il refusait d'envisager cet attentat dans sa dimension politique. Il toisa Anton comme un gamin, ce qui amena ce dernier à lui répondre avec un sarcasme approprié : « Vous auriez probablement dû traiter avec moi. » Le procureur de Paris, qui en avait vu d'autres dans sa carrière, eut néanmoins un mouvement de quasi-recul physique quand il vit, assis au chevet de Valérie Mézenc, le célèbre Dominique Villeret de Saint-Jacques.

Le procureur, empressé de débuter l'interrogatoire, s'enquit négligemment de l'état de santé de la candidate auprès de l'avocat. Il avait déjà été briefé par le directeur de l'hôpital du caractère bénin de la blessure. Dominique lui rappela d'un ton aimable mais ferme que la députée Mézenc souhaitait que le magistrat ne transmette aucune information à sa hiérarchie. Libre à lui de communiquer toutes les informations qu'il estimait raisonnables à la presse, mais, compte tenu du fait que sa hiérarchie était en campagne contre elle, il estimait qu'il manquerait gravement à ses devoirs s'il en faisait autrement. Le procureur se cabra, n'opposa qu'un regard stoïque en guise de réponse. Dominique Villeret de Saint-Jacques enfonça le clou. Il lui rappela que le débat du second tour avait lieu dans deux jours et qu'il attendait également de s'entretenir avec le président du Conseil constitutionnel. Si le gouvernement était informé de quoi que ce soit avant la presse, non seulement le groupe parlementaire de la Ligue déposerait une demande de commission d'enquête sur le bureau de l'Assemblée nationale, mais ensuite, s'exprimant en tant que conseil de la candidate, la presse reprendrait obligatoirement ses déclarations. Le procureur tenta un bras de fer :

— Je vous rappelle que je mène mon enquête comme bon me semble.

— Qui vous parle de votre enquête ! Je n'interviens en rien sur le cours de l'enquête. Je vous demande seulement que votre communication respecte l'échéance présidentielle. Il suffit de vous exprimer devant la presse avant de transmettre des éléments à votre hiérarchie. Il n'y aura ainsi aucune polémique politique. Nous voulons éviter que les sbires de Stolon qui peuplent la chancellerie ne diffusent de fausses rumeurs, continua Dominique Villeret de Saint-Jacques en haussant le ton. Vous allez très vite réfléchir et faire le bon choix.

— De toute façon, il me faut aussi aller sur le lieu de l'attentat, vous imaginez bien que les policiers auront transmis beaucoup d'éléments au ministère de l'Intérieur.

— Nous ne souhaitons pas que quelqu'un d'autre que la famille ou le chef du service de l'hôpital ne communique sur l'état de santé de la candidate. Cette partie ne fait d'ailleurs pas partie de votre enquête.

Le procureur, accompagné d'un policier, put entendre Valérie Mézenc en plusieurs fois, un médecin ayant insisté pour qu'il la laissât se reposer quelques minutes entre chaque salve de questions.

La petite équipe ne disposait que d'une bonne heure pour faire monter la pression. Anton faisait connaissance avec Dominique Villeret de Saint-Jacques et son esprit tacticien. Ils convinrent qu'il ne fallait pas dramatiser sur la question de l'indépendance de la justice, mais plutôt tout faire pour laisser planer le mystère sur sa participation au débat en laissant fuiter très vite qu'elle était en bonne forme physique. Lorsque l'ancien ministre échangea au téléphone avec le président du Conseil constitutionnel, il lui fit croire que la candidate dormait encore, qu'il ignorait sa réponse pour le débat de mercredi. Dominique promit au président Dumervieux de le rappeler dans l'heure qui suivait. Il avait besoin de discuter avec elle lorsqu'elle aurait l'esprit clair. Les équipes de campagne, les permanences et tous les élus de la Ligue reçurent un seul et unique message : « Merci de ne répondre à aucune demande de journalistes et de couper vos téléphones, nous communiquerons dans la soirée. Anton. » Il twitta ensuite depuis le compte de la candidate : « Valérie Mézenc se porte bien. C'est une combattante. La France doit traquer les terroristes où qu'ils se trouvent. Ariane Lévêque et Anton Sodenberg. »

Dans sa conférence de presse de 17 heures, le procureur indiqua que le tireur était d'origine tchétchène, passé par un camp d'entraînement en Syrie, déjà condamné pour violences intrafamiliales. Faiblement radicalisé – l'expression fut immédiatement commentée –, sa trace avait été perdue par les forces de sécurité depuis quelques semaines. Le procureur de la République de Paris laissa la parole au professeur Bruno, qui indiqua que la candidate avait été légèrement blessée au bras gauche et avait subi quelques contusions dans sa chute.

Anton pendant ce temps avait réussi à trouver par quelle porte exfiltrer la candidate pour qu'aucune image d'elle dans un hôpital ne puisse être prise puis vendue au média le plus offrant. Il avait fait venir une dizaine des plus grands vigiles du service de sécurité du parti, qui, s'il le fallait, empêcheraient toute prise d'image, et fait positionner des véhicules identiques dans le parking souterrain. L'idée la plus machiavélique avait été de la faire sortir à l'instant même où Anton commença à s'exprimer, les journalistes étant occupés au direct. Un faux cortège avec sa garde du corps féminine, de même gabarit, sortit même dans une direction opposée pour faire diversion.

Anton Sodenberg s'exprima à 18 heures, toutes les chaînes diffusèrent en direct sa très brève allocution : « Madame Valérie Mézenc a été victime ce jour d'un attentat. Elle m'a demandé d'adresser publiquement ses remerciements éternels aux forces de sécurité qui lui ont sauvé la vie. Ses remerciements s'adressent aussi aux personnels soignants de l'hôpital Georges-Pompidou qui ont pris en charge la présidente Mézenc avec un très grand professionnalisme. Valérie Mézenc, candidate à l'élection présidentielle, participera comme prévu ce mercredi au débat de second tour de l'élection présidentielle.

« À cette heure, Valérie Mézenc a quitté l'hôpital et se repose. Nous vous demandons de respecter ce choix. Valérie Mézenc attend de la justice qu'elle traite cet attentat avec la plus grande impartialité et qu'un magistrat indépendant soit désigné sans délai. Elle assure les Françaises et les Français de sa volonté sans faille de traquer les terroristes où qu'ils se trouvent. »

Ce fut sa première grande apparition télévisée.

Des journalistes faisaient le pied de grue devant leur domicile. Anton avait demandé à leur cheffe de cabinet de leur trouver discrètement une maison à moins d'une heure de Paris, qui pourrait tous les accueillir. Comme ils devaient à l'origine partir en déplacement pour Béziers directement après l'émission télé du soir, ils avaient des valises prêtes. C'est Valérie qui suggéra de se calfeutrer chez une de ses amies, une députée des Yvelines qui possédait une belle gentilhommière dans la vallée de Chevreuse, où elle avait déjà passé plusieurs week-ends. Ils s'installèrent chez elle pendant ces presque trois jours, et ce, dans le plus grand secret.

À 20 heures, écoutant en parallèle les journaux télévisés, Amanda de Finbajac riait intérieurement en préparant une omelette jambon-fromage, de la salade, pour le plus étrange des dîners qu'elle ait jamais dû improviser. Outre Valérie Mézenc et son neveu, étaient attablés Jade Chautemps, sa cheffe de cabinet,

Kevin Stankovitch, l'assistant chauffeur d'Anton, deux gardes du corps et Dominique Villeret de Saint-Jacques. Même les policiers se prêtaient au jeu de la préparation du débat et mettaient leur grain de sel quand il s'agissait de critiquer le bilan de la ministre de l'Intérieur.

Valérie Mézenc ne sortit du lit qu'à 9 heures du matin, vêtue d'un immense tee-shirt recouvert du peignoir en soie qu'un amant d'Amanda avait dû oublier. La principale surprise fut que Dominique Villeret de Saint-Jacques passa quasiment les trois jours avec eux. Il relisait méthodiquement les cinquante fiches qui avaient été préparées pour Valérie, annotait et corrigeait chacune d'entre elles en y ajoutant à chaque fois une formule percutante qui ne devait pas ressembler à une petite phrase mais à une citation. Une réunion de préparation eut lieu en visioconférence avec le bureau politique de la Ligue. Valérie la tint du bureau de la chambre d'amis pour que personne ne puisse s'apercevoir où elle était. Dominique et Anton, connectés comme s'ils étaient dans un autre endroit, prenaient quelques notes utiles.

Jade, la cheffe de cabinet, filmait Valérie grâce à son iPhone, puis envoyait systématiquement chaque vidéo à Ariane Lévêque, la fille de la candidate, qui analysait avec un regard extérieur afin de lui faire rectifier ses intonations. Valérie était, en réalité, épuisée. Elle s'allongeait au moins un quart d'heure après chaque heure de travail. Mais ce rythme allait bien à Anton, qui lui aussi avait besoin de décompresser, pour éviter de décompenser. Kevin leur enseigna des techniques de relaxation qu'il avait apprises lors de ses formations au combat. Amanda de Finbajac s'amusait follement à ce petit jeu. Elle s'agitait pour que les cafés soient serrés, les repas énergétiques et sa maison impeccable.

Le village de Chevreuse où se situait la maison bourgeoise d'Amanda dominait Saint-Rémy-lès-Chevreuse ; la vue sur la vallée était exceptionnelle. Valérie avait baissé le variateur de lumière pour pouvoir admirer la région. On y voyait à cette heure la vie des pavillons s'animer, les phares des voitures des cadres scientifiques qui retrouvaient leur famille scintiller. Une image rassurante d'une France qu'elle aimait.

Valérie était prise de légers vertiges qui devaient passer avec le temps ; les causes venaient du traumatisme ; s'ils revenaient, le professeur de médecine lui avait conseillé de poser ses mains sur la table du débat pour retrouver l'équilibre. Un ami d'Ariane, médecin acupuncteur, était déjà venu deux fois en toute discrétion l'aider à surmonter la charge émotionnelle. Il reviendrait le lendemain midi pour planter ses petites aiguilles miracles et lui donner de l'énergie pour le débat. Anton, qui avait eu droit au même traitement, arborait un sourire serein, de minuscules punaises plantées dans son oreille. Il s'allongea sur le canapé de la suite parentale.

— La décoration de cette chambre est étrange, on se croirait sur l'île de Ré. Je préfère ce genre de maison à nos duplex. On aurait peut-être dû garder la villa de papy. Suis quand même toujours un peu surpris de ton amitié avec Amanda : elle a quand même été une de ses maîtresses.

— Quand je l'ai rencontrée peu de temps avant la mort de tes parents, c'était une pute, elle avait mon âge. Elle savait ce qu'elle voulait ; elle mettait de la gaîté dans cette affreuse boutique conservatrice. Quand mamie est morte, elle s'est faite discrète et a cherché à s'extirper de l'emprise de ton grand-père. La suite, tu la connais, elle a choisi d'épouser le trésorier du parti, qui avait vingt-cinq ans de plus qu'elle.

— En tout cas, elle nous reçoit bien, ici.

— Elle sait y faire. C'est un métier, Anton.

Valérie avait rappelé tous ces détails à Anton tant il lui importait de continuer à liquider l'héritage du Vieux. Amanda lui avait été précieuse quand, dans la complexité de l'univers politique, il avait fallu recentrer le parti sur les fondamentaux de la droite. Anton et Ariane avaient apporté la modernité, les technologies, la maîtrise de la communication, Amanda et Henri Benjamin avaient constitué la garde rapprochée pour éclipser tout ce qui restait des vestiges de l'ancien parti.

— Il faudra faire quelque chose du même ordre si on gagne. Tu devras te distinguer de Stolon et de sa manière de gouverner.

— Oui, c'est là où je voulais en venir. Réfléchis, parles-en aussi avec Amanda et ta sœur. Il faudra sûrement que je sois peu visible.

— Ça risque d'être très dur à gérer avec la presse. On pourrait tenter l'image sans le son pour des inaugurations et commémorations. Ou des discours sans interview, jamais de prise de parole à un coin de rue. Ras le bol de ces politiques qui font le trottoir pour des chaînes à micro-audiences. Mais, avant de créer cette bulle, il faut sortir vainqueur ou à égalité du débat de demain.

— Ce que je me suis dit hier à l'hôpital, c'est que certaines choses fonctionnent plutôt bien en France. Il faut juste simplifier la vie des gens. Par chance, c'est au cœur de notre projet. Je dirai qu'il faut arrêter de brusquer les Français. De toute façon, je ne tiens qu'à deux, voire trois réformes.

— Viens, on descend. Amanda a préparé une salade au poulet.

Le débat télévisé du mercredi était prévu pour 21 heures précises, il fallait arriver pour le maquillage à 20 h 30. De concert, ils décidèrent d'être en retard pour mettre la pression sur les équipes du service public. Anton rappela précautionneusement à sa tante qu'ils passeraient à côté des lieux de l'attentat. Elle demanda de s'y arrêter. Une immense tristesse l'envahit. Valérie Mézenc inspira profondément, comme pour s'imprégner du tragique, regarda Anton dans les yeux, lequel immortalisa le moment avec son iPhone.

À 20 h 20, Anton Sodenberg publia sur Instagram un *reel* de la candidate : « Mon agonie aurait pu être leur triomphe. Avec moi, la France saura protéger son peuple. » C'était la première image depuis l'attentat. Ce serait la seule avant le débat puisqu'ils s'opposèrent à être filmés à leur arrivée, ce que refusait d'entendre l'équipe de France Télévisions. Anton rétorqua au chef du service politique de la chaîne :

— Eh bien, on va attendre…

— Non, ce n'est pas possible. Il faut aussi faire les essais de micro. C'est mieux pour vous.

— L'attachée de presse les fera.

— Vous allez tendre nos équipes en régie.

— J'espère qu'elles respecteront l'égalité entre les candidats, même sur la prise de son.

— Vous les empêchez de travailler.

— Enlevez vos journalistes, on ne veut pas de questions avant... Ni après, d'ailleurs ; dites-le bien à vos collègues de TF1 et des autres chaînes présentes.

— Vous comprenez que nos raisons ne sont pas d'ordre politique, mais purement techniques.

— Alors rappelez-moi à 45...

Anton coupa son téléphone.

— Bon, on roule, faites un tour ou garez-vous pas trop loin, dit-il au chauffeur. Valérie, ça te va comme stratégie ? Je fais monter la pression.

— À quelle heure maximum faut-il que je sois sur le plateau pour la photo ?

— La photo est à 50. N'oublie pas de boire seulement après une heure trente de débat et juste pour t'hydrater.

— Alors, 45 en bas. Si je veux aller aux toilettes, je vais où ?

— Nous passons devant un palace, il doit y avoir des toilettes propres...

— Eh bien, arrêtons-nous !

Quelle ne fut pas la tête du réceptionniste quand il vit débarquer, entourée d'une sécurité imposante armée jusqu'aux dents, Valérie Mézenc. Il leva la tête et la baissa à nouveau pour regarder son téléphone portable, qui lui servait d'écran télé et où il venait de voir le président Stolon accueilli par celui de France Télévisions.

— Les toilettes, s'il vous plaît, demanda Anton.

— Je vous montre le chemin, c'est plus simple…

Anton lui fit son plus beau sourire et lui dit :

— Je crois que votre maison est connue pour sa discrétion.

— Oui, monsieur, je suis d'ailleurs seul de service ce soir à la réception.

— Alors, je vous fais confiance, à très bientôt donc.

Valérie descendit se remaquiller, puis se contempla dans la glace et d'un geste rapide mais précis se recoiffa à peine. Depuis deux jours, elle avait une pensée obsédante, elle était heureuse de ne pas avoir rejoint son père, comme si, dans la mort, elle aurait été condamnée à retrouver ses proches. Pour moins lui ressembler, cela faisait quelques années qu'elle avait commencé à se faire foncer les cheveux. Elle traînait déjà son héritage politique alors qu'elle ne se sentait qu'ultra-conservatrice, autant lui ressembler le moins possible. Toujours appuyée au lavabo, se regardant fixement dans la glace, elle se remémorait son texte d'introduction et les quelques phrases qu'elle pouvait placer à n'importe quel moment. D'ailleurs, si sa mémoire défaillait, elle avait ses antisèches tapées en petits caractères sur deux pages. Douze petites feuilles, douze slogans lui permettant de dérouler ses idées. La candidate vérifia qu'elle avait bien un stylo dans sa poche de veste, des mouchoirs, des pastilles de menthe, et d'un pas déterminé remonta l'escalier afin de se rendre toute sirène hurlante dans les locaux du service public de la télévision.

Elle sortit de son véhicule à 20 h 48. Comme le temps pressait, le service de sécurité de France Télévisions avait été dans l'obligation d'écarter ses propres journalistes. Le président de France Télévisions l'accueillit, l'air contrarié. Évitant de le saluer, Valérie Mézenc l'interpella d'un ton onctueux :

— Ne me dites pas que ce petit contretemps aurait pu constituer un incident.

Elle fila sans autre forme de politesse sur le plateau, où on lui installa à la hâte un micro-cravate. On fit entrer les photographes de presse pour immortaliser la séquence. Les deux candidats se serrèrent la main, souriant en direction des journalistes.

À l'issue de ce long débat, Valérie Mézenc demanda à Anton de monter à côté dans le monospace. Elle n'avait plus de forces et hésitait à passer remercier les militants au QG. Anton était lui-même proche de l'effondrement, car une fois passée la stupeur, le choc, ils s'étaient tous isolés dans un cocon pendant presque trois jours. Il avait failli s'endormir dans le petit salon de France Télévisions où il assistait au débat. Ils savaient tous les deux qu'ils ne pouvaient pas se dérober aux militants. Anton appela Kevin pour lui demander de réunir l'équipe du numérique présente ce soir-là pour qu'ils passent également les remercier. Il fallait avoir l'air d'être au travail et afficher une sérénité à toute épreuve.

L'ouverture de la bouteille de champagne fit sursauter Valérie et plongea l'assistance dans un silence embarrassé. « En route vers la victoire », rebondit immédiatement le secrétaire général de la Ligue pour tenter de briser la gêne, ce qui eut pour effet de l'accentuer. Les premiers sondages post-émission demeuraient stables, affichant tous un bon 52% pour Stolon. Dans un monde parallèle aux médias traditionnels, la Toile bruissait des accusations contre le président, accusations reprises dans de nombreux groupes de discussion. Par le jeu des algorithmes, les supporters de Stolon les mieux informés – chefs d'entreprise, cadres, communauté gay, urbains – voyaient les articles de presse relatant cette affaire remonter sur leurs fils Facebook ou Twitter.

Anton restait néanmoins convaincu qu'ils avaient parfaitement géré cette séquence délicate, de l'attentat aux réactions post-débat. Il ignorait s'il fallait prendre des risques ces deux jours, mais il sentait Valérie épuisée. Au programme, un aller et retour en province : Perpignan, puis Avignon.

— Décalons l'heure d'arrivée et convoquons des réunions dès 10 heures à la maison. La presse n'y verra que du feu, Valérie pourra au moins dormir jusqu'à 9 h 45. Allons tous nous coucher maintenant, dit-il à son collaborateur.

Il était déjà minuit trente, Anton n'avait aucune envie de participer à ce dernier déplacement dans le Sud de la France. C'était trop pour lui, mais il ne pouvait envisager de laisser sa tante seule. Il veilla à ce qu'elle soit bien couchée, monta dans son propre appartement, tenta un SMS à son ami Amir, qui hélas ne répondit pas. C'était normal, chef du bureau des élections au ministère de l'Intérieur, celui-ci ne pouvait qu'être endormi environ deux heures après la fin du débat, à quelques encablures du second tour. Il voulait bien sûr entendre son opinion, mais avant tout l'embrasser et se blottir dans ses bras, comme il y a des années, quand ils avaient entamé une relation passionnelle et sexuelle d'autant plus sulfureuse qu'elle était secrète et espacée, Amir exerçant comme directeur de cabinet du préfet de la région où Anton avait posé ses bases électorales. Ils avaient renoué il y a environ six mois, à l'occasion d'une réunion insipide sur la nouvelle réglementation électorale qu'ils avaient pimentée de compliments respectifs par SMS.

Amir possédait dorénavant l'aisance de ces hauts fonctionnaires dont la réussite nimbait d'une authentique aura leur agilité intellectuelle. Il maîtrisait parfaitement les ressorts de son métier et pouvait devenir, s'il ne commettait aucune erreur, directeur adjoint de cabinet du préfet de police ou secrétaire général d'une belle préfecture. Aussi, à ce stade, il évitait simplement de se compromettre en public avec un représentant de la Ligue. Anton s'accommodait d'autant plus de cette discrétion qu'elle lui permettait de partager sa vie avec cet homme aux préoccupations similaires sans s'obliger à une quelconque vie sociale. Depuis, ils réussissaient l'exploit malgré ou à cause de l'épuisement à se voir au moins deux fois par semaine.

L'adrénaline ne voulait pas s'évacuer, Anton était mortifié à l'idée de rester seul cette nuit. Il était trop tard ou risqué de rappeler le réceptionniste de l'hôtel. Il pensa à la bouteille ouverte dans son bureau et expédia un SMS à Kevin :

— Que fais-tu ?

— J'étais dans ton bureau avec Johanna… Je peux utiliser le canapé ? Je crois qu'elle a bien envie que je la déglingue.

— OK, mais ne fais pas de taches sur le tissu !

Anton alla chercher une bouteille de rouge dans sa cuisine et alluma Grindr. À 1 h 30 du matin, ça ne dormait pas beaucoup dans le quartier, mais rien ne le tentait. La bouteille était bouchonnée de surcroît ! Il rappela Kevin. À la sonnerie, ce dernier reboutonna sa braguette, au grand désespoir de Johanna.

— Quoi ? demanda Kevin, mi-amusé, mi-agacé.

— Tu peux venir, le vin est bouchonné et je dois réétudier le programme et l'organisation des quatre jours qui restent.

— On ne va pas à Perpignan ?

— Si, mais on va bosser une partie de la nuit, si tu veux bien. Il y a que toi qui pourras me dire pour la logistique. Et je voudrais parler de l'avenir avec toi. Tu amènes la bouteille que l'on a ouverte, s'il te plaît.

À ces mots, Kevin n'eut pas à se faire prier. Il se présenta au domicile d'Anton vingt-cinq minutes plus tard, alluma la Playstation, se connecta à son compte de *gamer* et démarra une partie de *World of Warcraft*. Lui aussi avait besoin de se détendre, d'évacuer toute cette énergie qui ne voulait pas retomber. Anton se débrouillait bien, mais pas autant que Kevin, qui appartenait quasiment à ce monde des jeux vidéo. L'assistant salua sa propre victoire par un message en ligne : « Mon agonie aurait pu être leur triomphe », qui donna lieu à des centaines de réactions. Anton s'amusa de le voir reproduire le même message sur un *board* de 8chan consacré à ses jeux. Il lança la discussion professionnelle :

— Merci Kevin, j'étais un peu tendu. Autant à cause de l'attentat que de l'avenir.

— Tu crois que vous allez gagner ?

— On ! Kevin, on ! Tu fais partie du clan.

— Je ne suis qu'un assistant !

Il leur servit un verre de rouge. Anton avait eu raison de ne pas le laisser se perdre, ce pauillac de Latour 2015. Il était onctueux et doucement euphorisant.

— Tu veux un rail ?

Kevin aussi était fatigué :

— Je n'ai rien contre un petit remontant ! Faut juste que je mette un SMS à Johanna pour lui dire que je bosse encore, mais qu'on fêtera la victoire ensemble ! Elle m'avait tellement chauffé que j'en mouille encore, dit-il avec un clin d'œil pour mettre mal à l'aise Anton, qui, il est vrai, était assez impressionné par la carrure de son assistant.

— Tu penses qu'on présidentialise Valérie dès ce dimanche soir ou qu'on termine par une image de campagne ? Tu la vois plutôt seule ou avec des militants…

— Si elle prononce un discours seule devant les caméras, on entendra les militants applaudir à côté.

— Je préférais que ça ressemble à un discours dans une salle des fêtes avec de nombreuses personnalités. Comme si on venait d'efectuer un dépouillement dans une salle municipale. Que ça ressemble à un gymnase avec des élus. Tu peux essayer cette configuration ?

— On peut aménager la grande salle comme cela, une salle de résultat avec des tableaux, des cartes de France et quelques ordinateurs ! Ça ne te gêne pas si je tombe ma veste ?

— Non, mets-toi à l'aise.

Kevin déboutonna doucement sa chemise blanche, remonta ses manches, laissant paraître un tatouage débutant sur sa poitrine et se terminant sur des bras toujours aussi musclés. Il se refit un rail de coke à la grande surprise d'Anton.

— Dis donc, tu as de la descente ! Faut dire, on n'a pas le même gabarit !

— J'ai bourlingué, je t'ai déjà raconté.

— Faudra aussi qu'on change la séquence de vendredi. C'est là qu'on peut la présidentialiser davantage. Faudrait qu'elle soit presque seule.

Anton détailla son projet de clip ressemblant au dernier épisode d'une mini-série. Des images de la campagne, débutant par Valérie montant dans un avion et se terminant par quelques mots, à nouveau place de la Concorde :

— Tu veilleras à la logistique pour que le son et l'image soient sans accrocs.

— Je vais dire aux équipes vidéo que c'est la priorité de demain, que l'on ait juste à rajouter trente secondes issues de la place de la Concorde. Le reste, ce doit être des images partout en France et quelques images du bilan de Stolon avec les Gilets jaunes, par exemple.

Kevin avait l'air satisfait de donner de plus en plus son avis dans cette campagne et prépara le message qu'il devait envoyer dans la boucle WhatsApp des fameux influenceurs. Anton ne savait pas si c'était un bon gars ou un grand manipulateur, mais il lui était très dévoué et particulièrement efficace. L'aventure politique attire parfois ce genre de personnages. Anton regardait discrètement Grindr sur son téléphone, cinq messages, rien d'excitant ; depuis des mois, il ne montrait pas son visage, ce qui compliquait sérieusement les choses. Il demanda à Kevin si ça le gênait qu'il s'amuse dans sa chambre avec un mec alors qu'il restait dormir dans le salon. Kevin se prépara un rail et en fit un pour Anton.

— Pas trop pour moi, sinon je vais être surexcité et, si je ne trouve personne, je suis parti pour une heure de branlette. Quoi qu'il en soit, c'est la dernière fois. À partir de dimanche, j'épouse la France.

— C'est toi, le boss ! Tu comprendras mieux pourquoi je ne suis pas resté dans les services. J'aime trop m'amuser.

Anton frissonna, se demandant s'il avait bien fait d'accorder autant sa confiance à Kevin. Mais ce fut le militaire qui brisa la dernière glace en se mettant à parler davantage qu'à son habitude :

— Ne te soucie de rien. Comme je te l'ai dit, mon troisième poste, il y a six ans, à la DGSE, était à l'ambassade au Liban. J'avais 27 ans. Juste une histoire de fille, une fille parmi d'autres. Là, c'était la fille d'un ministre proche du Hezbollah. Quand je pense à elle, je ne regrette rien. J'ai arrêté de bosser au service après. Je n'avais pas intégré les commandos marine pour faire du rentre-dedans. Rien de grave, tu vois. Au moins, toutes mes formations m'ont servi, mais je suis un peu mal vu au service d'être parti rapidement travailler dans le privé. J'aurais dû aller quelques années dans un service d'analyse, mais j'avais goûté au luxe. Voilà pour moi. Et toi, sais-tu exactement ce que tu vas faire ?

— Il faut gagner, on verra bien. Tu crois qu'on ne pourrait pas rattraper ton dossier, tu viendrais bosser avec moi, quel que soit l'endroit.

— Il n'y a rien dans mon dossier, je me suis juste barré ! À propos de blanchir ? Tu reprends un rail ?

— Si j'en reprends un, je te préviens, je vais vérifier si tu as vraiment autant les couilles comme tu le prétends tout le temps.

— Tu encaisses ? sourit Kevin.

— Je t'aurai prévenu…

— C'est moi qui t'ai prévenu. Va falloir encaisser, tu remplaceras Johanna.

Kevin leur prépara deux lignes, ouvrit sa braguette et avala cul sec un verre de rouge. Anton s'agenouilla, Kevin sortit un sexe à moitié en érection, l'enfonça directement dans la bouche d'Anton. Il était vraiment stone.

— Suce, tu m'as trop chauffé, je vais te montrer ce que c'est, un mec !

— Ne me fais pas de marques, je ne veux pas que mon mec se doute de quoi que ce soit.

Kevin enleva sa chemise, découvrit un corps parfait, un fin duvet sur des abdominaux sculptés malgré l'alcool et le manque d'entraînement, prit la tête d'Anton, à qui il fit faire des va-et-vient rapides, puis l'amena dans la chambre. Il lui bâillonna la bouche avec sa main pour qu'il ne crie pas. Au réveil, Kevin lui dit juste : « J'ai envie de te rebaiser. » Anton s'exécuta avec plaisir. Ils se douchèrent, Anton rangea tout et, à 9 h 30, ils étaient là, assis devant un café, comme si Kevin venait d'arriver pour une réunion de travail.

Chapitre 22

L'avion décolle…

Esther Diallo et Anton Sodenberg se livraient au même exercice à la même heure. Précisément à 13 heures, ils déjeunaient chacun dans un jet privé qui les amenait respectivement à un déplacement de campagne, concentrés sur le dernier gros sondage que publiait *Le Monde* en partenariat avec le Cevipof et deux fondations politiques. Le président Stolon était toujours en tête, mais le chiffre de la possible abstention avait été corrigé à la baisse sans faire bouger les intentions de vote.

Pour des raisons de sécurité évidente, le président Stolon voyageait dans un Falcon de la République, il s'agissait donc littéralement d'un jet public. Le coût était remboursé à l'État par l'association de financement de la campagne. Au fond de l'appareil, Esther Diallo jetait un coup d'œil sur le président-candidat, qui relisait l'interview qui serait publiée le lendemain matin dans la presse régionale. Surtout, elle contemplait le visage bronzé de l'aide de camp du président de la République, sportif, impeccable dans son uniforme bleu de marin. Ce capitaine de frégate transportait avec lui la mallette nucléaire, dont on ne saurait jamais si elle ne contenait pas plutôt une arme de poing, un vieux bouquin ou un maillot de bain permettant au président de la République de se baigner en tout lieu et en toute circonstance. La directrice de campagne franchit la ligne qui devait exister entre le militaire et le politique pour l'interroger sur les informations qui circulaient sur le dark Web, d'autant plus qu'elle n'appartenait plus au gouvernement.

— Il ne faut pas trop fantasmer là-dessus, à part quelques geeks qui probablement ne votent pas, personne ne va sur le dark Web.

— Je pense aussi que ceux dont l'ordinateur a été piraté dans un hôpital par exemple voient parfaitement que c'est une tentative de manipulation étrangère.

— Oui, ce qui est davantage problématique, c'est l'article du *Monde* qui a été mis en ligne ce matin sur cette pseudo-affaire. Il était bien documenté, on parle trop dans l'entourage du président.

— Ça, on ne peut l'empêcher !

Même s'il pensait l'inverse, qu'un nombre réduit de collaborateurs permet d'éviter les fuites, le militaire ne dévia pas de son raisonnement :

— Cet article a entraîné un pic de visionnages de vidéos sur ces prétendues écoutes et les recherches par mots-clefs dans Google ont explosé. Bien sûr, ce sont les lecteurs de l'article qui y sont allés.

— À mon avis, notre électorat se ressoude face à ces attaques.

L'aide de camp ne cilla pas. Il avait participé à beaucoup de conseils de défense avec elle lorsqu'elle était porte-parole, il reconnaissait son intelligence, mais n'ignorait pas qu'elle occupait des fonctions qui l'amenaient à parler. On ne sait s'il estimait que les fuites venaient d'elle ou de quelqu'un d'autre, mais sur un ton neutre, presque pédagogique, il lui donna une leçon que l'ancienne ministre n'était pas près d'oublier :

— Les comportements des électeurs face à de tels messages sont parfaitement analysés depuis la campagne sur le Brexit ou celle de Trump. Les adversaires ciblent vos supporters pour qu'ils aient accès à des informations négatives ou dérangeantes et ainsi se démobilisent. Les équipes de Trump ont installé l'idée que les Clinton étaient malhonnêtes. Vrai ou faux, cela a eu pour effet de dissuader certains de leurs électeurs de se rendre aux urnes.

À l'horizon, elle contemplait les terres à peine vertes des grandes étendues de Champagne ; vus du ciel, c'étaient ces paysages de France dont elle admirait le plus la beauté. Elle avala rapidement un Coca après son toast au caviar. Ce n'était pas du meilleur goût, mais elle avait besoin de se doper un peu. Il fallait aussi qu'elle parle plus longuement à Benoît. Son conjoint avait renoncé à son mandat de député il y a un mois et avait été nommé dans l'indifférence générale conseiller culturel à l'ambassade de France à Oslo. Elle se sentait seule, elle avait envie qu'il lui caresse les cheveux comme il le faisait souvent dans leurs instants de complicité. Heureusement, il était revenu le week-end du premier tour et serait là le lendemain soir. Elle cherchait à élucider, depuis qu'elle avait eu confirmation de sa grossesse, ce qui la motivait dans le combat politique. L'odeur du sang n'est pas la même quand on s'apprête à donner la vie. Elle peinait à rentrer dans les méandres de sa propre psychologie. S'il fallait renoncer à tout ça, eh bien elle y renoncerait. Le jeudi suivant, quel que soit le résultat, elle irait le rejoindre en Norvège.

C'était la deuxième fois de sa vie qu'Anton montait dans un avion privé. La première, ce fut dans le Bombardier de Silvio Berlusconi, qui l'invitait passer le week-end dans sa villa de

Sardaigne juste après l'installation du Parlement européen en mai 2019. Pour ce dernier déplacement électoral, ils avaient fait le choix du jet pour de nombreuses raisons : les comptes de campagne étaient bien tenus, il n'y avait aucune perte de temps et ça énervait les écolos. Surtout, ça présidentialisait la candidate ; Anton voulait des images d'elle descendant de l'avion et surplombant le pays un dossier posé sur la tablette. Seule la présence de journalistes embarqués l'ennuyait, mais ces derniers s'étaient engagés à respecter le temps qui leur était imparti afin que tout le monde se repose une petite heure.

— Kevin, que penses-tu de cet article du *Monde* qui confirme une rencontre entre le président de la République et l'ambassadrice américaine ?

— Plutôt que de fustiger les hackers russes, je trouve que ça fait écho aux accusations d'espionnage du président. Je viens de faire un tour sur les vidéos, les vues ont considérablement augmenté.

— Je me demande si, contrairement à nos habitudes, il ne faudrait pas que nos influenceurs transfèrent cet article. Le titre se suffit à lui-même et, comme l'article est payant, personne ne le lira en entier : « L'entourage du président confirme une rencontre avec l'ambassadrice des États-Unis. » Tu connais les sentiments ambigus des Français envers les Américains. Ils s'habillent et boivent américain, gobent des séries et leur rap, mais ne peuvent s'empêcher de les mépriser. L'aubaine, c'est *Le Monde* qui a fait là le sale boulot. Il a donné envie à ses lecteurs de chercher les vidéos et les informations.

— Les vues sont considérables. Sur YouTube, on est à deux millions.

— J'ai lu pas mal de papiers élogieux sur cette ambassadrice. Mais il suffit d'aller sur Wikipédia pour savoir que c'est une ancienne directrice à la CIA Ça ne peut qu'instiller le doute dans le camp Stolon sur ces histoires d'espionnage. Je jette un dernier coup d'œil sur le clip de demain et il faut que je dorme maintenant. Tu peux dire aux journalistes que je leur parlerai au retour. Vérifie bien que, dès qu'ils ont fini avec Valérie, leurs micros et caméras soient rangés et éteints. Qui nous véhicule depuis l'aéroport ?

— Un groupe d'anciens Gilets jaunes, des Uber et des taxis à parité. Leurs voitures ont été passées au déminage, ils étaient super fiers.

— Fais-moi penser au retour que Valérie s'entretienne avec eux sur le tarmac, qu'ils puissent prendre des selfies.

— Je n'oublierai pas. D'autant plus qu'un d'entre eux ferait un bon candidat aux législatives. J'en parlerai à ta sœur.

Anton regardait avec amusement la place que prenait Kevin dans sa famille. Plus jeune qu'eux, ses capacités d'analyse, son allure imposante d'ancien commando marine, sa fiabilité rassuraient tout ce petit monde d'habitude si fermé. Il faisait ses premiers pas en politique, mais voyait tout avec le regard d'un homme évoluant en milieu hostile. Anton jeta un œil sur les commentaires que venait de lui transmettre Amir sur l'étude du Cevipof. Il s'assoupissait sur les graphes liés à l'abstention. Les paupières mi-closes, il pensait à son ami, observait Valérie qui dormait, un masque posé sur les yeux. Dans ces cieux français, il réprimait un sourire de satisfaction, se sentait étonnamment bien ; peut-être, pour la première fois, une vie idéale s'offrait à lui.

Chapitre 23

Un lundi ensoleillé

Valérie Mézenc aspirait au calme et s'évertuait à évacuer par différentes techniques de méditation le traumatisme de l'attentat. Dans la voiture qui la conduisait le matin à l'hôtel de Brienne, elle avait deux préoccupations en tête : la réponse à apporter à cet acte terroriste et sa robe du couronnement, comme elle l'appelait. Pour des raisons de sécurité, l'hôtel de Brienne, siège du ministère de la Défense, avait été mis à sa disposition dès le dimanche soir. Magnifique hôtel particulier du XVIIIe siècle, il hébergeait encore le cabinet de la ministre, alors que toute l'administration avait été transférée sur le site dit de l'Hexagone de Balard, dans le 15e arrondissement de Paris. Brienne possédait l'avantage d'être ultra-sécurisé, bénéficiait de plusieurs entrées, d'un bunker, de lignes et d'ordinateurs cryptés et d'un si vaste appartement que la future présidente pourrait y loger ou tenir des réunions sans être importunée. Le secrétaire général du gouvernement, dans la confusion de la soirée, avait négligé le fait que le général de Gaulle s'y était installé à la Libération.

C'était la première fois que Valérie Mézenc logeait dans un palais national. Elle trouvait le lieu agréable et décida de profiter du parc pour prendre quelques couleurs dès que le soleil pointerait son nez. Elle n'autorisa la présence que de deux collaborateurs au rez-de-chaussée et s'installa seule à l'étage. Elle avait pris le parti de s'isoler et de se reposer, seuls ses enfants disposaient d'une autorisation permanente d'accès. Jusqu'à la cérémonie de prise de fonction, elle ne verrait que peu de monde, car ce n'est qu'à partir de cette date que ses décisions entraîneraient des conséquences officielles. Non qu'elle ne crût au principe de causalité, elle savait que tous ceux qu'elle ne traitait pas dans l'intervalle ne lui faciliteraient pas la tâche, mais elle estimait que personne n'avait vraiment besoin de la voir pendant trois jours ; à la rigueur, il fallait remercier ses supporters, mais c'était un acte trop partisan, un message vidéo du secrétaire général du parti suffirait. Les chaînes d'information de toute façon parleraient d'elle, continueraient à courir derrière le moindre de ses rendez-vous. Il fallait aussi rassurer les marchés, qu'on appelait souvent, pour leur attribuer un rôle positif, les investisseurs, dans les milieux concernés. Elle ferait faire à Anton deux ou trois gestes en direction de ceux qui comptaient chez les grands entrepreneurs français. À tout le reste, elle réfléchirait dans trois jours. Valérie Mézenc était la première femme présidente de la République française et la première femme chef de l'État, puisque la loi salique n'avait toléré que des régentes. Son nom était maintenant gravé dans le marbre de l'Histoire, il fallait juste être radicalement différente de ses prédécesseurs. Ses sentiments personnels étaient néanmoins ambigus, une fois l'enthousiasme de la victoire passé.

Quel chemin, de jeune avocate nogentaise à présidente de la République française ! Si le visage de la nouvelle cheffe de l'État était si familier aux Français, c'est parce qu'elle était dans le paysage depuis très longtemps, pourtant personne ne la connaissait vraiment. On avait lu l'essentiel de son histoire, mais, à y regarder de plus près, des blessures profondes avaient forgé un caractère beaucoup plus féministe qu'on ne se le représentait pour une élue étiquetée populiste. Son inscription dans le catalogue des groupuscules liés à l'extrême droite avait été conjoncturelle. Toutefois, elle n'avait pas réussi à gommer cet accident de l'histoire politique. Elle s'en était accommodée bon gré mal gré, mais avait tenu à présenter un programme de droite classique.

La veille, vers 2 heures du matin, sur la terrasse familiale de Nogent-sur-Marne, Valérie Mézenc avait exprimé auprès de ses enfants ses attentes sur sa façon de gouverner et son désir de les voir rester auprès d'elle, à l'Élysée. Valérie Mézenc n'avait en réalité mis au monde qu'une fille, avec qui elle entretenait des relations fluides, sans les mystères des relations mère-fille. Ariane Lévêque avait gardé le nom de son père, chirurgien, éphémère mari de Valérie, et c'était mieux ainsi. Elle avait effectué sa scolarité loin du système public français, entre les écoles privées et les pensionnats anglais. Pour encore plus d'éloignement d'un milieu parisien qui lui était hostile, elle était partie étudier le management aux États-Unis, où elle avait rencontré un riche Mexicain, que les débats autour de la droite populiste ou l'ultradroite ne troublaient pas. Ils s'étaient mariés après cinq ans de vie commune. Lors de la discussion de la veille au soir, Ariane avait annoncé à sa mère qu'elle était enceinte de deux mois et allait s'installer quelque temps en France avec Fernando en vue de la naissance de l'enfant. Ariane regardait de loin la politique française, mais elle participait régulièrement à des conciliabules familiaux. Depuis une dizaine d'années, elle faisait de son mieux pour être présente tout le mois qui précédait une élection.

Anton préoccupait davantage la présidente élue ces jours-ci. Il était le fils de sa sœur jumelle, Athénaïs, et d'un Suédois – brun au demeurant – qu'elle était sur le point d'épouser quelques mois après la naissance d'Anton. Valérie gardait le jeune bébé, âgé de quatre mois, le week-end où Athénaïs et Elgar s'étaient tués dans un accident de voiture. Comme ils vivaient tous à cette époque dans la propriété familiale des bords de Marne, Anton fut élevé par sa tante, mère d'adoption. Valérie attendit qu'Anton ait grandi pour se marier – brièvement – et donner naissance à Ariane. À ses 18 ans, Anton décida de ne garder que le nom de son père, Sodenberg, sans y accoler celui de sa mère. Lorsqu'on lui reprochait à la fois son goût pour la fête et son engagement dans le parti familial, il répondait en guise de provocation : « La décadence, ce sont nos alliés fachos qui l'ont mise à la mode. » Il se droguait parfois pour se détendre ou s'amuser. Il était homosexuel, vivait cela très bien dans son parti et traînait une mélancolie qui ressemblait presque à de l'élégance.

Son engagement politique avait été au fond le moyen de garder un œil sur Valérie. S'il était d'abord devenu avocat, était parti travailler dans l'arbitrage à Londres en s'invitant dans l'arène, il contrôlait un peu maladivement la vie de sa tante au lieu de se concentrer sur les affres de la sienne. Il écartait les hommes qu'il n'appréciait pas, les collaborateurs peu à son goût, les cousines intéressées, et faisait le tampon avec ce grand-père détesté. Il ne l'estimait pas beaucoup, mais, alors que Valérie le haïssait en secret, il avait su jouer pendant des années le rôle de l'héritier mâle de la famille, profitant – jusqu'à ce que le patriarche découvre l'homosexualité du petit – des rares largesses d'un grand-père réputé pingre. Il aurait fallu moins de quatre ans pour que le grand-père réinvite Anton à déjeuner, car, vieillissant, il était si isolé qu'il se rattachait à son seul petit-fils, dont il disait qu'il baisait des Arabes alors que c'était l'inverse. Anton veillait plutôt attentivement sur son héritage et les intérêts financiers de Valérie. Il évita surtout que la dernière maîtresse du Vieux n'obtienne davantage qu'une récompense minimale pour service rendu grâce à un contrat d'assurance-vie.

Anton habitait un appartement au-dessus de celui de sa tante, ne descendait à des réunions que lorsqu'il doutait de la stratégie politique de Valérie ou pour ferrailler avec les caciques du parti. Il n'avait confiance dans aucun de ces tristes personnages dont Valérie s'était usée à contenir l'influence. C'est au cours d'un de ces dîners que, pour s'attirer les bonnes grâces du Vieux, le secrétaire général du parti proposa à Anton une place en position inéligible sur une liste pour les élections européennes. Le Vieux avait alors exigé que le petit-fils soit tête de liste... Anton partit donc à Bruxelles, comme s'il venait d'acquérir une charge d'ambassade, lot de consolation d'un aristocrate qui n'était pas l'aîné. Parfaitement bilingue, il s'investit dans tous les réseaux de droite européens, flirtant parfois physiquement avec l'extrême droite, rarement regardant sur le passé de l'invitant, surtout si un sourire accompagnait l'invitation.

Comme s'il était le rejeton issu d'une famille régnante, Valérie Mézenc cultivait l'idée de le nommer ambassadeur à Rome après deux ans comme conseiller diplomatique à l'Élysée, le temps de le faire accepter par les technostructures des chancelleries européennes. Mais, pour l'heure, elle avait convoqué le préfet de police pour un petit-déjeuner.

Le préfet Sarrien était mal à l'aise avec ce rendez-vous, tout en étant bouffi d'orgueil d'être le premier à rencontrer la présidente élue. Elle l'informa de ses choix de résidence, l'interrogea sur l'ordre public, la situation en province – qui n'était pas dans ses compétences, même s'il était encore préfet de région en Auvergne-Rhône-Alpes deux ans auparavant.

Elle le questionna sans détour sur le montant de sa rémunération puisqu'elle était une des plus élevées du corps préfectoral, mais surtout quand cesseraient les manifestations contre elle. Cela ne ressemblait pas vraiment à une question. De son côté, il osa lui demander si elle allait remonter les Champs-Élysées ou simplement déposer une gerbe à l'Arc de Triomphe. Ce fut le premier malentendu d'une longue liste – sans aucune conséquence pour sa carrière –, puisqu'il répondit que, si la météo s'y mettait, toutes les difficultés seraient derrière elle d'ici une dizaine de jours.

Aucun rendez-vous ne figurant à son agenda avant son déjeuner avec le chef d'état-major des armées, Valérie monta dans son appartement, se connecta sur Internet et fit défiler les dernières collections Dior et Chanel. Elle exclut Chanel du fait du passé de Mademoiselle. Comme tout le monde, elle s'en fichait, mais ne voulait pas d'allusion dans la presse. Elle aurait tout le temps de s'en vêtir lors d'une autre occasion, probablement pour son premier discours devant le Congrès du Parlement à Versailles. Elle se faisait un plaisir de s'habiller chez Dior ; la veste « bar » lui irait à merveille, mais les nouvelles jupes l'horrifiaient. Elles étaient toutes transparentes. Je ne peux pas porter ça, pensa-t-elle, je vais avoir l'air d'une pute sur le retour. Quant à la robe ceinturée, elle était hélas indisponible dans sa taille. Elle en oubliait presque qu'elle était cheffe de l'État et que tout devenait possible. Elle se rabattit sur Givenchy, qu'elle aimait autant, et trouva une robe de soirée à son goût, mais rien qui lui convenait pour la cérémonie d'investiture retransmise en direct. Céline ferait l'affaire pour son arrivée à l'Élysée, la vareuse caban lui donnait un air de gardienne de pensionnat, mais, pour le tailleur, elle voulait un jeune créateur, pour que l'on commente aussi la modernité de ses choix. Elle trouva son bonheur dans une maison soutenue par le milliardaire Francis Gérard. Elle s'amusait d'avance de son entourloupe – la police faisant toujours bien les choses, une de ses gardes du corps, choisie par le service de protection des hautes personalités, avait exactement la même taille et le même gabarit qu'elle. Cette dernière irait faire les essayages comme si elle était l'épouse de son neveu.

La présidente élue fit servir l'apéritif dans le jardin. Ayant un goût immodéré pour le rosé de Provence, ne pouvant en faire servir à son premier déjeuner quasi officiel, elle demanda du champagne rosé et trouva que c'était une riche idée pour la cérémonie d'investiture, ne servir que du champagne et des alcools rosés aux invités. Valérie n'appréciait pas le chef d'état-major des armées, qui faisait de son mieux pour n'être agréable à personne. Elle se réjouissait déjà de sa réaction quand il apprendrait que le nouveau ministre de la Défense serait un de ses prédécesseurs, aujourd'hui à la retraite. Elle ne l'aimait pas davantage, mais elle voulait s'assurer à nouveau du vote des militaires et de leurs familles pour les prochaines législatives. Les militaires avaient une certaine sympathie pour elle ; elle ne voyait pas pourquoi, elle était divorcée, ne croyait pas en Dieu, ne connaissait rien en politique étrangère. Seul un certain goût désuet pour les soirées dansantes pouvait les unir.

Elle désirait surtout se renseigner sur le rôle du chef d'état-major de l'Élysée, fonction que le chef d'état-major des armées n'avait jamais occupée.

— Mais enfin, vous avez été au cabinet du Premier ministre, vous savez comment ça se passe à l'Élysée. Je trouve étonnant cette appellation d'état-major particulier, on a l'impression que ce général dirige les huissiers et le protocole.

— Votre première aide de camp vient de vous être attribuée. Il s'agit d'une capitaine de frégate qui vient de Matignon, les deux autres seront nommés demain.

— Ah, je trouve ça bien que ce soit une femme, mais, pour le rôle principal, j'hésite avec le titre de conseiller militaire du président.

— Il ne rentre pas dans mes attributions, madame la présidente de la République, de vous suggérer la façon d'organiser votre cabinet.

Le général se réjouissait de cette proposition puisqu'il serait le seul à garder le titre de chef d'état-major, en dehors de ceux dédiés à chaque arme. Cela ferait démissionner l'actuel titulaire et il pourrait conseiller à la présidente de nommer un de ses collaborateurs. Il n'arrivait pas à trouver qui pourrait bien devenir ministre de la Défense. Il la savait en mauvais termes avec son prédécesseur, elle ne pouvait lui confier un tel portefeuille sans briser la courroie de transmission directe dont avait besoin la présidence. Il ne voyait pas dans les parlementaires proches de la Ligue quelqu'un qui connaisse suffisamment les dossiers. Cette victoire avait été si inattendue et si courte qu'il lui fallait donc rassembler un peu plus que son camp, estimait-il, lui qui se piquait de stratégie.

— Dites-moi, général, savez-vous qui parmi les corps constitués assistera à mon investiture ? Il se murmure que certains la boycotteraient, l'interrogea-t-elle, surjouant l'indignation.

— Madame la présidente de la République, mes services ne s'occupent jamais de politique interne.

— Et vous, vous viendrez ?

— Madame la présidente de la République, la question ne se pose pas !

— Si je vous invite, général !

— Il se dit, madame, que vous n'avez toujours pas donné de rendez-vous au secrétaire général du gouvernement.

— Vous voyez que vous savez ce qui se passe en France.

— C'est lui qui connaît le mieux les corps constitués. Permettez-moi, madame la présidente de la République, de vous demander de convoquer au plus vite un Conseil de défense.

— Dès que le Conseil constitutionnel aura proclamé les résultats demain ou mercredi, je m'entretiendrai par téléphone avec le président Stolon, pour que ses équipes assurent avec vous cette préparation. Jusqu'à jeudi, je ne donne aucune instruction. Pré-alertez néanmoins vos équipes, mais je n'imagine personne en vacances ce jour-là. Au fait, demandez à votre épouse de nous rejoindre à l'Élysée pour 20 heures.

— Merci, madame la présidente de la République, répondit le chef d'état-major des armées, très surpris par cette invitation qui ressemblait davantage à un dîner ou à un cocktail qu'à une réunion.

— Dites à mon directeur de cabinet de venir maintenant, général. À jeudi !

Le chef d'état-major n'en revenait pas, la présidente n'avait pas mentionné son collaborateur comme futur secrétaire général de l'Élysée. Le suspense allait durer, mais il semblait rassuré sur son propre cas. Il ne savait s'il devait transmettre les dépêches militaires à son directeur de cabinet ou directement à la présidente élue et croisa Anton dans le couloir, qui l'attendait manifestement.

— Bonjour monsieur le chef d'état-major, nous souhaiterions, dit-il – car il avait déjà eu l'accord de sa tante – que vous vous occupiez personnellement de la mise à disposition de l'Élysée d'un de vos hommes qui est actuellement en disponibilité dans le privé. Il s'occupera de l'organisation de certains déplacements.

— Son nom et son ancien service ?

— Kevin Stankowitch, DGSE.

— Ce sera fait au plus tard demain ou après-demain. Asseyons-nous quelques instants pour parler, si vous le souhaitez.

— Bien sûr, j'ai besoin d'en savoir davantage sur les rôles de chacun.

Ils furent salués par Luc d'Hauteville, qui rejoignait la présidente sur la terrasse du jardin. Luc d'Hauteville était préfet. Un préfet qui ne servait que sous la droite et ne s'était jamais caché de ses idées très conservatrices. Lorsque la gauche ou le clan Stolon était au pouvoir, il revenait à l'Inspection générale de l'administration. Il s'était rapproché de Valérie alors qu'elle venait de reprendre le parti de son père et cherchait des hauts fonctionnaires pour lui constituer des réseaux personnels. Elle avait trouvé ses propos complètement déconnectés de toute réalité électorale, mais elle manquait de ces grands serviteurs de l'État dans sa stratégie de conquête. Hauteville avait lui-même alimenté la rumeur qu'il serait directeur de campagne. Elle le nomma directeur de cabinet et choisit un des vainqueurs des régionales comme directeur de campagne, le jeune président de la région PACA. Valérie embrouilla son préfet – comme elle l'appelait – en lui demandant de fédérer un réseau de jeunes énarques, de diplomates et d'historiens. Il crut alors qu'il deviendrait secrétaire général de l'Élysée et devait commencer à recruter pour les futurs grands cabinets. Il n'eut pas de mal à trouver quelques diplomates, toujours pro-russes, pas trop européens, qui considéraient que les affaires étrangères étaient une histoire de famille. Il avait même présenté à la candidate l'ancien ministre gaulliste qui s'était mué en avocat d'affaires conseillant de nombreux fonds d'investissement, Dominique Villeret de Saint-Jacques. Luc d'Hauteville était content de cette trouvaille, car, à ses yeux, l'intéressé gagnait trop bien sa vie depuis une dizaine d'années pour pratiquer la politique autrement que comme un sport d'élite. Il était de surcroît marié à une femme ravissante, héritière des Bonaparte, avec qui il avait conçu quatre enfants et terminait de restaurer un château en Touraine. Pendant des mois, l'avocat s'était contenté d'apporter une profondeur historique si française aux discours de Valérie et de lui envoyer quelques entrepreneurs qui partageaient ses chasses afin de financer sa campagne. Puis, dans la plus grande discrétion, Villeret avait noué un lien direct avec la candidate.

— Hauteville, asseyez-vous, servez-nous le café. Dites-moi, mon vieux, où nous en sommes de la proclamation des résultats. Que disent vos amis de l'Intérieur ?

— Valérie. Pardon, madame la présidente ! lui dit-il du coin de l'œil, le regard au-dessus de ses lunettes. Il faut que nous passions davantage de temps ensemble pour préparer votre cabinet, votre futur gouvernement et votre cérémonie d'investiture. Nous attendons que le Conseil constitutionnel proclame les résultats, avec probablement quelques rectifications à la marge.

— Je me méfie de ce groupe de centristes. Mes relais au Conseil d'État qui leur tiennent d'habitude la plume me disent qu'ils essaient d'annuler des bureaux de vote qui m'étaient très favorables.

— Je n'ai rien entendu de tel.

— Renseignez-vous ! Menacez le secrétaire général du gouvernement s'il le faut.

— Il n'est pas dans la boucle.

— Il était secrétaire général du Conseil constitutionnel et préside l'amicale des anciens de l'ENA, il est dans la boucle de tout.

— Il insiste pour vous voir au sujet de la cérémonie d'investiture et de la liste des corps constitués à inviter.

— Ah oui ? Je monte dans mes appartements, je voudrais travailler à mon discours d'investiture. Qu'on ne me dérange pas.

— Bien, madame la présidente.

Valérie Mézenc monta lentement vers l'appartement de l'hôtel de Brienne en admirant l'harmonie de l'escalier, s'allongea habillée sur le lit et alluma la télévision pour regarder les chaînes d'information en continu. Elle éteignit immédiatement. Elle se fixa une première résolution : ne plus jamais allumer une chaîne d'information. Puis une deuxième : supprimer la chaîne publique d'information. Et elle s'endormit étrangement sur les chœurs militaires des *Puritains* de Bellini, qui d'habitude lui donnaient de l'énergie. À 17 h 30, le téléphone fixe posé sur la table de nuit sonna. Elle avait pourtant demandé à n'être pas dérangée.

— Madame la présidente, monsieur Francis Gérard est en ligne. Puis-je vous le passer ?

L'homme, qui était devenu, il y a peu, le plus riche d'Europe, l'appelait ; lui dont le groupe de presse avait fait la campagne de ses deux adversaires allait déjà se prosterner à ses pieds. Valérie hésitait sur l'attitude à adopter mais, attendu qu'il ne fallait pas effrayer les milieux économiques, elle saisit l'occasion qui se présentait. Elle voulait savourer cet appel. Elle alla se rafraîchir dans la salle de bain et contempla dans le miroir sa tête de présidente. Elle demanda qu'on lui passât l'appel dans la chambre. Quitte à jouir, elle voulait le faire dans le lit du général de Gaulle ou dans celui de l'Impératrice, qui sait. Elle espérait simplement que les matelas avaient été changés depuis. Elle riait de ses pensées loufoques.

— Madame la présidente, bonsoir.

— Monsieur Gérard, que me vaut cet appel ?

— Pour les retouches, il serait utile qu'une de nos couturières soit à votre disposition pendant ces trois jours.

Gérard était réputé pour avoir des espions partout, des réseaux entiers dans la police, jusque dans ses militants, mais là il excellait, seuls son neveu et sa garde du corps étaient au courant.

— Je reconnais là votre sens des détails. J'ai été un peu déçue par la collection Saba, vous me direz un jour peut-être qui porte ce genre de robes.

— Ma fille !

— Ça vaut le coup de racheter une maison de couture, alors ! Dites à votre retoucheuse de venir demain en fin de matinée. Voici le numéro de portable de mon officier de sécurité pour qu'elle puisse nous mettre en relation. Je voudrais que vous parliez à mon neveu de la situation financière, si vous disposiez d'une heure demain. Je crois que les marchés sont sensibles à ce genre de gestes.

Ainsi, Valérie Mézenc venait de donner une mission de confiance à un adversaire. Il attendrait pour avoir son portable direct, ce serait selon le comportement de ses journaux. Elle raccrocha et composa le numéro de son neveu :

— Anton, devine qui vient de m'appeler ?

— Francis Gérard ?

— Tu me fais déjà surveiller ?

— Non, une vigile du magasin de la rue du Faubourg-Saint-Honoré est bénévole dans nos meetings. Elle m'a reconnu immédiatement ainsi que ta garde du corps. Elle a tout de suite dit dans la boutique qu'il fallait bien traiter le fils de la présidente. Ils étaient pétrifiés. J'ai laissé Kaloua choisir les robes, et je suis allé en face m'acheter un nouveau costume et des chaussures. Le temps que je revienne, un des directeurs généraux du groupe était dans la boutique pour me saluer. Il m'a assuré que la maison était à ta disposition. Qu'as-tu prévu pour dîner ce soir ?

— Demande à ta sœur. Je viens quand même d'être élue présidente de la République française.

— J'ai envie de burgers.

— Ta sœur est enceinte, c'est à elle de choisir ce qu'elle veut manger. J'ai demandé qu'il n'y ait pas de personnel, on devra faire réchauffer.

— Je sais ! Je vais demander à mon assistant de nous acheter du caviar, du saumon fumé et de la vodka. Il repassera me chercher vers 19 heures.

Valérie, qui appréciait l'exactitude, poursuivit :

— Sois là à la demie avec ta sœur et son mari. Je désire me coucher tôt, après, je ne pourrai plus beaucoup me reposer. Prends aussi du saumon mariné, j'ai faim… J'ai imposé au chef d'état-major des armées une salade César à midi et je me suis amusée à le voir reprendre trois fois du pain. Évidemment, moi aussi j'avais l'estomac dans les talons à la fin du déjeuner. Tu viens seul ou accompagné ce soir ?

— Qui veux-tu que j'amène ?

— Je t'ai vu dimanche matin descendre de la voiture d'Amir.

— C'est toi qui me surveilles ! Oui, on a repris…

— Tu l'aimes toujours autant ? Il est toujours dans la préfectorale ?

— Oui, au ministère de l'Intérieur, au service élections !

— Au moins, toi, tu baises utile ! Tu penses qu'il veut venir travailler à l'Élysée ?

— Je ne te demande pas avec qui tu baises ! Attendons les législatives, il sera précieux au ministère pendant un mois.

— Demande-lui ce que font ces couilles molles du Conseil constitutionnel, il doit bien avoir quelques entrées ?

— Appelle-le, toi ! Il en sort et moi je ne veux pas qu'il pense que je l'utilise pour ça. Je t'envoie son numéro.

Anton raccrocha. Il détestait que sa tante se mêle de sa vie intime. Mais elle avait été directe et tout à fait bienveillante. Il savait aussi que, tout comme elle, il cesserait de s'appartenir pendant quelques années. Même simple collaborateur à l'Élysée, il était de son sang, se devait à la France. Plus de soirées, plus de dragues, terminé les applications, alors c'était quand même une bénédiction de ne pas être vraiment célibataire dans de telles circonstances. Un futur préfet, c'était la classe, riait-il intérieurement.

De Valérie Mézenc à Amir Etkarmi : On t'attend à dîner à 20 heures pile, passe par la porte du 128, il y a trop de journalistes VM

De Amir Etkarmi à 06 66 76 XX XX : Mais de qui est ce message ?
De Valérie Mézenc à Amir Etkarmi : Valérie Mézenc !

De Amir Etkarmi à Ant leplubo : Y a une meuf qui se fait passer pour ta tante.
D'Anton Sodenberg à Amir Amour : Je lui ai donné ton portable.
De Amir Etkarmi à Ant leplubo : C'est quoi, cette soirée ? Je ne peux pas lui dire non, mais j'ai énormément de travail à cause du Conseil constit. Je retourne en réunion. Moi aussi je suis…

De Amir Etkarmi à 06 66 76 XX XX : Mes devoirs, Madame la Présidente. Je suis honoré que vous me conviez à ce verre de la victoire.
De Valérie Mézenc à Amir Etkarmi : Il n'y aura que nous. Mon officier de sécurité t'attendra à la porte du 128 à 19 h 55 précises.

De Anton Sodenberg à Vall : Je ne viens plus ce soir, tu fais chier, moi aussi j'ai le droit de réfléchir à l'avenir.
De Valérie Mézenc à Anton♡ : J'ai fait préparer quelques mini-burgers pour l'apéritif. Soit à l'heure, car le personnel partira à 19 h 30 pile.

De Anton Sodenberg à Vall : Bon, OK !

De Valérie Mezenc à Dominique Villeret de Saint-Jacques : Je vous attends à 19 h 50 à l'hôtel de Brienne.
Dominique Villeret de Saint-Jacques à Passionnata : À vos ordres ! Et vive la France.

Après tant de SMS, elle se demandait s'ils ne pouvaient pas être interceptés par quelques officines étrangères. Ce ne serait jamais aussi grave que les échanges du président Stolon avec l'ambassadrice des États-Unis. Elle serait plus prudente à partir de demain. Elle avait envie de charrier son directeur de cabinet et composa alors son numéro :

— Hauteville, vous pouvez me monter mon projet de discours d'investiture ?

— Je vous le monte maintenant, madame la présidente.

— Vous avez fait long, j'espère ! Que toutes les chaînes info soient bloquées sur mes paroles.

— Vous m'aviez demandé de faire court, mais nous pourrons le densifier.

Au même instant, son officier de sécurité arrivait, les bras chargés de housses contenant divers modèles de robes et de tailleurs :

— Ah, posez tout sur le lit, Kaloua, je vais faire les essayages.

— Allez-y, Hauteville, rentrez travailler chez vous. Dites à tout le monde de déguerpir, je veux du calme pour profiter de ma soirée.

— Bien, madame la présidente, il n'y aura que votre sécurité. À demain 9 heures.

— Venez plutôt dès 8 heures, il va y avoir des choses à voir du côté du Conseil constitutionnel…

— Kaloua, restez ! Vous allez m'aider à enfiler le tailleur et la robe.

Seule avec sa garde du corps perplexe, mais touchée par la confiance, elle faisait des essayages de mode, comme deux jeunes femmes qui choisissent ensemble une robe de mariée. Elle avait quand même du mal à se faire à l'idée qu'elle avait la même carrure que Kaloua ! À l'évidence, celle-ci n'était pas non plus de bon conseil, elle s'avérait meilleure policière qu'égérie de la mode. Elle se rangerait à l'avis de ses enfants.

Il ne restait que quarante minutes avant qu'ils n'arrivent. Valérie Mézenc voulait une nouvelle fois s'attarder dans le silence de la chambre, car elle avait une pensée obsédante qu'elle ne pourrait plus s'isoler souvent. Elle avait complètement oublié qu'elle devait parler au président italien ce soir, un vieux complice de son neveu par le truchement de ses réseaux internationaux. Elle s'était entretenue dimanche soir avec le président américain, le russe et le chancelier allemand. C'était le tour du Premier ministre britannique. Elle n'aimait pas ces conversations avec interprète en ligne, alors, pour être davantage à son aise, elle resta allongée au milieu de ses vêtements pour discuter avec le chef du gouvernement d'Albion, moins conservateur qu'elle sur bien des points.

La lumière pâle du soir rejaillissait sur le parc de Brienne. La nouvelle présidente de la République française savourait le calme, se repassa du Bellini sur son téléphone, mais cette fois il s'agissait de *La Somnembula*. Elle fredonnait : *« Sovra il sen la man mi posa, Palpitar, balzar lo senti : Egli è il cor che i suoi contenti Non ha forza a sostener*[1]. » Cette journée avait été bien dense, elle se réjouissait de profiter d'un moment d'intimité avec sa famille. Par chance, Fernando avait prévenu qu'il ne pourrait être là qu'à 19 h 45. Elle aurait enfin ses deux enfants pour elle seule. Anton traversait la pelouse éclairée, il ressemblait autant à sa sœur Athénaïs qu'à Elgar. Il avait l'air parfaitement à l'aise dans un tel lieu, elle se demandait comment il se sentirait les premiers jours en poste à l'Élysée. Ariane

1. « Pose ta main sur mon cœur, sens comme il bat. C'est un cœur qui ne peut contenir sa joie. »

suivit de près, élégante et sûre d'elle, seuls de minuscules cernes témoignaient d'une fatigue pré-partum ou de l'intensité de ces derniers jours. Ces quelques minutes, Valérie espérait les voler à l'éternité. Elle leur parla de sa sœur, de leur jeunesse à l'ombre tyrannique du Vieux, de la future naissance. Anton mettait la vodka dans le seau à champagne quand il découvrit que six couverts étaient dressés. Ce n'était donc pas un dîner familial, le dernier avant les charges du devoir, comme il l'avait tant espéré. Même si Amir n'était pas la famille, c'était son homme du moment, il l'avait beaucoup soutenu, aidé à ne pas s'emporter dans des réunions tendues. Il n'avait jamais su vraiment pourquoi. Juste peut-être une forme d'amour. Valérie les serra fortement contre elle, leur assura une nouvelle fois que leur place était à l'Élysée. Elle désirait qu'ils supervisent très attentivement la campagne des élections législatives, mais que chacun aurait d'autres attributions officielles ! Ariane déclina. Elle s'occuperait uniquement des législatives et ce depuis leur domicile de Vincennes, sans fonctions officielles, elle voulait être au calme de la maison. Comme il était probable qu'Anton rentrerait certains soirs, ils travailleraient ensemble à ce moment-là.

Valérie les sonda sur le choix du Premier ministre, les enfants pensaient à Henri Benjamin, qui venait d'être élu en PACA. Valérie lui réservait l'Intérieur. Elle cita le nom de Nathalie Fabre-Espérance, ce qui fit partir Anton dans un grand rire compulsif. Les interminables débats et émissions télévisés lui avaient fait apprécier le profil de la candidate de l'Union gaulliste comme potentielle Première ministre. Son idée avait l'avantage de domestiquer la droite une fois encore, sans l'absorber ni l'étouffer, mais en lui confiant une partie du pouvoir. Elle voulait disposer de quelques ministres et députés expérimentés qui contrasteraient avec sa propre équipe. Fabre incarnait cette expérience. La présidente ne disposait que de ces trois jours pour peaufiner son plan. Le nouvel équilibre institutionnel lui laissant une marge d'interprétation, elle réfléchissait à une autre forme de gouvernement. Par-dessus tout, elle ne voulait pas gouverner avec son parti, car à ses yeux il s'agissait toujours du parti de son père.

Pour arriver à une solution novatrice, elle pressentait qu'il lui fallait réunir pendant trois jours tous les partis politiques au prétexte de l'union nationale après les affrontements provoqués par son élection. Le pari était osé. Il s'agissait de renouveler le même coup que Stolon, sans l'accusation de retournement de veste, car l'ancienne candidate de la droite viendrait à elle avec ses troupes. Une présidente et une femme

Premier ministre. Il fallait également proposer à la gauche, ainsi qu'à certains de chez Stolon, des fonctions avec le titre symbolique de ministre d'État pour une période de transition jusqu'aux législatives. Revint alors à la mémoire d'Anton son étrange discussion avec Rémi Pérou en boîte de nuit, quinze jours plus tôt.

Fernando et Dominique Villeret de Saint-Jacques firent leur entrée conjointement. Anton les dévisagea, si semblables malgré la différence d'âge, comme des cousins venus de deux continents éloignés. Anton alluma les bougies sur la table, baissa un peu la lumière et embrassa discrètement Amir, qui venait d'entrer. La présidente élue poursuivit son raisonnement pour les nouveaux arrivants. Elle avait relu attentivement la Constitution modifiée et, si elle avait défendu les vertus des institutions gaullistes, elle n'avait pas été formée à l'école du pouvoir. Elle voulait, pour être à la hauteur de la fonction, ressembler à un chef d'État, non à un chef de gouvernement moderne, ne trancher que sur les grands sujets qui engageraient son sextennat. Elle n'avait, en outre, aucune envie de se coltiner les sommets européens, qui d'ailleurs ne réunissaient que des chefs de gouvernement. L'Europe, ce n'était pas de la politique étrangère, c'était de la politique intérieure en quelque sorte ; elle souhaitait la laisser à un vice-Premier ministre aux pouvoirs élargis. Elle avait brossé un portrait chinois de sa présidence qui laissait Anton sceptique, quoiqu'il fût ravi de se débarrasser de certains vieux crocodiles revanchards du parti. Il estimait que la politique la rattraperait immanquablement. Villeret se contenta de préciser dans un sourire que, si elle voulait tenter cette organisation, elle devrait s'y tenir pendant six ans, pas question de revenir à une réunion européenne en milieu de mandat, sauf pour gérer une éventuelle crise. Ils s'accordèrent sur l'obligation de recomposer le paysage politique. L'étrange calendrier transitoire allait l'aider dans sa réflexion, car, si on avait créé des élections de mi-mandat, les élections législatives se déroulaient toujours trois semaines après la présidentielle.

La présidente interrompit les discussions et les pressa de se mettre à table par un claquement de mains, comme elle l'avait toujours fait avec ses enfants. Anton comprit dès les premiers regards qu'échangèrent Valérie et Dominique qu'ils participaient bien à un dîner familial, ou plus précisément à un conseil de famille recomposée. Ils goûtaient ensemble au plaisir de la victoire, ils étaient seuls au monde. En France, quoi qu'il en soit ! Au loin psalmodiaient encore les gyrophares et les coups de canons qui tiraient des lacrymos. Les sourires silencieux autour de la table étaient bonheur pur. Personne ne pouvait imaginer ce dîner. Un seul couple existait aux yeux de l'extérieur, le reste n'était que secret, et ils s'efforceraient de le maintenir le plus longtemps possible. Dominique servit tout le monde de vodka glacée, se leva, un verre à la main, et prononça un :

— Vive la République !

Valérie dans un même mouvement enchérit :

— Et par-dessus tout, vive la France !

Les cinq autres entonnèrent en chœur :

— Vive la présidente de la République !

Chapitre 24

En grève

Laurent Beaumann n'était pas d'humeur à plaisanter, il avait mal dormi dans la chambre de l'hôtel Ibis de Nantes. Les bruits et les odeurs de lacrymos l'avaient empêché de fermer l'œil. L'administration de l'université étant aussi agitée que les étudiants, personne ne répondait à ses messages ; il avait fait toutes ces heures de route pour rien.

Le professeur eut beaucoup de difficulté à se faufiler jusqu'à l'estrade du petit amphithéâtre où trônait une banderole « grève illimitée ». Il monta à la tribune sous des huées et dut négocier sa prise de parole avec un étudiant qui jusqu'à cette occupation s'était révélé un personnage parfaitement civilisé. Il lui concéda le micro en déclarant avec un brin de vanité devant des étudiants surexcités : vous avez une minute !

— Bonjour à toutes et à tous. Je me suis déplacé pour vous faire un cours, eh bien je ferai court.

Immédiatement, des sifflets retentirent dans l'assistance.

— Je voulais dire bref, mais vos vociférations ont étouffé la qualité de mon jeu de mots.

Il déclencha quelques rires, ce qui lui permit de détourner l'attention et de gagner un peu de sympathie parmi les étudiants. Il en profita pour aller à l'essentiel :

— Il nous restait deux cours. J'enregistrerai deux vidéos qui seront accessibles sur la plateforme numérique de l'université que nous utilisions pendant la pandémie. Je communiquerai à l'administration votre sujet d'examen. Nous ne nous reverrons pas d'ici la fin de l'année. Je n'imagine pas que les cours reprendront la semaine prochaine, connaissant un peu l'histoire politique et celle de cette université. Je le regrette, car nous aurions pu échanger sur la légitimité, le pouvoir…

— Tout l'amphi a voté la grève à l'unanimité moins cinq, déclara le meneur.

— Ce n'est donc pas l'unanimité pour une classe de quatre-vingts étudiants. Mais c'est un très bon score si le vote a eu lieu à bulletin secret.

— Non, à main levée, comme pour les états généraux !

— Je vous invite à procéder d'ici quelques jours à bulletin secret. Certains d'entre vous sont bien partis pour le combat politique ; je vous souhaite de bonnes vacances et je crois utile de vous rappeler qu'il y a des élections parlementaires dans trois semaines. Vous connaissez les pouvoirs réels du gouvernement et des deux assemblées depuis la réforme de la Constitution. Je vous laisse cet amphithéâtre sans avoir utilisé la totalité de mon temps de parole. Que voulez-vous ? L'autorité doit parfois céder face à la force.

C'était la minute décisive dans un débat. Celui où les rieurs déclenchent des applaudissements. Des années d'enseignement servent manifestement dans de telles circonstances. Un clin d'œil lui échappa, comme s'il se l'adressait à lui-même. Un étudiant tenta de le piéger sur le registre des convictions politiques :

— Monsieur, pourquoi ne soutenez-vous pas notre mouvement ?

Il se retourna vers le leader étudiant, merveilleux dans son rôle de commissaire politique, qui lui tendit à nouveau le micro :

— Ma première question sera de vous demander qui a voté au premier tour, ne vous gênez pas, il n'y a aucun piège, il suffit de lever la main.

Plus de la moitié de l'amphi la leva.

— Quand on connaît les chiffres de la participation chez les jeunes, j'ai un peu de mal à vous croire. Je voudrais que se lèvent les étudiants se situant plutôt dans les spectres politiques de la droite et de la gauche traditionnelles et qui n'ont voté à aucun des deux tours. Que ceux qui ont le courage nous disent pourquoi.

Trente étudiants se levèrent, dont évidemment quelques-uns qui venaient d'exprimer l'inverse :

— Moi je voulais voter à gauche. Je me sens socialiste, je ne pouvais pas voter écolo après le suicide du maire de Paris. Votre génération a effectivement détruit la planète, mais je sais aussi qu'on a besoin d'usines en France et Stolon ne défend que les plus favorisés. Il n'y avait pas de candidat pour qui la justice sociale soit cardinale. Vous savez, notre génération a vécu un enfer pendant les confinements. Je vivais chez mes parents, la maison est petite, même s'il y a un jardin. On habite à La Chapelle-Launay. Mes deux parents sont profs au collège, et j'ai un petit frère, donc il y a trois chambres, une cuisine ouverte et le salon. Je passais mes journées dans ma chambre, la pièce principale était soit pour mon père, soit pour ma mère quand l'autre ne donnait pas cours depuis leur chambre. Je pouvais juste aller dans le jardin s'il ne faisait pas froid. Le wifi buggait quand on était tous les trois en visio. Mon activité, c'était d'aller faire les courses tous les deux jours pour aller discuter avec des potes de lycée. Mes parents n'ont pas les moyens de me payer un studio à Nantes et j'ai environ une heure de transport porte à porte, quand ça marche. On dira un jour sur quatre. Je me suis trouvé un job pour corriger des devoirs pour des collégiens. Mais, avec l'inflation, je ne sais pas à quoi ça me sert d'être payé. Alors l'histoire des premiers de cordée et du ruissellement, ce n'est pas mon truc. Ça donne plus envie ; on n'a pas confiance.

— C'est pour ça qu'on occupe la fac, il faut une vraie politique de gauche, prendre l'argent aux plus riches et créer des services publics, mettre de l'argent dans l'hôpital, ajouta un de ses condisciples. Les socialistes avec Hollande ont juste préparé la politique de Stolon, enfin, celle de Bruxelles et des banquiers.

— Mais vous n'avez pas voté, renchérit le professeur.

— Non, ça ne sert à rien !

— Merci, passez la parole à votre voisine de droite.

L'étudiant révolutionnaire s'exécuta sans broncher.

— Vous ne croyez pas si bien dire ; je ne suis pas qu'à sa droite, je me sens de droite. Tellement de droite que je voulais voter pour Mézenc, car Fabre m'avait exaspérée.

L'amphithéâtre s'ébroua, les pupitres claquèrent et des sifflets s'élevèrent, mais la jeune fille, une fois le brouhaha retombé, reprit sans difficulté la parole :

— Pourquoi ? Parce que je me suis fait suivre plusieurs fois par des garçons, le soir dans les rues de Nantes, et j'ai eu peur, surtout lors des confinements. Quand je rentrais souvent seule tard le soir, je me faisais traiter de pute, siffler dans la rue, on me criait « T'es bonne. » Leila peut témoigner, on habitait à côté, alors elle rentrait souvent avec moi, car on ne peut pas rentrer seule dans notre quartier. J'ai même pris des cours de self-défense avec elle. Alors je me suis dit que je voterais pour la nouvelle candidate de droite, au moins pour la sécurité. Puis, quand je l'ai entendue dire qu'il fallait maintenir la retraite par répartition ; que l'on devait faire des efforts pour nos aînés, je me suis dit « OK boomer », tu t'intéresses qu'à tes électeurs, les vieux. On s'est tous sacrifiés pendant la pandémie pour les vieux et ils ne nous le rendent même pas. Ce sont leurs impôts qu'il faut augmenter. Il a raison, Geoffroy, ils ont tout eu, ils ont détruit la planète, et je vais continuer à payer leur retraite pour être certaine, moi, de ne rien avoir. Alors, quand tout ça s'est interrompu, je me suis fait vacciner, je n'ai pas chanté « merci Stolon » quand ces privilégiés ont pu rester tard à Roland-Garros. Je ne remercie pas quand on me rend une liberté que je n'ai pas donné l'autorisation de m'enlever. La vie est tellement chère maintenant qu'avec Leila et deux autres copines on s'est pris un appartement ensemble, on arrive comme ça à faire des économies sur tout. On travaille aussi toutes les quatre. Voilà, je n'y crois plus non plus, mais je vais lire les programmes et je voterai aux législatives. De toute façon, personne n'aura de boulot en sortant. Et puis, à quoi ça sert de se crever, ici à Nantes, on ne trouve pas de travail. Il n'y a même pas de *bullshit job*. Je pense sauter l'étape du désenchantement. Je vais éviter un boulot inutile dans la tech et je vais ouvrir un bar bio avec quelques produits de la mer.

— Et vous, monsieur, qu'avez-vous fait pour ces deux tours ? demanda sans ironie le leader du mouvement.

L'universitaire esquiva autant pour sa réputation que parce qu'un concours de circonstances décida de son vote du second tour :

— Je suis satisfait du nouvel équilibre institutionnel, alors je n'ai qu'un conseil à vous donner, c'est d'aller voter aux élections parlementaires. Vos témoignages sont représentatifs de l'échec de la France, car, pour moi, c'est un échec collectif. Je ne suis pas encore en âge d'être à la retraite, alors je vais continuer à étudier les ressorts du pouvoir, peut-être le droit de vote obligatoire, c'est mon idée, même si l'appliquer pourrait s'avérer délicat. Soyez également très prudents dans les manifs, je ne voudrais pas aller aux obsèques de l'un d'entre vous, attention aux lacrymos. Bonne journée à vous tous et bonnes vacances.

Beaumann se sentait apaisé après ces échanges. Il devinait que c'était la dernière fois qu'il franchissait la porte de l'amphithéâtre. Ses petits conseils étaient sa façon à lui de faire de la politique autrement. Avec cette élection, il allait devoir travailler à d'autres grilles d'analyse de la vie publique. Ici ou ailleurs. Plutôt ailleurs, c'est ce qu'il avait proposé à sa compagne après leur interpellation lors des manifestations du lendemain du second tour. Le cortège avait tourné à l'émeute de rue. Sa compagne s'était fait frôler par un jet de LBD et s'en était prise violemment à un CRS. Embarqués sans ménagement, au début, ils avaient ri comme deux jeunes amoureux. Au matin, ils ne riaient plus du tout. C'est cette confrontation aux pouvoirs publics qui décida de leur vote et il fut blanc.

Chapitre 25

Agonie au parti gaulliste

Nathalie Fabre-Espérance n'aurait pour rien au monde raté la messe donnée pour honorer l'anniversaire des dix ans de la mort de son défunt père. Que ce soit deux jours après le second tour de l'élection présidentielle n'y changeait rien ! À 11 heures, elle se tiendrait au premier rang de l'église Saint-Pierre-Saint-Paul de Rueil-Malmaison avec sa fille, son mari et des membres de la branche paternelle. Le souvenir d'un vrai baron gaulliste, résistant, était tout aussi important qu'une réunion du parti, fût-ce pour définir la ligne politique en vue des élections parlementaires. Elle se présenta donc au siège du parti à 12 h 45 tout de noir vêtue.

— Bonjour Nathalie, installe-toi, nous avons acté que la stratégie du front républicain ne servira à rien. Nous ne serons en mesure de présenter qu'environ trois cent cinquante candidats. Dans le reste des circonscriptions, nous n'appellerons à voter pour personne.

— Vous renoncez donc à aller à la victoire aux législatives.

Elle était estomaquée. Non seulement le parti n'avait été d'aucune utilité pendant ces cinq dernières années, ne faisant émerger aucune idée neuve, empêchant tout talent nouveau d'éclore, mais il continuait à s'empêtrer dans des stratégies sans issue. Trop de vieux élus locaux, probablement efficaces dans leur mandat, mais qui avaient oublié que la politique, c'était aussi prendre des risques. Pierre Jacquier, son président, était ferme et déterminé dans sa volonté de ne rien faire :

— Nous avons tenté tant de fois la stratégie de la cohabitation ! Après la victoire de Mézenc, nous n'avons pas la capacité à mobiliser des électeurs, ni d'argent pour cette campagne.

— L'enjeu est beaucoup plus important que ces questions financières !

— Nathalie, il va aussi y avoir des élections sénatoriales dans la moitié du pays le même jour que les législatives, rappela le président de groupe au Sénat. Nous allons devoir mettre le paquet pour que des élus locaux indépendants ne cèdent pas aux sirènes de la Ligue.

— Sa victoire est si faible que, projetée en nombre de circonscriptions au regard du premier tour, Mézenc n'aura pas la majorité à l'Assemblée nationale. Il nous faut des candidats partout et nous serons majoritaires. Quant au Sénat, c'est un autre sujet, c'est bien toi qui as milité pour que ces élections se tiennent le même jour, compte tenu de notre présence sur le terrain ?

Parmi les compromis qui avaient permis l'instauration du sextennat, il avait été décidé de procéder à des élections de mi-mandat. Le Sénat était dorénavant élu au suffrage universel en deux fois. Une moitié le jour des législatives, une moitié le jour des régionales-départementales fusionnées et municipales.

— Tu sais bien que ce n'est pas mathématique, une élection, rétorqua Jacquier.

— Je dispose des référents de ma campagne dans cent cinquante autres circonscriptions. Ils sont prêts à aller au charbon, si le parti finance leur campagne, bien sûr.

— Nathalie, la commission est ce soir à 18 heures. Je veux bien annoncer les listes pour la moitié des départements après, mais il faut que nous n'ayons pas l'air d'improviser.

— Mettons une autre réunion demain matin et une autre demain soir. On y passera la nuit et la journée s'il le faut. N'annoncez que les candidats sortants reconduits ce soir, et on avance région par région.

Fabre-Espérance se savait majoritaire en commission d'investiture, le groupe d'élus qui décide d'accorder le soutien du parti aux candidats. Elle textota à Rémi Pérou pour lui demander de monter, en urgence, un groupe de travail avec les responsables de son club politique. Il suffisait de faire durer les travaux pour programmer une quatrième réunion le surlendemain. Parmi les 330 candidats déjà investis par l'Union républicaine et gaulliste, elle avait veillé avec ses équipes à en valider quasiment 300 pendant la campagne présidentielle. Elle serait, quelle que soit l'étendue du score de son parti, majoritaire au sein du groupe à l'Assemblée nationale. Cette injonction de Nathalie agaça fortement le président du Sénat, qui n'appréciait pas qu'on lui dicte son agenda. Il s'attendait à ce qu'elle parte enseigner à Cambridge quelques années ou diriger une fondation internationale. Elle-même ne réalisait pas ce qui la poussait à revenir dans le jeu. Peut-être leur manque de correction quand elle avait demandé au président du parti de repousser cette réunion à l'après-midi.

— D'où vient, Nathalie, ton empressement à présenter autant de candidats ? Nous sommes sortis sonnés de ta défaite ! lança le président du Sénat. Nous devons aussi gagner cette sénatoriale, et là nous avons une vraie chance.

— Nous étions une opposition défaite. J'ai ramené la droite près de son score historique naturel. Nous ne pouvons pas nous contenter de n'être qu'un parti d'élus locaux. Nous construisons pour l'avenir, pour empêcher aussi une mainmise de cette ultra-droite sur nos institutions. Avez-vous abordé notre ligne politique, qui interdira à nos membres d'entrer dans un futur gouvernement dirigé par la Ligue ?

Quelques visages du côté des élus du sud de la France commençaient à se renfrogner.

— Mais tu nous vois cohabiter avec elle ? demanda Auguste Cotta, le député de Toulon, dont la ville avait très majoritairement votée pour Mézenc.

— Je pense à une application stricte de la Constitution. Le Premier ministre disposant de toutes ses prérogatives, s'appuyant sur sa majorité pour légiférer et gouverner, si nous remportons ces législatives. À la présidente, la défense et les affaires étrangères.

— Donc nous associer à l'extrême droite, rétorqua le président du Sénat.

— Non, gouverner en étant élu démocratiquement. Ne reprends pas les termes de nos adversaires, ce n'est pas l'extrême droite, mais au maximum un parti populiste ; pour beaucoup d'électeurs, c'est juste une présidente de droite. Si nous continuons à faire comme s'ils étaient d'extrême droite, alors que Mézenc a eu une très courte majorité, on va braquer le pays. On part de ma base comme score et on se bat. Nous avons été en tête dans beaucoup de circonscriptions au premier tour. Il faut donc un seul leader pour cette élection.

Les barons étaient las de Nathalie, mais aucun n'avait envie d'aller au combat. Seul le président de la région Centre, Guillaume Collin, qui pensait que son heure arriverait à la prochaine élection présidentielle, affichait une moue franchement sceptique. Il voulait ramasser les miettes du parti, dont il renouvellerait entièrement les instances à la rentrée sans s'embarrasser d'un grand congrès coûteux, ni d'un nouveau président. Si Nathalie se plantait une seconde fois, il serait définitivement débarrassé d'elle, se prenait-il à espérer. Mais il fallait autant se débarrasser du président du parti que du président de groupe à l'Assemblée, et Nathalie, dans ce jeu de quilles, pouvait être son alliée. Celle-ci lui avait promis l'Économie et les Finances après d'âpres discussions post-primaires internes, sans offrir ce ministère à d'autres. Il connaissait les défauts de caractère de Nathalie, mais elle était réputée pour tenir sa parole, même si les circonstances politiques avaient changé, il lui envoya donc un SMS :

« Notre accord tient toujours ? »

« Oui », répondit la candidate malheureuse, connaissant son sens de l'honneur, digne d'un mafioso.

Collin, silencieux jusque-là, prit donc la parole pour tenter d'imposer la nouvelle stratégie de son alliée de circonstance :

— Nathalie a raison. On ne peut pas partir défaitiste comme cela. Surtout, un parti ne peut pas se saborder à moitié. Soit il éclate, chacun prend le chemin qu'il souhaite et nous nous sabordons cette semaine. Soit on y va en rangs serrés !

— Là n'est pas l'alternative ! fulmina le président du Sénat.

— Mais si, elle est bien là, renchérit le président de groupe à l'Assemblée nationale, qui tout d'un coup y croyait à nouveau. Nous avons d'ailleurs 90 députés sortants. Certains peuvent perdre contre la Ligue, mais si nous n'en présentons pas 577, ce sera pire. Annonçons donc dans un communiqué que nous serons présents dans toutes les circonscriptions. Que la commission d'investiture ressorte les dossiers des postulants.

Il se voyait déjà repartir pour cinq ans avec le plus grand groupe d'opposition, de nombreux collaborateurs et pourquoi pas se lancer lui-même dans cinq ans.

— Moi, je ne me vois pas conduire une telle bataille. Je suis candidat au Sénat, comme vous le savez, indiqua le président du parti.

— Tu feras un déplacement par semaine ou deux, histoire de soutenir tes amis…, cingla Collin.

— Donc nous annonçons une équipe de campagne, renchérit le président de groupe à l'Assemblée.

— Ça n'a pas de sens, tu es le président du parti, tu envoies un communiqué indiquant que la commission d'investiture va se réunir pour présenter des candidats partout en France. Emma, vous nous donnez le texte dans cinq minutes : « Le bureau politique, réuni sous la présidence de Pierre Jacquier, a décidé de présenter des candidats dans chaque circonscription pour les élections législatives et sénatoriales. Le bureau politique ne doute pas que, après le score à l'élection présidentielle de Nathalie Fabre-Espérance, l'élimination du président Stolon, une majorité de Français feront confiance à la droite unie pour gouverner le pays… » Quelque chose dans ce genre.

— Ça me va, dit Nathalie, vite, relisez-moi ce communiqué, je dois y aller.

Emma s'exécuta.

— Rajoutez « républicains » et « France » !

— C'est bon ?

— Oui, tu peux envoyer.

Nathalie se leva, remercia ses amis politiques, quitta la pièce et se dirigea vers la meute de journalistes qui attendaient de pied ferme une première réaction.

— Le mouvement gaulliste et républicain présidé par mon ami Pierre Jacquier vient de se mettre en ordre de bataille pour les élections législatives et sénatoriales. Fière des votes que les électeurs m'ont accordés dans ce cadre si incertain de l'élection présidentielle, je suis convaincue que nous pouvons remporter ces élections législatives, garder la majorité au Sénat et appliquer un projet républicain de sursaut. Je pars dès maintenant faire campagne.

— Cela veut-il dire que vous êtes candidate à Matignon ?

— On n'est pas candidat aux fonctions de Premier ministre, c'est une prérogative de la présidente de la République. Je suis convaincue qu'il y aura une majorité de droite républicaine et gaulliste dans la future Assemblée nationale.

— Est-ce à dire ?

— Nathalie…

— Madame Fabre…

— Notre pays doit se rassembler. Nous, gaullistes et républicains, sommes le visage de cet ordre républicain.

Rémi jeta un œil sur la liste des investitures prévues. Pour le département de l'Ain, c'était bouclé. Heureusement, en Ardèche, il ne fallait trouver qu'un candidat, mais trois dans les Bouches-du-Rhône, ce qui était franchement plus compliqué. La journée allait être longue à L'Isle-sur-la-Sorgue. Pour se donner du courage, alors que le déjeuner allait être servi au bord de la piscine, que Victoire s'attablait, il demanda à Geoffray, le fidèle majordome de la famille, de leur ouvrir une bouteille de rosé. L'écran de son téléphone s'alluma. Interloqué, il vit « ministère de la Défense » s'afficher. Il décrocha :

— Monsieur Pérou ?

— Oui.

— Secrétariat particulier de madame la présidente de la République, ne quittez pas, je vous passe monsieur Anton Sodenberg…

Chapitre 26

Berthemon sous les projecteurs

La première fois que Georges Berthemon fut invité sur Europe 1, il eut un tract si important qu'il ne plaça aucune des idées auxquelles il avait réfléchi. Pour sa participation à l'émission phare d'Augustin Trapenard, il avait fait appel à une coach de la prestigieuse agence de communication d'Armelle Lantier. Une cinquantaine de réponses lui avaient été préparées, il suffisait qu'il surjoue sur la réserve naturelle du haut fonctionnaire, élude les questions polémiques, et il devait s'en sortir avec les honneurs. Lorsqu'il avait débuté l'écriture de son roman, intitulé *Beauvau ne répond plus*, le préfet entamait sa première année de travail à distance grâce à sa nomination au Conseil d'État. C'était une sorte de roman à clefs sur les arcanes de la police et de la Stolonie ; il l'avait écrit pour ses amis et comptait leur envoyer une version en PDF une quinzaine de jours avant le premier tour. Il avait déjà griffonné une bonne centaine de pages, lorsqu'une succession d'événements l'amena à prendre la direction d'un groupe de travail, supervisant pour le Conseil constitutionnel l'organisation des changements de date de l'élection présidentielle. Déçu de ne pouvoir s'adonner à son nouveau loisir dans sa maison normande, il envoya son récit inachevé à une dizaine d'amis, dont le chef du service politique de France Télévisions, qui de son côté achevait une biographie du président Stolon, dont la sortie était prévue quel que soit le résultat de l'élection et dont le sous-titre était : « L'homme qui s'ignorait président ». C'est ce célèbre journaliste qui appela son éditeur, lequel, flairant le bon coup, proposa moyennant une quarantaine de pages supplémentaires de publier ce roman entre les deux tours. Il serait envoyé à quelques journalistes triés sur le volet, le vendredi précédent.

Dès sa sortie, la DGSI fit analyser par des experts, en long, en large et en travers, les pages du livre pour s'assurer qu'aucune des anecdotes racontées ne comportait d'atteintes au secret de la défense nationale. Un petit entrefilet relatant cette enquête dans les pages « Rumeurs » du *JDD* piqua Berthemon dans son honneur et le poussa vers des cieux où personne ne l'attendait.

L'intrigue, assez amusante, racontait les péripéties d'un jeune ministre de l'Intérieur qui, alors étudiant à Sciences Po, s'était fait accrocher par la CIA. Au cours d'un séjour des Young Leaders, l'approche avait été simple, il avait couché avec une très jolie étudiante américaine, qu'il avait revue une fois diplômé, épousée enfin. C'est au moment de leur divorce qu'elle l'avait pris entre quatre yeux et fait chanter, elle qui avait tout vu de ses petits arrangements. Tout juste élu député en 2017, il pensa démissionner et se livrer aux services. Il n'avait pas encore trahi, s'était juste rendu coupable de quelques maladresses de gestion dans sa mairie. Tout aux plaisirs de la vie parlementaire, son jugement critique s'affaissa au point de devenir ministre des Transports, puis de l'Intérieur. Berthemon racontait avec menus détails les conflits entre la police judiciaire et la magistrature, la guerre à laquelle se livraient police et gendarmerie pendant que, chaque mois, le premier flic de France imaginaire égarait des notes du Conseil de défense ou demandait à la permanence du ministre un nouveau dossier sécurité afin d'en livrer un exemplaire à son ancienne épouse qui venait dîner ou déjeuner régulièrement, sous les regards goguenards de ses gardes du corps.

— Au fond, monsieur Berthemon, vous aviez anticipé l'actuelle campagne, sauf que dans votre intrigue celui qui remporte l'élection est d'extrême gauche.

— Il faut bien voir ce qu'est un roman. C'est le fruit de mon imagination, parfois débordante.

— Enfin, quand vous écrivez que la police judiciaire avait reçu pour instruction de ne plus traiter jusqu'au bout certains actes de violence parce que systématiquement les magistrats refusaient de condamner les agresseurs, vous parlez d'expérience ?

— Ce n'est pas à vous que je vais apprendre comment se compose un tel récit. C'est une œuvre de fiction, mais il faut bien s'appuyer sur du réel, même si tout ce que je raconte est bien le fruit de mon imagination.

— Votre livre fait du bruit. Je ne déflore pas l'intrigue. Mais on peut le dire à nos téléspectateurs, dès les premières pages, une magistrate se suicide.

— Un si triste événement est déjà arrivé dans de grandes affaires politico-judiciaires !

— Mais il y a cette scène au moment où tous les regards se tournent vers la Place Beauvau, qui est saisissante de réalité. J'en lis un extrait pour nos téléspectateurs. Cela se passe dans le bureau du ministre de l'Intérieur, il reçoit l'ambassadeur des États-Unis : « L'apéritif avec l'ambassadeur des États-Unis, prévu samedi pour 19 heures, l'agaçait fortement, mais il n'avait pas voulu le froisser au regard de son insistance. Ce rendez-vous ne figurait dans aucun agenda, et même si la sécurité de celui-ci était une faiblesse au regard de la discrétion, ils échafaudèrent un stratagème digne des complots du XVIIIe siècle pour se rencontrer. » Je saute des lignes. « "Pardon d'être si peu diplomate. Je vous mets en garde, nos services ont intercepté des conversations entre des groupuscules d'extrême gauche, dont voici la teneur." Il lui tendit un document classifié. Le ministre lut le mémo en diagonale, trop vite. Il contenait un grossier résumé des groupes violents européens et des liens entre certains dealers de cité et les black blocks : "The French home office work with us". Son sang ne fit qu'un tour. Comment les services américains pouvaient-ils écrire qu'il travaillait pour eux ? Ce n'était pourtant pas ce qui était écrit. La bonne traduction était : "Le ministère de l'Intérieur travaille avec nous." Rien que du banal. Tendu, le ministre de l'Intérieur injuria l'ambassadeur : "Je ne suis pas votre valet", et le raccompagnai sur-le-champ. Toutes les précautions prévues pour que ce rendez-vous restât confidentiel tombèrent à l'eau puisqu'ils croisèrent des syndicats de police qui sortaient de réunion. »

— Georges Berthemon, êtes-vous devin ? Vous avez lu l'article du *Monde*. L'Élysée a confirmé il y a à peine une semaine l'existence d'un entretien entre le président de la République et l'ambassadrice des États-Unis qui s'est déroulé peu de jours avant le premier tour !

— Je n'ai pas eu beaucoup le temps de lire la presse ces jours-ci, dit-il en mordillant ses lunettes.

— Il se dit pourtant que le président Stolon n'a pas apprécié votre ouvrage.

— Il se dit tellement de choses…

— Ce livre est passionnant. Pensez-vous écrire une suite ?

— Je ne sais pas, il y a une nouvelle présidente. Je suis avant tout un serviteur de l'État.

L'enregistrement matinal de cette émission constituait pour Berthemon le comble du chic. Après Augustin Trapenard, il ne manquait plus que Claire Chazal et il serait au sommet du bonheur. Il pressentait qu'il ne remettrait pas de sitôt les pieds place Beauvau, la liste de ses ennemis s'étant considérablement allongée depuis cette blague à succès. Comme il avait épuisé tous les charmes de la préfectorale, le Conseil d'État allait lui laisser le loisir d'écrire d'autres ouvrages, peut-être même des livres théoriques. C'était d'ailleurs l'occupation favorite de ses nouveaux collègues.

Ce jour d'investiture de la nouvelle présidente de la République, le beau temps était au rendez-vous, Berthemon décida donc de se rendre à pied au Palais-Royal, lorsque sa marche fut distraite par le cortège présidentiel qui roulait à faible allure. Dans une voiture qui suivait celle de la présidente, elle-même précédée de cinq motards de la garde républicaine, il aperçut, savourant une cigarette vitre ouverte, son ancien ministre de l'Intérieur, dont il avait été le jeune chargé de mission à son cabinet, Dominique Villeret de Saint-Jacques, qui le salua d'un geste chaleureux et complice.

Chapitre 27

On pourrait nous surprendre

Kevin Stankowich coupa le contact de sa BMW X6. Comme il était trop risqué de rencontrer son interlocuteur dans un restaurant parisien, la commune de Romainville s'était imposée pour sa discrétion et sa proximité. Le jeune collaborateur s'était senti obligé de choisir pour ce déjeuner le seul restaurant étoilé de la ville, un chinois. Cette étoile compensait son aversion et pour la cuisine asiatique et pour la proche banlieue, qui lui rappelait trop certaines de ses anciennes missions. Les hauts-parleurs diffusaient *Parle plus bas* avec la voix suave de Dalida, ce qui ne manqua pas de lui arracher un sourire nerveux. L'homme qui se présentait pour le déjeuner portait un costume clair, une chemise rayée, pas du meilleur goût, sous une cravate club. Son léger boitillement était presque imperceptible, ses épaules carrées témoignaient d'un homme qui s'entretient. Il devait avoir 62 ans et ressemblait à tous ces militaires gradés lorsqu'ils s'habillent en civil.

— Bonjour monsieur le directeur, dit Kevin, se levant instantanément en lui tendant la main.

— Tss, Kevin, fit l'homme, qui commanda sans attendre des raviolis vapeur et un bol de nouilles sautées. Je vous avais dit de commencer sans moi, car je ne dispose que d'une demi-heure. J'ai mis quasiment quarante minutes depuis Mortier. Bon choix que ce restaurant, j'ai eu le temps de lire qu'il était coté. Alors, racontez-moi !

— L'organisation d'une campagne est aussi minutée qu'une mission militaire, mais avec quand même une énorme place laissée à l'improvisation. Le petit, comme on l'appelle, même s'il est plus vieux que moi, est un peu particulier, mais il a beaucoup de respect pour l'institution militaire. Je crois avoir tout fait pour qu'il gagne ma confiance. Dans son style, il est assez attachant.

— Vous n'avez commis aucune erreur, je vous félicite. Ma seule inquiétude aurait été que vous vous soyez trouvé sur place le jour de l'attentat. Je n'aurais rien pu faire si vous aviez été interrogé longuement.

— Vous y croyez, vous, au coup du Tchétchène radicalisé ?

— Mon métier est parfois de croire.

— Je pense que je vais suivre à l'Élysée. Je lui ai dit que j'avais quitté le service. Il va falloir que je lui précise que ce n'était qu'une simple disponibilité.

— Dites-le-lui au plus vite. Que vous vous êtes mis en disponibilité il y a sept ans. C'est cohérent, tant que vous ne mentez pas.

— C'est l'exacte vérité, patron ! Je lui ai dit que j'avais quitté le service pour bosser dans le privé. Ce qui est vrai, la nuance porte sur ma situation administrative. Je lui en dirai davantage dans quelques minutes, je dois le retrouver pour 14 h 30 et dès qu'il sera habilité secret-défense.

— Alors parlez-lui de vos anciennes missions. Omettez les détails, mais ne mentez sur rien. La présidente doit de toute façon tout savoir depuis bien longtemps, sinon, elle ne vous aurait pas laissé l'approcher de si près. Elle dispose de véritables réseaux dans la maison.

Le directeur appréciait la démarche de son ancien agent. Il régnait sur un empire, le plus secret de tous, mais il avait besoin d'alliés fidèles au sein du réacteur politique. Le service avait bien changé depuis le départ de Kevin, les évolutions technologiques nécessitaient des budgets considérables pour qu'il ne soit jamais dépassé.

Les mains jointes sous le menton, Kevin le scrutait sans laisser transparaître la moindre émotion sur ce qui se révélait être une conversation d'habitude réservée aux ministres ou aux députés habilités. Il l'interrogea sur les changements attendus dans les milieux de la défense, ce qui amena le directeur à parler de sa propre situation :

— Mon poste change rarement avant qu'il ne se soit écoulé quelques semaines après les législatives. On verra qui sera mon ministre. Je vais faire monter la pression dès la nomination d'un nouveau gouvernement pour disposer de crédits supplémentaires.

Kevin s'autorisa alors à aborder son propre avenir :

— Je crains que les collègues du cabinet militaire n'apprécient pas que je revienne par le périmètre politique.

— Vous saurez y faire ! Après les législatives, vous serez promu au rang d'attaché d'administration. Je vous conseille d'ici deux ans de vous faire nommer sous-préfet. Vous serez ainsi dans la longue liste des anciens du service qui sont devenus civils.

— Et si le petit souhaite que je l'accompagne dans des fonctions à l'étranger ?

— Vous n'y êtes pas encore et vous aurez eu le grade. Ensuite, votre carrière ne sera plus de notre ressort. Vous aviez été parfait au Liban, mais je ne comprends toujours pas pourquoi vous avez pris votre disponibilité pour bosser dans le privé. Quoi qu'il en soit, votre reconversion dans l'événementiel a été une étrange aubaine pour vous.

Kevin expliqua une nouvelle fois qu'il avait juste eu besoin d'un métier qui continue à le faire bouger, mais uniquement en France, tout en gagnant mieux sa vie. Il n'avait aucune raison d'évoquer ses anciens états d'âme à son directeur, d'autant plus que celui-ci n'envisageait même pas le concept dans un service d'espionnage, et encore moins dans celui chargé des opérations clandestines :

— Que faisiez-vous exactement dans cette campagne ?

— Je m'occupais de l'organisation des meetings.

— Vous ferez un parfait préfet, alors ! répliqua le directeur en riant. Je vous laisse, bon appétit, et ne prenez pas goût au pouvoir. Pas tout de suite…

Chargé de mission à la présidence de la République, c'est un beau titre pour un ancien du 44e régiment d'infanterie. Ce ne serait pas le premier ni le dernier à travailler au Château. D'autres l'avaient précédé : des officiers du service Action par la voie militaire ou des anciens par la voie préfectorale ; mais il se demandait combien étaient arrivés directement dans les bagages du politique. La présidente avait apprécié son travail, le neveu n'arrivait pas à se passer de lui, il se sentait embarqué dans une très longue aventure. Son ancien patron, devenu directeur des opérations, l'avait ainsi mis en garde sur l'attrait du pouvoir, mais ne l'avait conseillé sur rien d'autre. Kevin ne regrettait pas de l'avoir appelé et revu, le directeur appréciait qu'on y mette les formes quelles que soient les circonstances. Il s'efforcerait de déjeuner avec lui tous les deux mois, officiellement, aux messes à l'Élysée, à la vue de tous. Pendant un instant, il s'y vit, il en était. C'était son retour. Il pressentait qu'on l'appellerait un jour l'espion de l'Élysée. Mais c'était une autre histoire.

Chapitre 28

L'investiture en chantant

La cérémonie d'investiture eut lieu dans le salon Murat. Valérie Mézenc avait tenu à faire rappeler que nous n'étions pas aux États-Unis, qu'il n'y avait pas de prestation de serment. Seule lui importait la remise du collier de grand maître de la Légion d'honneur. Elle avait même proposé, autant par provocation qu'au nom de l'unité nationale, au président de la République sortant d'y assister, ce qu'il avait décliné. Les corps constitués n'avaient pas été conviés – ils l'auraient regardée avec haine ou mépris. Ils seraient reçus plus tard, lors de bilatérales.

Devant un président du Conseil constitutionnel furieux, un président de l'Assemblée nationale dépité et un président du Sénat attendant encore son tour, la nouvelle présidente fit un discours d'une concision historique, à peine dix minutes.

« Le respect de la séparation des pouvoirs, (…) la dyarchie au sein de l'exécutif et à la nécessité d'un gouvernement qui gouverne et ne soit pas obsédé par l'adoption de nouvelles lois. Puis elle annonça qu'elle recevrait à partir du lendemain, les partis politiques représentés au Parlement, les représentants des corps constitués, ainsi que les organisations syndicales représentées au Conseil économique et social. Elle esquissa rapidement les priorités de son gouvernement, tournant autour de l'indépendance nationale, de la sécurité intérieure et extérieure. « Je sais les devoirs immenses que j'ai envers le peuple français », conclut-elle.

Les commentateurs se perdaient en conjectures. Elle s'en contrefichait, elle ne disposerait d'aucun état de grâce médiatique. Elle jouait sur leur étonnement. Seuls ses enfants et leurs conjoints avaient assisté à la cérémonie, mais hors du champ de l'unique caméra officielle. Sur le côté, au plus près d'elle, se trouvaient Dominique Villeret de Saint-Jacques, dont tout le monde avait compris à ce moment-là qu'il serait nommé secrétaire général de la présidence de la République, puis le chef d'état-major des armées, suivi de Luc d'Hauteville, qui réalisa enfin à cet instant qu'il ne serait que directeur de cabinet, puis, à sa gauche, l'actuelle cheffe d'état-major particulière adjointe, qui devenait la première femme à occuper ce poste.

Cette cérémonie déroutait d'autant plus que la présidente ne remontait pas les Champs-Élysées. Elle avait confié la veille au soir à Anton qu'elle était mal à l'aise avec la grandeur. Elle supposait que ce sentiment viendrait petit à petit, qu'il fallait l'apprivoiser. Si elle n'avait jamais vraiment apprécié les bains de foule, depuis quelques jours, elle craignait de surcroît les attentats. Maintenant qu'elle y était, pas question de mourir en fonction ; elle allait donc se faire rare.

Une fois la cérémonie expédiée, Mézenc présida un Conseil de défense et reçut le président du Sénat, puis celui de l'Assemblée nationale, enfin, à 17 h 30, les représentants des autorités judiciaires, à l'éxeption du Conseil constitutionnel.

Bernard Vermer, le président du Sénat, était plutôt mal à l'aise avec Valérie Mézenc, qu'il connaissait peu ou pas, car il y avait déjà plus de vingt ans qu'il était élu sénateur, tandis que la présidente de la République n'avait siégé qu'à l'Assemblée nationale et dans un conseil départemental. Il allait devoir apprendre à la connaître, étant amené à la rencontrer régulièrement. Il regardait ce bureau dans lequel il s'était déjà réuni avec quatre présidents, sans jamais effectuer ces fameux trente jours d'intérim. Il ne pouvait s'empêcher d'inventorier le mobilier avec intérêt. C'est à lui – le sachant bavard – que la présidente susurra, sur le mode interrogatif, l'idée d'un gouvernement de transition.

Elle convoqua ensuite Dominique, Luc et Anton pour leur demander de réunir le nouveau cabinet. Comme il n'y avait pas de « premier monsieur », l'aile dite Madame serait attribuée à la cellule diplomatique.

— Anton, tu t'installeras dans le salon d'Argent, ce lieu t'ira à merveille. Avez-vous fait partir le communiqué sur les premières nominations ? Faites-le après les journaux télévisés. Je ne veux pas qu'il y ait d'autre actualité que mon investiture. Luc, vous ne serez que numéro 3. Je souhaite que la cheffe d'état-major particulier soit numéro 2. Programmez-moi une réunion avec les chefs de parti. Je veux commencer par Fabre-Espérance. Nous n'avons que quelques heures pour agir. Je vais lui proposer d'être Premier ministre ; je me garde deux ministères, l'Intérieur et la Défense-Affaires étrangères fusionnés en un seul. Je vais lui proposer un gouvernement de transition jusqu'aux législatives. Elle devra confier l'Économie à un socialiste libéral ; qu'elle se débrouille avec les siens et les autres pour les questions sociales et environnementales. Aucun secrétaire d'État à part celui des Relations avec le Parlement également porte-parole, que je choisirai avec elle parmi ses anciens amis passés chez nous, quelqu'un qu'elle connaît déjà.

— C'est un pari tellement risqué. Si nous n'avons pas la majorité ? s'inquiéta le directeur de cabinet.

— Si nous avions la majorité, ce serait une catastrophe, nos élus voudraient légiférer sur n'importe quoi. Il nous faut au mieux une très courte majorité, au pire que nous soyons le premier groupe avec une majorité relative.

— Et si les députés issus des gaullistes républicains ont cette majorité relative ?

— Eh bien, ça la renforcera face à moi. De toute façon, je la renommerai quand même, car elle a dans ses rangs des députés qui voudront que nous gouvernions tous ensemble. Maintenant que la Constitution a précisé mon rôle en matière d'affaires étrangères et de défense, j'ai, quoi qu'il en soit, un domaine réservé très clair. Ainsi, Nathalie aura du mal à se présenter contre moi dans six ans.

— Autre hypothèse, si ça fait renaître les stolonistes, comme seule opposition ?

— Improbable ! Nous allons faire porter sur leurs épaules dès demain soir la responsabilité de la division du pays. J'ignore si la gauche marchera, mais on ne sait jamais. Gageons qu'elle sera tentée de s'installer au pouvoir en croyant qu'elle pourra y rester. Je suis le diable, mais habillée dans les drapés de la République, quand même.

Parmi les règles de ce gouvernement de transition, aucun ministre candidat contre un autre ; pas de ministre soutenant par message vidéo ou lors d'un déplacement un candidat contre un ministre de ce gouvernement. D'ailleurs, nous fixerons la règle implicite de ne présenter quasiment personne contre ces vingt ministres. Quel que soit leur camp, ces députés seront quasiment élus. Je leur offre une assurance-vie !

— Il se peut qu'à l'instar de François Mitterrand en 1988, à force de dire que votre majorité sera plus large que votre parti, les électeurs pensent qu'il n'est pas utile de voter pour votre parti...

— Nous aurons beaucoup d'élus. Les Français sont ancrés à droite. Ils auront un gouvernement de droite. Pendant un mois, il y aura des ministres socialistes et écologistes, je les remets dans le jeu démocratique : ils en sortiront renforcés.

— Espérons qu'il n'y aura pas de cohabitation, se désespéra Luc.

— Nous y entrons dans quelques jours ; préparez-vous !

Il était 19 heures lorsque Valérie Mézenc présida son deuxième Conseil de défense de la journée. L'objectif était de donner l'ordre officiel de détruire un repli djihadiste dans la province d'Idleb en Syrie grâce au nouveau Rafale F4 équipé de missiles MICA-MG. À compter de midi, les discussions avec la Turquie et la Syrie furent intenses, mais l'opération lancée depuis le *Charles-de-Gaulle* qui mouillait en Méditerranée, au large du Liban, fut un succès. La cible fut atteinte à 23 h 15, heure de Paris. L'armée ne communiqua qu'au petit matin, une fois le porte-avions en route vers Toulon, où la présidente se rendit dans la nuit du lendemain.

Mais c'est la suite de la soirée qui illuminait les yeux de Valérie et allait raviver la grisaille du grand salon présidentiel. À 20 heures, madame la présidente de la République recevait vingt-cinq invités triés sur le volet, accompagnés de leurs conjoints ou conjointes. Le carton, que la presse n'avait pas pu se procurer puisque les convives n'étaient que des proches, mentionnait :

La présidente de la République prie

M.
de lui faire l'honneur de venir passer la soirée
au palais de l'Élysée
le jeudi 11 mai à 8 heures précises.

ON DANSERA

était-il écrit en lettres capitales en bas à droite.

Le préfet de police et le chef d'état-major des armées se demandaient vraiment ce qu'ils faisaient là flanqués de leurs épouses respectives endimanchées dans leurs robes de soirée. Il n'y avait comme invités que certains membres déjà nommés du cabinet de la présidente, sa famille et quelques dirigeants de la Ligue, les seuls qui seraient dans quelques jours ministres, ainsi, bien sûr, que le secrétaire général du parti, qui devait conduire la bataille des élections législatives.

Les cuisines de l'Élysée s'étaient surpassées aux yeux des invités, tous néophytes des tables de la République, les investitures ou les grands dîners réunissant d'habitude au moins deux cents personnes. Le buffet à la française était ce soir une merveille de bon goût et de tradition pour seulement cinquante et un convives : trois entrées, trois plats, trois fromages et bien sûr trois desserts. La performance culinaire était même au rendez-vous, un soufflet à chaque étape : un mini-soufflé au fromage en entrée, un mini-soufflé Henri IVparmi les plats, et un mini-soufflé au cacao en dessert. Les autres mets servis méritaient qu'on s'y attarde : millefeuille de carpaccio de Saint-Jacques truffé, foie gras mariné au vin rouge pour les deux autres entrées. Filets de bar au naturel et risotto aux légumes anciens pour les deux autres plats. Roquefort, comté et cabécou, puis tarte aux fruits rouges et sorbet au citron. Comme prévu, la couleur des alcools fut au rendez-vous : champagne rosé, rosé de Provence et une liqueur de cassis qui virait davantage sur le rouge. Il allait falloir renouveler les stocks pour passer l'été.

Une fois cafés, infusions et liqueur servis aux invités, Anton alla quérir la première femme présidente de la République, la prit par la main et la conduisit au milieu du grand salon, où un petit orchestre accompagnait le piano de l'Élysée.

Les invités se levèrent d'un seul homme pour suivre en quasi-procession la présidente et sa famille. L'orchestre lança les premières notes. Il s'agissait sans surprise d'*Être une femme* de Michel Sardou. Dans une ambiance mi-mariage de province, mi-bar-mitsva du 16e arrondissement de Paris, la nouvelle république dansait. À 23 h 30, Ariane Lévêque s'installa au piano, fit signe à l'orchestre de la suivre pour interpréter le slow de fin pendant que Fernando – seul autorisé – filmait avec son téléphone portable. Anton prit à nouveau la main de la femme la plus puissante du monde. La voix de Christophe résonnait d'outre-tombe, deux voix fredonnaient, dansant au centre des attentions :

La présidente : « *Et les choses les plus belles, au fond/Restent toujours en suspension.* »

Anton : « *Et dans ce tourbillon fragile/Je redeviens le tourne-cœur/Prometteur d'avenir/Beau/Qui fait rêver les filles.* »

Ce bal, j'y étais. J'ai tout vu, tout entendu et presque tout noté. Je ne peux pas vous affirmer que le récit des événements qui nous y conduisirent soit parfaitement exact, ni que ma retranscription a posteriori des intrigues politiques ou des subtilités juridiques ne soit pas un peu romancée, mais, si je vous ai menti, c'est toujours avec l'ambition de rester au plus près de la vérité.

Ce dont je peux attester, c'est que le premier faux pas fut un pas de danse.

FIN

Épilogue

Le film d'une victoire

Étienne Nieuton avait travaillé quinze ans chez Sipa avant de monter sa propre agence média, où il n'embauchait pour les besoins de ses enquêtes que des journalistes free-lance, ce qui lui laissait une grande latitude de gestion. Seul, caméra au poing, il évitait les discussions et les conférences de rédaction. La chance avait été de son côté pour préparer son film sur la présidentielle : il suivait depuis plusieurs mois deux candidates, Nathalie Fabre-Espérance et Valérie Mézenc. Il les avait interviewées plusieurs fois et avait même obtenu d'Anton Sodenberg, le neveu de la nouvelle présidente de la République, deux entretiens de dix minutes dans l'avion privé qui devait les conduire et les ramener au grand meeting de l'entre-deux-tours. Pour finaliser son projet, Étienne Nieuton demanda à trois de ses collègues, qui étaient respectivement immergés dans la campagne des autres candidats, s'ils avaient conduit des interviews en tête à tête, ce qui bien sûr était le cas. Il ficela un accord moral pour leur racheter les images. Il tenait un reportage différent et un titre révélateur : *Seuls face à la France*. Uniquement des interviews mêlées à des confidences des candidats ou de leurs proches. Le tout ponctué par des images ou des reportages des journaux télévisés de 20 heures suffisants pour rythmer le documentaire au montage grâce à la voix off de la directrice de l'information de France 2. Il évitait ainsi une fausse immersion dans une campagne et laissait ses interlocuteurs s'exprimer.

Ce film, à l'audience considérable, fut diffusé le dernier jeudi de juin à 20 h 45, sur la même chaîne, la France ayant, depuis la victoire du parti de Nathalie Fabre-Espérance aux législatives, un nouveau gouvernement.

Seuls face à la France

« Durant ces deux mois qui secouèrent la France, nos journalistes ont eu un accès direct aux candidats à la présidence de la République, sans passer par le filtre de leur entourage. Des tête-à-tête. Ils nous ont livré leurs analyses, ont développé leur stratégie ou leur projet pour le pays. Ce soir, vous ne verrez pas de réunions organisées pour les circonstances d'un film, ni de messages édulcorés par des communicants. Certains conseillers se sont prêtés au jeu. Ils ont répondu à nos questions face caméra, sans intermédiaire.

« Par ces hasards qui créent parfois les circonstances historiques, nous avons pu croiser des personnages qui, bien que n'étant officiellement pas en charge d'une campagne électorale, ont profondément œuvré à la victoire des droites nationales.

« "Sur proposition de madame Nathalie Fabre-Espérance, Première ministre, la présidente de la République, madame Valérie Mézenc, a nommé, ministre d'État, ministre des Relations européennes, monsieur Guillaume Collin, ministre de la Justice, de la Sécurité, garde des Sceaux, madame Alexandra Huet, ministre de la Défense, l'amiral Jean Lain… Auprès de madame la Première ministre, secrétaire d'État chargé des Retraites, monsieur André Casanova. Je vous remercie." Dominique Villeret de Saint-Jacques, secrétaire général de l'Élysée, replia son papier, salua de la tête sans esquisser un sourire et se retourna dans le hall de l'Élysée.

« Cet homme élégant, que la jeune génération découvre, est un ami de longue date de la famille de la Première ministre. Nous l'avons croisé la veille du premier tour, arrivant pour un déjeuner au domicile de la candidate Nathalie Fabre-Espérance. Issu d'une vieille famille d'industriels, ancien ministre des Affaires européennes de Jacques Chirac et de l'Intérieur de Nicolas Sarkozy, reconverti comme avocat pour des fonds d'investissement anglo-saxons, on aurait pu penser que cet ancien haut fonctionnaire, qui avait fait ses débuts comme administrateur à la DGSE, allait couler une douce retraite dans son château en Touraine. En réalité, il œuvrait en coulisses pour que les milieux d'affaires ne soient pas effrayés par Valérie Mézenc tout en conseillant Nathalie Fabre-Espérance, son adversaire. Un personnage d'Ancien Régime qui a terrassé le nouveau monde.

« Retour sur une histoire qui commence il y a moins d'un an. Le 23 août, dans son petit bureau de l'Assemblée nationale, Nathalie Fabre-Espérance nous détaille sa vision de la campagne : "Il y a de la place pour une présidente de la République, qui viendra de ce qu'on appelle aujourd'hui, par extension, la droite ; ce sera Roustang ou moi. Stolon ne me voit pas venir, ni les barons de mon parti, mais je suis une femme indépendante. Je vais choisir un directeur de campagne qui porte chance."

« Ce 1er septembre, au QG de la Ligue, Valérie Mézenc refuse de commenter le scandale sexuel qui touche Henri Roustang, le dirigeant du Front de droite : "Je ne regarde pas sur les côtés, je vais faire une campagne qui me ressemble, de nombreux meetings dans des zones périphériques, ça tombe bien, c'est là que sont les salles de spectacle. J'irai dans les communes où l'abstention est la plus forte et je rencontrerai la population. Le bouche-à-oreille suffira ensuite. En PACA, mes élus bétonneront leurs cantons. Moi, je ferai des visites de terrain, je passerai dans les villes qui ne sont pas encore à nous, c'est tout. Je vais par exemple me concentrer sur Nice, pour siphonner le vote de droite. Je ferai beaucoup de réunions thématiques dans toute la France, sur l'agriculture, sur la sécurité, sur la pêche, sur l'industrie ; nous avons besoin d'industrie."

« Et en novembre, après la mise en examen pour viol en bande organisée de trois dirigeants du Front de droite et la diffusion des propos criminels d'Henri Roustang enregistrés à son insu par sa secrétaire, Valérie Mézenc commence à progresser fortement dans les enquêtes d'opinion. Elle ne sera doublée qu'une quinzaine de jours par Nathalie Fabre-Espérance après sa victoire à la primaire de la droite.

« Mois de février. Regarder bien cette photo, prise par hasard par un photographe d'agence qui attendait l'arrivée de la chanteuse américaine Rihanna à l'hôtel Bristol. Elle nous montre Georges Berthemon, alors directeur de cabinet du ministre de l'Intérieur, et André Casanova, nouveau directeur de campagne de Nathalie Fabre-Espérance, qui sortent d'un déjeuner. Étrange cliché, que nous avons ajouté aujourd'hui même au montage. Cinq mois plus tard, alors que le vice-président du Conseil d'État démissionnait pour protester contre l'élection de Valérie Mézenc, la nouvelle présidente a attendu le premier Conseil des ministres post-législatives pour nommer ce préfet à la tête de la haute juridiction administrative. Avait-il rendu des services à la droite alors qu'il avait autorité sur le service des élections, nous n'en savons rien ! Mais ce haut fonctionnaire réputé centriste et proche de Stolon, romancier à ses heures perdues, s'est vu offrir un des plus beaux postes de la République, celui du premier des fonctionnaires. Quant à André Casanova, son ancien directeur de campagne, il est dorénavant secrétaire d'État aux Retraites. Gageons que l'étude de la nouvelle réforme de notre système par répartition aura les faveurs du Conseil d'État.

« Quelques jours plus tard, au milieu du mois de février, la session extraordinaire se termine à l'Assemblée nationale. Des journalistes ont aperçu Nathalie Fabre-Espérance en pleine discussion à l'heure du déjeuner avec Gérard Beauvallon, ancien ministre de la Défense de Stolon. En déplacement deux jours après dans sa ville d'Orléans, Beauvallon accueillit lui-même la candidate, geste commenté alors comme symbole de la tradition républicaine. Que s'étaient-ils dit ? Qu'ont-ils organisé ? Selon une députée proche de l'ancien président Stolon, qui déjeunait non loin, Nathalie négociait le soutien de Beauvallon pour un éventuel second tour. Quoi qu'il en soit, dans le gouvernement de transition qui dura un mois jusqu'à ce mercredi, Gérard Beauvallon fut nommé ministre d'État sans portefeuille. Il se murmure que le président du Sénat le nommerait au Conseil constitutionnel après la démission hier d'un de ses membres, devenu ministre des Affaires sociales et de la Santé.

« L'image de ce pupitre vide, vous l'avez tous vue. Ce bruit, vous l'avez certainement tous entendu. Il est le point de basculement de cette campagne. Le moment où les Français ont définitivement tourné le dos à leurs institutions.

« Quelques jours après, le ralliement des socialistes derrière une candidature écologiste sonne faux. Il s'agit d'une union de la gauche forcée.

Louis Cerrier se voulait conquérant : “J’ai déjà la dynamique de ma candidature portée par toutes les forces de progrès. Dans ces circonstances tragiques, j’ai décidé de former un binôme avec le premier secrétaire du Parti socialiste. Ma campagne, je la veux avant tout tournée vers une espérance de gauche, celle d’une France dépolluée. Je suis heureux que le Parti socialiste soit sorti de sa logique productiviste et industrielle, nous allons construire un programme de gouvernement ensemble.”

« Le même jour, la toute nouvelle maire de Paris, Marie-Ève de la Veyrerie, nous a accordé un bref entretien. Pour l’histoire, dit-elle directement à l’issue d’un déjeuner avec Louis Cerrier, que nous avions rencontré le même jour. La tonalité est assez différente de celle de son nouvel allié : “Je crois que la gauche se reconstruira à long terme autour d’un Parti socialiste refondé autour du camp progressiste, des idées de justice sociale et du renouveau des valeurs républicaines. Je mettrai de l’écologie dans toutes nos propositions. Ainsi, à terme, il n’y aura plus besoin d’un parti écologiste. Nous ferons revenir patiemment cette partie de la gauche radicale dans le champ républicain. Il y a encore beaucoup de travail, mais, même dans l’écriture du projet de plateforme commune pour les législatives, j'arriverai à mettre de vraies idées républicaines et sociales en avant."

« Voici filmé maintenant, pur hasard journalistique, au cours d'une interview donnée par la candidate de droite, des images rares, celles d'un homme dont les liens avec Dominique Villeret de Saint-Jacques devront être éclaircis et nécessiteront une véritable enquête d'investigation. Pascal de Garrigue est, à l'époque où notre photographe le filme quelques instants, journaliste, titulaire d'une carte de presse, rédacteur en chef du *Figaro*. Il interroge Nathalie Fabre-Espérance, dont la campagne patine. La question qu'il pose à la candidate est très claire et la réponse, avec le recul, nous laisse stupéfait :

« — Vos projets sont semblables ! Qu'est-ce qui vous empêcherait de gouverner avec Valérie Mézenc ?

« — D'abord, je crois en ma victoire, sinon je ne serais pas candidate. Pour gouverner, je m'appuicrai sur des gens d'expérience, vous en avez autour de moi, et il y en a bien sûr ailleurs dans toutes les familles politiques et au-delà.

« Étrangement, cet échange ne figure pas dans le texte de l'interview publié deux jours après. Pourquoi ? Garrigue, nommé depuis directeur de la communication de l'Élysée, prétend qu'il avait perdu la première version de l'interview, qu'il avait fallu la refaire intégralement. Notre doute prospère quand on sait que Dominique Villeret de Saint-Jacques conseilla le fonds d'investissement anglo-saxon Humber dans le rachat des parts de la famille Dassault dans *Le Figaro*. Il se murmure que son passage à la présidence ne serait qu'une mission de transition, car, haut responsable d'une obédience maçonnique classée à droite, Garrigue se verrait nommer d'ici un an au Conseil économique, social et environnemental pour y représenter les idées de la Ligue.

« 30 avril, le président Stolon nous reçoit avant l'heure du déjeuner dans son bureau du palais de l'Élysée. Il se glisse à nouveau dans les habits du chef de l'État pour montrer qu'il est au travail, même le jour du premier tour de l'élection présidentielle. Il évoque les rumeurs qui circulent sur le Web, la reconfiguration à droite, probablement pour les archives historiques.

« "Je ne me préoccupe pas des jeux politiciens. Quand on a déjà eu en charge les intérêts de la Nation pendant six ans, on sait que nos ennemis vont chercher à nous affaiblir en accentuant les divisions des Français. Ils piratent nos systèmes d'information, font monter tel sujet, telle vidéo sur Internet, alors que ce n'est pas un vrai problème, pour détourner l'attention, fracturer nos concitoyens.

« "Ce soir, je n'aurai pas un adversaire, mais un opposant. Ce sera sûrement une femme.

« "L'esprit de responsabilité commandera qu'elle dénonce ces ingérences étrangères, j'espère que tous auront à cœur de le faire.

« "Je n'irai bien sûr pas sur leur terrain. Ils ont une mémoire politique nourrie de rancœur. Moi, je veux rassembler la France dans sa diversité."

« Entre-deux-tours. Nous filons maintenant Anton Sodenberg, neveu et fils adoptif de Valérie Mézenc. Ceux qui s'intéressent moins à la politique ont découvert le jour de la tentative de meurtre de la candidate d'extrême droite le visage de celui qu'on n'appelle plus à Paris que le "cardinal-neveu", référence historique aux papes qui nommaient des proches à la curie. C'est lui qui eut l'idée de contacter Dominique Villeret de Saint-Jacques pour assurer la défense de la candidate. Nous le retrouvons et l'accompagnons dans l'avion qui le conduit au dernier déplacement de campagne, le jeudi soir d'avant le second tour. La candidate s'est isolée et nous avons eu le droit d'échanger avec lui plusieurs longues minutes. Un garde du corps ne le quitte plus depuis cette tentative d'attentat. Il a vérifié deux fois nos sacs et notre camera. Nous avons flouté son visage.

« “Nous avons compris assez vite que la candidate de droite n’aurait pas assez d’oxygène en se concentrant sur les questions économiques. L’époque est trop incertaine, on ne peut même plus faire de prévisions à deux mois. Son équipe, même expérimentée, semblait usée, avec une image de déjà-vu, alors que la nôtre, venant d’horizons très divers, paraissait novatrice.

« “Mézenc a parfaitement travaillé le débat avec Stolon. Elle travaillait chez une amie à cause de l’attentat. Elle n’avait pas préparé les formules du débat, elles lui sont venues face à Stolon.

« “Pourquoi Dominique Villeret de Saint-Jacques ? Nous l’avions entendu comme avocat alors qu’il défendait un dossier aéroportuaire. Ce sont nos élus sur place qui nous ont dit qu’il était un redoutable négociateur. À l’hôpital, lundi, nous cherchions les services d’un avocat parmi les ténors du barreau, car nous redoutions une entourloupe de l’entourage du président Stolon ou du garde des Sceaux. Un homme de sa stature et avec son indépendance est venu naturellement à l’esprit de Mézenc. Nous ne le connaissions quasiment pas avant. J’ai été impressionné par la discussion qu’il a eue avec le président du Conseil constitutionnel. Maintenant qu’un sondage nous donne au coude-à-coude, je pense que nous pouvons gagner.

« — Et sur ces attaques informatiques venant de Russie ?

« — Je me contente de faire des vidéos qui sont diffusées sur YouTube et qui deviennent virales. Vous voyez, je travaille à celle de demain, la dernière de la campagne. Nos soutiens sont les plus présents sur les réseaux sociaux."

« Le reportage montre ici l'ordinateur d'Anton Sodenberg et des images du dernier clip de campagne de la candidate.

« Depuis qu'il travaille dorénavant sous l'autorité de Dominique Villeret de Saint-Jacques à l'Élysée, Anton Sodenberg se fait encore plus rare médiatiquement. Il n'accepte aucun face-à-face avec des journalistes, se retranchant derrière son statut de conseiller. Le ministre des Affaires européennes et des Relations financières internationales, dont il est l'interlocuteur au Palais, n'est autre que l'ancien rival de Nathalie Fabre-Espérance au sein de l'Union républicaine, Guillaume Collin. Il a rang de quasi-vice-Premier ministre puisque aucun ministre français ne se rend à Bruxelles pour défendre des dossiers. C'est lui qui siège dans les dix Conseils des ministres. Il s'est vu accorder l'aile la plus prestigieuse du ministère des Finances, à Bercy, et a même autorité sur la fameuse direction du Trésor. Quant au nouveau ministre des Affaires étrangères, Henri Benjamin, il est le seul ministre issu de la Ligue ; une sorte de cadeau de consolation laissé à la présidente par la victorieuse Fabre ou le machiavélique Villeret de Saint-Jacques.

« Enfin, voici un jeune visage que vous ne reconnaîtrez peut-être pas immédiatement. Sur cette photo de classe un peu jaunie, les traits sont bien ceux du nouveau ministre de la Défense, l'amiral Jean Lain. Il n'appartient à aucun clan politique ; pourtant, en agrandissant cette photo datant de sa scolarité au lycée Sainte-Geneviève dans les années 70, vous identifiez parfaitement, assis sur les mêmes bancs, Dominique Villeret de Saint-Jacques. C'est ce ministère de la Défense qui aura en charge de trouver les sources des attaques informatiques durant la campagne présidentielle. Le porte-parole des armées nous a fait savoir que l'enquête suivait son cours.

« Voici l'histoire de la nouvelle droite française telle que personne ne vous l'avait racontée auparavant. Sollicité plusieurs fois par nos équipes, Dominique Villeret de Saint-Jacques n'a pas souhaité nous répondre. »

Cet ouvrage a été imprimé en France par
CPI Brodard & Taupin
Avenue Rhin et Danube
72200 La Flèche (France)

pour le compte des Éditions Fayard
en décembre 2022

Photocomposition Belle Page

PAPIER À BASE DE FIBRES CERTIFIÉES

Fayard s'engage pour l'environnement en réduisant l'empreinte carbone de ses livres. Celle de cet exemplaire est de :
1,6 kg éq. CO_2
Rendez-vous sur www.fayard-durable.fr

Dépôt légal : janvier 2023
N° d'édition : 88-5453-1/01 - N° d'impression : 3050765